DIE MACHT DES HADES

EINS: DIE HADES TRIBUNALE

ELIZA RAINE

Für alle, die der Überzeugung sind, dass sie die Göttin der Hölle in sich tragen...

EINS

Blut. Wohin ich auch sah, überall war Blut. Und Feuer. Die Flammen zuckten über die leblos daliegenden Körper hinweg.

Was hast du getan?

Ich versuchte aufzustehen, doch Wellen von Schwindel überkamen mich und zwangen mich in die Knie zurück. Doch ich fühlte keinen Schmerz, als sie auf dem steinernen Grund aufschlugen. Nur das purpurrote Blut, das an meinem weißen Kleid emporspritzte nahm ich wahr.

Was hast du getan?

»Persephone?« Jemand brüllte meinen Namen und ich drehte mich um. Mein Gesicht glühte. »Wo bist du?«

Ich machte keinen Piep. Ich wollte nicht, dass er mich fand. Ich konnte nicht zulassen, dass er mich fand. Ich konnte ihnen allen nicht unter die Augen treten. Sie wussten, dass all dies meine Schuld war. *Ich konnte ihm nicht unter die Augen treten.* Mein Blick heftete sich am Körper einer jungen Frau fest, die nur wenige Meter entfernt von mir auf dem Boden lag. Ihr Gesicht sah friedlich aus, selbst mit brennender Haut.

Tränen liefen mir die Wangen hinunter. *Sieh nur, was du ihr angetan hast, was du ihnen allen angetan hast.*

Ein stechender Schmerz durchfuhr meinen Kopf, als ich hörte, wie er wieder nach mir rief. Ich konnte nicht weiterleben, während sie brannten.

ZWEI

»Persy? Ist das nicht ein Jungenname?«

Ich biss mir auf die Zunge, um mir einen bösen Kommentar zu verkneifen. Ich zwang mich zu lächeln. Heute sollte *nicht* der Tag sein, an dem ich meinen Job verlor, weil ich einen Kunden beleidigte.

»Möchten Sie Milch in Ihrem Americano?«, fragte ich den großen, muskulösen Mann mit einem schiefen Grinsen, der mir gegenüber am Tresen stand.

»Ne, lass mal. Ich mag meinen Kaffee bitter«, sagte er und hob seine Augenbrauen komödiantisch in die Höhe. Seine grauen Augen leuchteten auf und als seine in die meinen eintauchten, fiel es mir merkwürdig schwer, wegzuschauen. Ich war mir sicher, dass ich etwas Lilafarbenes in ihnen umherschwirren erkennen konnte. »Was denn jetzt?«, sagte er und zeigte auf mein Namensschild. »Haben die Eltern sich einen Jungen gewünscht?«

Ich seufzte und schüttelte die Schultern, um mich aus dem Bann zu lösen, in den sein Blick mich gezogen hatte. »Nein. Es ist eine Abkürzung für Persephone«, sagte ich, als ich den Plastikdeckel auf den dampfenden Kaffee knallte und ihn zu ihm herüberschob. »Der Nächste bitte.«

»Wann ist deine Schicht vorbei? Hast du nachher noch etwas vor?«, fragte er.

Ich sah ihn aus dem Augenwinkel an, als eine ältere, wackelig auf den Beinen stehende Dame mit Krückstock an den Tresen trat. »Könnten Sie bitte Platz machen?«

Er verbeugte sich entschuldigend vor der alten Frau. Sein blasses Haar fiel ihm ins Gesicht und mit einer Hand schob er es sich aus den Augen. Als er sich wieder aufrichtete, waren seine Muskeln unter seinem engen blauen Hemd deutlich auszumachen.

»Es tut mir sehr leid, meine Dame. Ich fragte dieses bezaubernde Fräulein nur gerade nach ihren Plänen für den verbleibenden Nachmittag.« Er schenkte ihr ein strahlendes Lächeln.

Ich rollte mit den Augen, als der böse Blick der Dame sich in Luft auflöste. Ein Lächeln breitete sich nun auch auf ihrem Gesicht aus und ihre Wangen erröteten vor Freude.

»Da hast du aber ein Glück«, sagte sie zu mir.

»Das habe ich leider nicht, denn ich habe für heute Nachmittag bereits Pläne«, sagte ich an den großspurigen Kunden gerichtet.

»Wie schade«, sagte dieser, doch nun reichte sein Lächeln nicht mehr bis zu seinen Augen. Stattdessen breitete sich ein frecher Glanz in ihnen aus. »Na dann. Wir sehen uns, Persy«, sagte er und schlenderte aus dem Café.

Ein merkwürdiger Schauer durchfuhr mich und ich schüttelte den Kopf und wandte mich wieder der Seniorin zu.

»An deiner Stelle hätte ich meine Pläne geändert«,

meinte diese mit noch immer geröteten Backen. »Es gibt nicht viele Männer, die so gut aussehen. Selbst hier in New York nicht.«

»Meiner Erfahrung nach sind es die gut aussehenden Männer, die einem Ärger einhandeln«, erwiderte ich. »Was darf es heute für Sie sein?«

Noch zwei Stunden meiner Schicht bei Easy Espresso lagen vor mir, und auch wenn der stetige Andrang koffeinbedürftiger Kunden mich auf Trab hielt, konnte ich einfach nicht aufhören, an diese hypnotisierenden Augen zu denken. Doch was ich gesagt hatte, war mein voller Ernst gewesen. Diese gestriegelten Typen Männer, die einen gleich im zweiten Atemzug um ein Date bitten, sind für mich tabu. Leider ist mein Beuteschema der mühelos coole Mann; mit zerrissenen Jeans, ölbefleckten T-Shirts und einer vollkommen-von-männertypischen-Dingen-abgelenkten-Haltung. Kurzgesagt, die Sorte Mann, die niemals im Leben Frauen in Cafés bemerken oder gar ansprechen würde.

Ich arbeitete seit einem Jahr bei Easy Espresso. Ich verabscheute die Arbeit nicht, aber ich liebte sie auch nicht. Keine Frage, als Barista in einem kleinen örtlichen Café zu arbeiten, ist bei Weitem besser als bei einer dieser großen Ketten, wo die Schlangen nie kürzer als zehn Leute sind, und zu allem Überfluss alle immer wütend und in Eile zu sein schienen. Easy Espresso hatte eine entspanntere Atmosphäre, lag zwischen einer Wäscherei und einer Bäckerei und bot den Gästen nur drei kleine Tische innen und drei draußen auf dem Gehweg. Mein Chef Tom war kein Arschloch, was gerade in New York selten ist und für mich eine vollkommen neue Erfahrung. Doch ich wusste, dass ich nicht mehr lange dort arbeiten würde. Nur noch ein Semester am Botanischen Garten New York lag vor mir, und wenn ich erst einmal meinen Abschluss hatte, würde ich mir einen Job suchen können, den ich wirklich liebte.

Ich konnte fühlen, wie die Aufregung mich wie einen Schauer durchlief, als ich mich in mein Biker-Jäckchen warf, gerade als Stacey um 14 Uhr zu Beginn ihrer Schicht hereinkam.

»Bis morgen«, rief ich ihr zu und war schon aus der Tür, noch bevor sie sich die hässliche braune Schürze umgelegt hatte. Die Krokusse in meinem Beet im Gewächshaus hatten sich hoffentlich endlich geöffnet, und nach der Vorlesung zu Bodenwissenschaft, hatte ich eine Privatstunde mit Professor Hetz, um meine Gartenentwürfe für die Abschlussprüfung mit ihm zu besprechen. Wenn mein Entwurf gut genug war, würde er mich für das Stipendium für die Ausbildung zur Landschaftsgestalterin nominieren. Damit hätte ich eine reelle Chance meinen Traumberuf zu ergattern. Wenn man sich ansah, wie schnell sich die begrünten Dachflächen überall in der Stadt ausbreiteten, hatte ich sogar die berechtigte Hoffnung, dass ich genügend Arbeit finden könnte, um in Manhattan bleiben zu können.

Grinsend joggte ich in Richtung der Metro und zog mit einer Hand am Gurt meiner abgenutzten Tasche, die mir von der Schulter zu fallen drohte. Der Botanische Garten und das beeindruckende Auditorium mit Zierkuppel lagen in der Bronx, gute zwanzig Minuten entfernt, und meine Vorlesung begann schon in einer halben Stunde. Aus dem Augenwinkel nahm ich einen Blitz wahr und schaute auf. Schwarze Wolken zogen sich wie aus Geisterhand am Himmel zusammen. *Merkwürdig.* Laut Vorhersage sollte es diese Woche warm und trocken bleiben. Nach einem ungewöhnlich trüb-nassen Start in den April hatte die Stadt etwas Sonnenschein mehr als verdient. Um mich herum begannen die Menschen sich zu beeilen ins Trockene zu kommen, und missmutig dreinblickend schob die Masse sich schneller voran. Ich hatte keinen Regenschirm bei mir und meine kurze Lederjacke würde mich nur wenig vor der Nässe schützen. So ging ich von meinem gemütlichen Trott in einen Sprint über und steuerte die Unterführung zur Metro an. Ein plötzlicher Donnerschlag ließ mich zusammenfahren und unwillkürlich stehen bleiben. Ich sah zum Himmel hinauf. Der Donner hallte durch die Straßen und prallte immer wieder von den sich vor mir auftürmenden Gebäuden ab. Innerhalb kürzester Zeit war es dunkel geworden und obwohl der Regen noch nicht eingesetzt hatte, war die Sonne schon vollkommen verdeckt von dicken, dunklen Wolken. Gerade noch nahm ich etwas Lilafarbenes wahr, das den Blitz umspielte und dann ertönte schon der nächste Donnerschlag. Dieser war so laut, dass ein erschreckter Schrei meinen Lippen entwich und meine Händen nach oben schossen, um meine Ohren zu schützen. Ich spürte, wie die Angst in mir aufstieg. Sich während eines Sturms im Freien aufzuhalten war gefährlich, besonders in einer Stadt.

»Du solltest dich in Sicherheit begeben, Persy, irgendwo, wo es überdacht ist.« Ich zwang mich, meinen Blick von dem von Blitzen erfüllten Himmel loszureißen. Meine Kinnlade klappte herunter, als ich den blonden, gutaussehenden Mann von vorhin nur ein paar Meter von mir entfernt stehen sah. Und er war der Einzige, der sich jetzt noch mit mir auf der Straße befand. Ich sah mich um und ein ungutes Gefühl durchströmte mich. Wohin waren all die Menschen verschwunden? Vor kaum dreißig Sekunden war ich doch noch von mehr als fünfzig Menschen umgeben gewesen. *Das war verdammt merkwürdig.* Panik breitete sich in meiner Brust aus und instinktiv trat ich einen Schritt zurück. Der gutaussehende Mann lächelte mich an und einen Sekundenbruchteil später stand er plötzlich vor mir.

Ich schnappte hörbar nach Luft. Mein Puls raste und ich nahm noch einen weiteren Schritt zurück. Doch ich konnte meinen Blick nicht von ihm lösen. Lilafarbene Blitze zuckten um seine Pupillen, zeitgleich mit den Blitzschlägen am Himmel, die ich über mir wahrnahm. Es war furchteinflößend, aber gleichzeitig auch wunderschön. Meine Muskeln zogen sich zusammen und mein Herz hämmerte mir gegen den Brustkorb. Jede Faser meines Körpers wollte davonlaufen, aber ich stand da wie angewurzelt.

»Wer bist du?«, keuchte ich.

»Du würdest es mir ja doch nicht glauben«, grinste er.

Jetzt durchzuckte ein Funken Ärger meine Angst. Dieser Schönling konnte nicht damit umgehen, abgelehnt zu werden? Vor meinem geistigen Auge sah ich das Bild von Ted Hammond, der mich während der High School gemobbt hatte und mein Leben jahrelang zur Hölle gemacht hatte, vor den Augen der gesamten Schule. Und schlimmer noch, wenn niemand es mitbekam.

»Du fabrizierst also solch aufsehenerregenden Stürme, wenn dir eine Frau kein Interesse entgegenbringt?« Ich hob die Augenbrauen an.

Er lachte leise und ich fluchte, als er vor meinen Augen immer größer wurde. Seine Gestalt schwoll und türmte schon bald über mir, was bei meiner zierlichen Statur nicht schwierig war. Sofort bereute ich, was ich gesagt hatte, und das mir vertraute Gefühl der Hilflosigkeit ließ meine Eingeweide schrumpfen. *Ich war nicht stark genug, um ihn aufhalten zu können.* Dieser Gedanke hatte mein Leben über Jahre hinweg dominiert.

»Ach Mensch, Persephone. Ich kann noch so viel mehr als diese hübschen Stürme zu fabrizieren.« Er begann schwach lila zu leuchten und ich schrie auf als ein Blitzschlag aus dem Himmel zuckte und ihn durchfuhr. Licht ging jetzt auch direkt von seinem Körper aus und ich drehte mich auf dem Absatz um und lief davon. Mein Instinkt übernahm all meine Körperfunktionen und ich rannte so schnell ich nur konnte. »Wo willst du hin, kleine Persy? Du kannst mir nicht entkommen.« Sein donnerndes Lachen hallte durch die leeren Straßen und meine Brust zog sich zusammen. Meine Lunge brannte, doch ich rannte immer schneller. Ich wusste nicht wohin. Ich war blind vor Panik. Ich hatte alle Fähigkeiten zu denken verloren. Ein animalischer Instinkt zwang meinen Körper in Bewegung zu bleiben und mich davon zu machen. Ein weiterer lilafarbener Blitz raubte mir kurzzeitig das Sehvermögen und ich sprang gerade noch rechtzeitig zur Seite, als ein Blitzschlag direkt vor mir im Asphalt aufschlug. Der Geruch des verbrannten Straßenbelags brannte mir in der Nase, als ich den Eingang zur Metro an der menschenleeren Straße erblickte. »Na, komm schon, Persephone. Du kannst dir nicht vorstellen, wie sauer Hades auf mich wäre, wenn ich dich in Brand setzen würde, noch bevor du sein Reich betrittst.«

Hades? Hatte er da gerade Hades gesagt?

Ich rannte immer weiter. Meine Turnschuhe schlugen mit jedem Schritt hart aufs Pflaster auf, in meiner Verzweiflung, die Sicherheit des Metroeingangs zu erreichen. Blitze konnten mich doch mit Sicherheit nicht unter der Erde erreichen. Doch als ich dem Eingang näher kam, stockten meine Schritte. Die Welt vor mir hatte sich verwandelt. Sixth Avenue war jetzt eine Blumenwiese und der Eingang zur Metro, in dem ich gehofft hatte Sicherheit zu finden, war zu einem dunkel klaffenden Höhlenmund geworden.

Ich stolperte und fiel in die Knie, doch statt des harten Asphalts, spürte ich weiches Gras unter mir. Mein Atem war flach geworden und ich konnte fühlen, wie ich den Verstand verlor. Ich kämpfte mich wieder zu Füßen und drehte mich um. Wie zur Hölle war das hier möglich? *Was* zur Hölle ging hier vor? Eine Welle von Schwindel überkam mich, als ich zu verstehen versuchte, woher der Rasen und all die hübschen Blumen erschienen waren, die mich plötzlich umgaben. »Wo bin ich?«, kreischte ich und sah mich nach dem Schönling mit den blitzenden Augen um. Die dunklen Wolken rollten weiter über meinem Kopf hinweg, durchzogen von lilafarbenen Blitzen. »Warum bin ich hier? Wer zur Hölle bist du?« Tränen der Frustration und Angst füllten meine Augen. Ich musste zu meiner Vorlesung. Ich musste Professor Hetz meinen Garten zeigen. Den Garten, an dem ich monatelang gearbeitet hatte und an dem meine gesamte Zukunft hing... Ein Teil von mir verstand, dass der Garten in diesem Moment meine geringste Sorge sein sollte, doch er hatte über Monate hinweg jede freie Minute meines Lebens eingenommen. Dies war meine Chance auf einen Neuanfang an einem Ort, an dem niemand mich als schwach oder arm ansah. Mein Verstand zwang mich, mich an etwas Realem festzuhalten und mich nicht dieser abgedrehten Halluzination hinzugeben, oder was zur Hölle dies hier auch war. Alles, was ich hatte, war mein Garten.

Ein weiterer Donnerschlag durchbrach die Wolkendecke und es begann zu regnen. Die Tropfen fielen schnell und schwer vom blitzenden Himmel. Ich stieß einen wuterfüllten Schrei aus und drehte mich noch immer panisch um mich, auf der Suche nach dem Arschloch, das meinen Tag so unglaublich versaut hatte. »Wo bist du, du feiger Hurensohn?«, schrie ich. Wie als Antwort darauf prasselten die Regentropfen noch härter hinab und Blitzschläge rasten zu allen meinen Seiten auf die Erde zu.

DREI

Mindestens zehn Blitze flogen im Zickzack in ringförmiger Anordnung um mich herum zur Erde. Ihr Licht war so hell, dass meine Arme instinktiv in die Höhe flogen, um mein durchnässtes Gesicht zu schützen. Ihr kreischendes Geräusch drang so tief in meinen Schädel ein, dass mir vor Angst schwindelig wurde. Ich musste an einen sicheren Ort gelangen, an einen Ort, an den mich die Blitze nicht kriegen konnten. Ich blinzelte und versuchte, meine Augen vor dem Licht zu schützen, doch das Einzige, was ich auf der leeren Wiese sehen konnte, war der Höhleneingang. Er stach aus einem kleinen Hügel hervor, der nicht mehr als einen Meter hoch war. Steinstufen, welche in der Dunkelheit kaum sichtbar waren, führten in die Erde hinunter. Das war bestimmt der Ort, an den er mich drängen wollte. Deshalb sollte ich ihn um jeden Preis vermeiden. Ein weiterer Donnerschlag hallte um mich herum und setzte meinen gesamten Körper unter Spannung.

Ich entschied, dass ich nicht an diesem Ort bleiben

konnte und schob mir das durchnässte Haar aus dem Gesicht, als ich in die Richtung der Höhle rannte.

Ich musste mich tief ducken, um in die Dunkelheit eintreten zu können und es war eine Erleichterung, nicht mehr von Regen umgeben zu sein. Keuchend vom Laufen und Brüllen, ließ ich mich auf die oberste Stufe fallen und sah zur Blumenwiese hinüber und versuchte meine Gedanken auf die Reihe zu bringen. Meine Hände zitterten und mein Mund war trocken. Das Adrenalin pochte mir durch die Adern. *Dies konnte einfach nicht wahr sein,* versicherte ich mir. Ich zog meine Gesichtsmuskeln zusammen. Das musste ein Nervenzusammenbruch sein, oder ein Schlaganfall vielleicht. Oder war ich von einem Auto angefahren worden? Eines stand fest, ich war bestimmt nicht von einem atemberaubend schönen Mann auf eine Wiese gezaubert und mit Blitzschlägen, die er kontrollierte, in diese Höhle gezwungen worden. Das stand fest. Weil das wäre ja verrückt. Mehr als nur verrückt.

Ich atmete tief durch und begann damit, mir das Regenwasser aus den Haaren zu wringen. Ich musste mir eingestehen, dass sie ganz schön nass waren für eine Halluzination. Ich tastete nach meiner Tasche. Doch die Geste war eher der Gewohnheit entsprungen, als dass sie in diesem Moment hilfreich gewesen wäre. Meine Handybatterie war leer. Und wen sollte ich überhaupt anrufen? Ich lag wahrscheinlich bewusstlos in der Sixth Avenue. Mit ein bisschen Glück befand ich mich jetzt bereits in einem Krankenwagen. Hoffentlich würden die Sanitäter mein Handy aufladen und die Nummer meines Bruders finden. Er würde sich um alles kümmern. Er kümmerte sich immer um mich.

Ich atmete tief durch. Langsam begann ich mich

besser zu fühlen. Es war absolut unmöglich, dass das hier echt sein konnte. Ich war in keiner Höhle und da draußen war auch keine Blumenwiese. Und ich wurde auch nicht von einem Mann gejagt, der Blitze nach mir schoss. *Es war einfach nicht möglich.* All dies war nicht mehr als ein Traum.

Dann konnte ich mich auch ruhig etwas umsehen. Immer hin, wenn ich in einem Koma lag, konnte es sein, dass ich eine Weile hier sein würde. Mein neugefundenes Selbstbewusstsein durchströmte mich und ich war überrascht herauszufinden, wie wackelig meine Beine in dieser Halluzination waren. Und wie kalt meine Haut sich in dieser Halluzination anfühlte. Es handelte sich offenbar um eine sehr intensive Halluzination, dachte ich mir. Solche Sachen passierten schließlich ständig, nicht wahr?

Wackelig auf den Beinen, streckte ich einen durchnässten Turnschuh vor mir aus und nahm vorsichtig einen Schritt tiefer in die Höhle hinein. Meine Socken quietschen in den Schuhen. Na toll. Wie groß war wohl die Wahrscheinlichkeit, dass ich am Ende dieser Stufen eine Wäscherei mit Trockner finden würde, fragte ich mich. Um ehrlich zu sein, wenn all das hier Teil meines Traums war, standen meine Chancen wahrscheinlich gar nicht so schlecht. Vielleicht konnte ich noch mehr schöne Sachen heraufbeschwören, die mich am unteren Ende der Treppe erwarten würden, dachte ich mir, als ich einen weiteren Schritt in die Dunkelheit wagte. Ein Zitronenkuchen vielleicht. Oder eine ganz Reihe von heißen Männern in schmutzigen Schutzanzügen und einer Dusche, die groß genug für sie alle war.

Binnen kürzester Zeit war ich bereits zehn Stufen gegangen und meine Augen gewöhnten sich langsam an das fehlende Licht. Die Steinstufen waren abgenutzt und ungleichmäßig. Ich kam nur langsam voran, doch es schien immer weiter zu gehen.

Nach weiteren zehn Minuten hatte ich Mühe, mich an dem Gedanken mit den dreckigen Mechanikern festzuhalten. Ich folgte der Treppe immer weiter nach unten und versuchte verzweifelt, positiv zu denken. Die Panik schob sich von meinen Eingeweiden hoch in meine Brust und schnürte mir langsam den Atem ab. Wo zur Hölle ging ich eigentlich hin? Ich hätte schwören können, dass es wärmer wurde. Oder fühlte es sich nur so an, weil ich mich bewegte und immer weiter abtrocknete? Vielleicht war es meine Angst, die mir warm unter die Haut kroch?

Nachdem ich vielleicht eine Viertelstunde, die sich jedoch wie eine Stunde anfühlte, einen nassen Fuß vor den anderen gesetzt hatte und immer tiefer in die Erde vorgedrungen war, sah ich endlich ein Licht vor mir aufzucken. *Blaues Licht.* Ich zog mein Tempo an, war aber weiterhin vorsichtig auf den unsteten Stufen. Doch ich war neugierig, was das Flickern des blauen Lichtes verursachen mochte. Vielleicht war es der Krankenwagen und mein Körper ließ einen Teil der Realität in diese Halluzination hinein einfließen. Meine Atmung beschleunigte sich, als ich der Treppe um eine Biegung folgte.

Wandleuchter hingen in regelmäßigen Abständen an der steinernen Wand. Jeder von ihnen enthielt eine Fackel mit blauen Flammen. »Was zum Teufel...«, murmelte ich und streckte meine Hand zögerlich nach einer der Fackeln aus. Ich zog sie schnell zurück, als ich die intensive Hitze spürte. Das ist wirklich merkwürdig, dass sich die Hitze in meiner Bewusstlosigkeit so echt anfühlt, dachte ich mir und zog bewundernd die Augenbrauen in die Höhe. Vielleicht hatte ich mehr Fantasie, als ich mir zugetraut hatte. *Was sonst ist noch hier unten, frage ich mich?*

Viel weiter musste ich nicht mehr gehen, bis die Stufen sich in ebenen Boden verwandelten und die Treppe zu einem langen Gang, mit Fackeln zu beiden Wänden, wurde. Als meine Füße ebenen Grund fühlten, bewegte ich mich schneller und sah hin und wieder zur Tunneldecke empor. Ich war nicht klaustrophobisch, aber es schien angemessen, regelmäßig zu überprüfen, was sich über einem befand, wenn man sich so tief unter die Erdoberfläche wagte.

Ich war bereits einen guten Kilometer gelaufen, bevor ich eine Tür erreichte. Sie war aus Holz und lag verschlossen vor mir. In sie waren Buchstaben eingeritzt, die wie Altgriechisch aussahen und in demselben Blau glänzten wie die Flammen an den Wänden.

Ich griff nach dem Eisenring und zog vorsichtig daran. Die Tür gab keinen Zentimeter nach. Ich zog fester. Mir graute davor, den ganzen Weg zurückgehen und die Stufen wieder hinauf zur verregneten Wiese emporklettern zu müssen. Die Tür gab nicht nach. Ich fluchte und frustriert ließ ich von dem Ring ab. Das schwere Stück Eisen schwang gegen das Holz und prallte zwei Mal davon ab. Das Klopfen hallte laut durch den engen Korridor. Ich erstarrte. Das Geräusch war unerwartet und verunsicherte mich. Leise ertönte ein Knarren, und ich trat schnell von der Tür zurück.

Sie schwang auf. Wenn ich gedacht hatte, dass meine Fantasie auf vollen Touren lief, als ich die blauen Flammen erblickt hatte, war das nichts im Vergleich mit der Frau, die jetzt vor mir stand. Ich verdiente auf jeden Fall eine Auszeichnung für mein Vorstellungsvermögen.

Ihre Haut war so hell, dass sie strahlte und sie trug von Kopf bis Fuß enganliegendes schwarzes Leder, mit höllisch viel Ausschnitt. Ihr pechschwarzes Haar war mit Hunderten von silbernen, dünn geflochtenen Strähnen durchzogen und zu einem Pferdeschwanz hoch auf ihrem Kopf zusammengebunden. Die komplizierten schwarzen Linien ihres Tattoos auf der unteren, rasierten Hälfte ihres Kopfes waren so gut zu sehen. Silberner Schmuck bedeckte ihre Ohren, Handgelenke und Hände. Und jedes Schmuckstück war scharf zugespitzt. Ohrringe hingen, wie Speerspitzen von ihren Ohrläppchen, und sie trug Fingerscheiden, die in glänzenden klauenartigen Spitzen endeten. Eine glänzende Tiara, mit einem einzigen schwarzen Stein besetzt, lag auf ihrer Stirn und zog die Aufmerksamkeit auf ihr bemerkenswertestes Merkmal. *Sie hatte keine Pupillen.* Ihre Augen schienen rein weiß.

»Willkommen in der Hölle«, sagte sie mit einem Grinsen.

VIER

W ie betäubt sah ich zu, wie das Weiße begann aus ihren Augen zu laufen. Ich war zu erschrocken, um mich zu regen. Ihr Grinsen verschwand, als schwarze Pupillen, umgeben von elektrisch blauen Augen, sich formten. »Nein, verdammt. Das kann nicht wahr sein«, sagte sie langsam. Ich bewegte meinen Mund, doch kein Wort entfuhr mir. Ich konnte sie nur anstarren und sie starrte zurück.

»Er hat dich gefunden. Er hat dich verdammt noch einmal tatsächlich gefunden. Im Namen der Götter, Hades wird ... Oh, verdammt. Oh verdammt, verdammt, verdammt!« Sie stampfte mit dem Fuß auf und ihre weiche Stimme hob sich um eine Oktave. Sie ballte ihre Hände zu Fäusten.

»Wer hat mich gefunden?«, sagte ich, halb flüsternd. »Und... warum reden immer alle über Hades?«

Die Frau biss sich auf die Unterlippe, zog die Augenbrauen zusammen und schüttelte den Kopf. »Zeus. Zeus hat dich gefunden. Ich kann es nicht glauben.«

Ein heiseres Lachen entstieg meiner Kehle. Sie stütze

eine Hand auf ihre Hüfte auf, ihr Blick war rührungslos. »Das ist nicht lustig. Es ist eine verdammte Katastrophe.«

»Wovon redest du? Wer bist du überhaupt?« Ich konnte spüren, wie mein Selbstbewusstsein wieder in mir wuchs.

»Ich bin Hekate. Und du bist Persephone. Und du solltest auf keinen Fall hier sein. Das ist es, wovon ich rede.«

»Hekate? Die Göttin der Magie?«

»Unter anderem, ja«, sagte sie und betrachtete mich. »Also... Du erinnerst dich an ein wenig...«

»Aus dem Unterricht? Ja, ich kann mich an eine ganze Menge erinnern«, sagte ich mit einem Stirnrunzeln. »Wir haben die alten Griechen und Römer durchgenommen und ich habe mich auch nach der Schule weiter damit beschäftigt.«

»Aus dem Unterricht, klar«, sagte Hekate und nickte langsam. »Und da ist nichts anderes, an das du dich erinnerst? Vielleicht...« Sie verstummte und hob eine ihrer perfekten Augenbrauen, als sie mich eingehend betrachtete.

Statt einer Antwort zog ich meine beiden zusammen. »Wovon redest du?«, sagte ich schließlich, als ich aufgegeben hatte zu hoffen, dass sie mehr sagen würde.

Sie atmete hörbar aus.

»Hades wird ausflippen, wenn er dich hier sieht. Aber man hat es nicht anders verdient, wenn man den Herrn der Götter verärgert. Verdammter Vollidiot.«

»Hades ist ein verdammter Vollidiot?«

»Ja. Aber, wenn dir dein Leben lieb ist, sag ihm das nicht ins Gesicht, oder verrate ihm, dass ich das gesagt habe.« »Ich hatte keine Ahnung, dass ich so fantasievoll bin«, flüsterte ich.

»Was?«

»Das ist alles nicht real«, sagte ich ihr. »Ich habe dich mir nur ausgedacht.«

Ein schiefes Grinsen breitete sich in ihrem Gesicht aus und ihre blauen Augen funkelte böse. »Wirklich?«

»Es muss so sein«, erwiderte ich. »Zeus und Hades und die griechischen Götter existieren nicht. Ich bin sicher, dass wir davon wüssten, wenn es so wäre.« Noch während diese Worte meinen Mund verließen, vermischten sie sich mit dem Zweifel und der Panik, die ich nicht mehr unterdrücken konnte. Irgendetwas war ganz und gar nicht in Ordnung. Überhaupt nicht in Ordnung. *Das liegt wahrscheinlich daran, dass du in der realen Welt gerade schwerverletzt oder dem Tode nahe bist,* ermahnte ich mich.

»Du hast eine lange Zeit in der Welt der Sterblichen verbracht, Persephone«, sagte Hekate leise.

»New York«, berichtigte ich sie. »Ja, ich habe dort für sechsundzwanzig Jahre gelebt. *Mein ganzes Leben.«* Ich betonte den letzten Satz.

»Natürlich«, sagte sie in einem Ton, als zweifelte sie an meinem Geisteszustand. »Was zum Teufel soll ich jetzt nur mit dir machen?«

»Du hast auf jeden Fall jemanden erwartet.« Ich erinnerte mich an ihre weißen Augen. »Du hast mich in der Hölle willkommen geheißen.«

»Ja. Ich habe die letzte Kandidatin für die Hades Tribunale erwartet. Ich hätte nur nicht gedacht, dass du das sein würdest.«

»Die Hades Tribunale?«

»Weißt du, für jemanden, der sich all dies nur ausgedacht hat, scheinst du nicht wirklich eine Ahnung zu haben, was vor sich geht.«

Mein Magen verzog sich unangenehm. Sie hatte damit durchaus nicht Unrecht. »Warum erzählst du mir nicht einfach davon?« Ich stütze meine Fäuste auf den Hüften auf, um zumindest so auszusehen, als hätte ich die Situation unter Kontrolle. Es bestand jedoch kein Zweifel, dass die Frau, die da vor mir stand, mir um Längen überlegen war.

»Nun gut. Zeus hat entschieden, dass es an der Zeit ist, dass Hades heiratet. Frauen kämpfen deshalb um die Position der Königin der Unterwelt in einer Reihe von Tribunalen. Es war meine Aufgabe, die letzte Kandidatin heute hier zu treffen.«

»Kann Hades sich nicht einfach jemanden aussuchen, den er mag?«, fragte ich und legte meine Stirn in Falten. Warum musste so eine Frage überhaupt gestellt werden? Das war doch verrückt.

»Nein. Nach seiner ersten Ehe hatte er sich geschworen, dass er nie wieder heiraten würde. Aber mit der Nummer, die er neulich abgezogen hat, hat er Zeus mächtig gegen sich aufgebracht. Und die Strafen des großen Mannes sind nicht zu unterschätzen.«

»Hades soll zur Strafe dazu gezwungen werden zu heiraten?«

»Ganz genau.«

»Und... was hat das alles mit mir zu tun? Woher weißt du eigentlich wer ich bin?«

Ein besorgter Blick legte sich über ihr schönes Gesicht und sie atmete laut aus. Sie schloss die Augen.

»Was für ein verdammtes Chaos«, seufzte sie, öffnete ihre Augen und sah mich an. »Ich bin wahrscheinlich nicht die richtige Person, um dir das zu sagen, aber du wirst es früher oder später herausfinden.«

»Was werde ich herausfinden?«

»Du bist Hades erste Ehefrau.«

~

Schwindel überkam mich, als ich sie anstarrte. Dann drang ein hysterisches Lachen, das mich selbst erschreckte, aus meinem Mund. Es tönte lauter und lauter und hallte in meinem Schädel wider.

»Woher zur Hölle nahm ich nur all diese Fantasien?«, brachte ich zwischen immer mehr Gelächter hervor. »Ich habe mich zur Ehefrau des Königs der Unterwelt erklärt? Was zum Teufel?« Noch mehr Lachen brach aus mir heraus. Meine Rippen begannen zu schmerzen und ich beugte mich vor, um mich auf meinen Oberschenkeln aufzustützen. »Ich meine, manche Frauen stehen ja auf Bad Boys, aber Hades? Der König der Unterwelt? Das ist dann doch ein wenig extrem.«

»So hatte ich mir diesen Tag nicht vorgestellt«, seufzte Hekate.

Sie ließ mich weiter hysterisch lachen. Tränen liefen mir über die Wangen und adrenalinerfüllte Panik überrollte all meine Sinne.

»Bist du bald durch mit deinem Theater?«, fragte sie, als mein Gelächter sich langsam einstellte und ich mir die Tränen vom Gesicht wischte.

Ich nickte. »Ich bin durch. Durch mit allem. Es wird Zeit, dass ich aufwache.«

»Persephone, das hier ist kein Traum«, sagte sie, trat einen Schritt näher an mich heran und packte mich grob am Arm.

»Aua!«, schrie ich und mein Gelächter hörte auf einen Schlag auf.

»Siehst du jetzt? Fühlst du das?«

»Ja«, sagte ich und entzog meinen Arm ihrem Griff.

»Das hier ist echt und glaub mir, wenn ich dir sage, du willst dir weder Zeus noch Hades zum Feind machen. Du willst dir keine der olympischen Götter zum Feind machen. Wenn Zeus es war, der dich gefunden und hierher gebracht hat, dann hast du keine andere Wahl als an den Tribunalen teilzunehmen. Und das hat seine... Konsequenzen.«

Ich sah sie böse an. »Nein. Nein, auf keinen Fall. Es tut mir leid.« Ich drehte mich auf dem Absatz um und mein Magen zog sich zusammen, als ich in eine Mauer aus solidem Stein lief. »Wo ist der Korridor hin?«, fragte ich sie leise mit schwacher Stimme.

Blaues Licht schoss um mich herum und ich drehte mich wieder zu Hekate um. Ihre Augen waren jetzt wieder milchig weiß und sie legte sich die Hände übers Gesicht. Dünne Strähnen lilafarbenen Rauches lösten sich aus ihren Handflächen und verflochten sich zu einem Dolch, der sich langsam und spiralförmig in der Luft vor mir drehte.

Mein Herz hämmerte plötzlich wie wild in meiner Brust. »Ich muss mich setzen«, sagte ich und fühlte, wie meine Knie schwach wurden und mein Gewicht nicht mehr halten konnten.

»Persephone, du hast eine Vergangenheit in dieser Welt. Es steht mir nicht frei, dir diese Vergangenheit darzulegen.« Ihre Stimme klang nun förmlich, ganz und gar nicht, wie sie vorher geklungen hatte. »Ich kann dir jedoch anvertrauen, dass Hades geschockt sein wird, dich zu sehen. Geschockt und sehr, sehr wütend. Auch wirst du anderen begegnen, die deiner Rückkehr nicht positiv gegenüberstehen werden. Diese Waffe ist für dich. Hier im Olymp wird sie dich beschützen, selbst vor einem Gott. Trage sie immer bei dir.«

Der Dolch schwebte durch die Luft und landete in meiner zitternden Hand, die ich zögerlich ausgestreckt hatte. Er fühlte sich warm an. Grüne Edelsteine war an den Seiten des Knaufes eingesetzt. Aber davon abgesehen, war er ein eher unauffälliges Objekt.

»Danke«, murmelte ich und sah mir die Waffe gründlich an. Sie fühlte sich so echt an. *Zu echt.* Ich drückte meine Augen fest zu. *Ich muss aufwachen. Ich muss endlich aufwachen. Sam, wo bist du, verdammt noch einmal? Weck mich endlich auf!*

Doch nichts passierte. Das hieß aber nicht, dass das hier real war. Ich konnte nicht die Ehefrau des Hades sein. Ich hatte einfach zu viel Netflix geschaut und meine Fantasie war mit mir durchgegangen.

Doch mein rasendes Herz war nicht das einzige, das ich in mir spürte. Da war noch etwas anderes tief in mir, das sich danach zehrte, dass dieser Wahnsinn wahr war. *Warum? Warum würde ich das wollen?* Warum sollte ich darum kämpfen, die Ehefrau eines Gottes zu werden, dessen Frau ich bereits gewesen bin und dann mein Leben in dieser Parallelwelt vergessen hatte? Ich wollte Gärten entwerfen. Ich wollte lebendige Dinge anpflanzen und wachsen sehen! Ich wollte nicht in dieser Höhle sein, mit einem magischen Dolch, umgeben von wütenden Göttern!

»Ich will nach Hause«, flüsterte ich und sah Hekate ängstlich an. »Ich habe einen wichtigen Termin. Dieses Stipendium ist sehr wichtig für mich. Ich habe mich so lange darauf vorbereitet.«

Ein mitleidiger Blick zuckte über ihr schönes Gesicht. Ihre Augen waren jetzt wieder blau. »Es tut mir leid.

Zeus ist so ein Arsch.« Sie zuckte zusammen. »Sag ihm nicht, dass ich das gesagt habe.«

»Kannst du mich nicht zurückschicken?«

Sie schüttelte traurig mit dem Kopf. »Sowohl für dich als auch für Hades wünschte ich, dass ich es könnte. Aber du weißt, wie es ist. Wenn der große Mann erstmal eine Entscheidung getroffen hat, dann war es das.« Sie legte ihren Kopf schief und sah mir direkt in die Augen. »Tief in dir kannst du spüren, dass das hier wahr ist, oder nicht?«

Ich erwiderte ihren Blick. »Ich weiß, dass etwas nicht stimmt«, gab ich zu.

»Vielleicht werden Erinnerungen zu dir zurückkehren, wenn du erstmal wieder in die Welt des Olymps eintrittst.« Sie sah auf ihre Hände hinab. »Doch hoffentlich nicht alle«, fügte sie leise hinzu.

Ich runzelte die Stirn. »Wenn du mir die Wahrheit sagst, warum sollte Zeus dann wütend auf mich sein? Haben wir uns gestritten?«

»So etwas in der Art. Er ist der Einzige, der dir genaueres sagen kann und ich kann mir vorstellen, dass er das nicht tun wird.«

»Warum das?«

»Persy, ich kann es dir nicht sagen. Frag nicht, okay?« Sie klang genervt.

»Persy?«

Sie sah mich entschuldigend an. »Entschuldige. So habe ich dich immer genannt. Bevor... bevor du gegangen bist.«

»Waren wir befreundet?«

»Ja. Aber deine Frisur war damals cooler. Dein Klamottenstyle auch.«

Ich sah an mir herab, nahm die Lederjacke und meine

zerrissene Jeans war. Dann sah ich an ihrem enganliegenden schwarzen Catsuit empor. »Oh«, sagte ich und wusste nicht, was ich sonst sagen sollte. Es war fast so, als hatte mein Gehirn aufgegeben, all diese neuen Informationen zu verarbeiten. »Ich weiß nicht mehr, was ich denken soll«, sagte ich zu Hekate. »Ich bin plötzlich so müde.«

»Lass uns gehen. Es ist Zeit, dass du etwas zu essen bekommst und wir müssen dir trockene Kleidung besorgen. Ein Drink könnte auch nicht schaden. Himmel, ich könnte auf jeden Fall einen vertragen.« Sie streckte mir ihre Hand entgegen.

Ich zögerte einen Moment, dann umschloss ich sie.

FÜNF

Ich folgte Hekate durch die Holztür hindurch und durch immer mehr mit blauen Flammen erleuchtete Korridore.

Das blaue Licht spiegelte sich in ihrem Silberschmuck und ich gab auf, verstehen zu wollen, was hier vorging, und betrachtete lieber die Muster, die die Flammen bildeten, während wir die Flure entlang gingen. Es machte keinen Sinn, sich darauf zu konzentrieren, wohin wir genau gingen, wenn aus heiterem Himmel Wände erscheinen und den Weg versperren konnten. Es hatte keinen Sinn, sich auf irgendetwas wirklich zu konzentrieren. Diese ganze verrückte Situation schien weit außerhalb meiner Kontrolle zu liegen. Ich war unglaublich müde. Ich fragte mich, ob es möglich wäre, in der realen Welt aufzuwachen, wenn ich an diesem ausgedachten Ort einschlafen würde.

»Eigentlich sollte ich dich in einer Stunde den Göttern präsentieren. Aber angesichts der Umstände ist es wohl besser, wenn ich ihnen mitteile, dass wir uns verspäten werden.« Hekate sah mich über ihre Schulter hinweg an. »Zeus wird es sich schon denken können, der verdammte Arsch«, zischte sie.

»Warum hat er mich finden lassen und zurückgeholt?«

»Das habe ich dir doch schon gesagt. Weil es Hades ärgern wird. Deswegen.«

»Ach so, ja. Mein Ex-Mann hasst mich.« Ich verdrehte die Augen. *Das war doch vollkommener Schwachsinn.*

»Wo hast du das denn jetzt her? Das habe ich nie gesagt.« Ihre Schritte wurden langsamer und sie schaute mich an.

»Hast du wohl gesagt!«

»Ganz und gar nicht. Ich habe gesagt, er wird sauer sein, dich zu sehen. Du solltest nicht hier sein.«

»Ah. Ist das einer dieser Sachen, die etwas mit komplizierten Scheidungen zu tun haben?«, fragte ich mit einem Seufzen. Nichts von alledem machte Sinn.

»So etwas Ähnliches. Wir werden Schadensbegrenzung betreiben müssen. Ich werde tun, was ich kann. Aber...« Sie brach mitten im Satz ab. Sie sagte nichts weiter, bis wir die nächste Tür erreichten. Auch diese war übersät mit blau leuchtenden Zeichen. Ich war mir jetzt sicher, dass es griechische Schriftzeichen waren.

»Persy. Das wird jetzt ein bisschen komisch für dich. Flipp jetzt nicht aus, okay? Versuch einfach, dich normal zu benehmen.«

Ich sah sie an. »Ich bin zu müde, um auszuflippen.« Das war die Wahrheit. Mit jedem Schritt vorwärts waren meine Gedanken langsamer geworden und meine Beine fühlten sich an, als würden sie je eine Tonne wiegen. Mein Adrenalin hatte sich verflüchtigt und da war nur noch Müdigkeit. »Ich habe keine Ahnung, wie ich mich normal verhalten soll. Ich weiß doch nicht, was hier normal ist«, fügte ich hinzu.

»Du bist im Olymp. Im Olymp der Jungfrau, um genau zu sein.«

»Jungfrau? Wie das Sternzeichen?«

»Jeder hier im Olymp hat sein eigenes Reich. Und ja, in deiner Welt nennt ihr sie Sternzeichen. Hades Reich ist das der Jungfrau.«

»Mein Sternzeichen ist Steinbock«, sagte ich. »Wessen Reich ist das?«

»Artemis. Und sie und Hades kommen nicht gut miteinander klar. Ihr Reich ist aber tabu, es sei denn, du bist ein Zentaur. Wenn du also nicht zufällig einen Pferdekörper unter deiner Hose versteckst, vergiss besser gleich, dieses Reich besuchen zu wollen.«

»Klar«, sagte ich. Zentauren. Natürlich gab es hier Zentauren. Selbst durch meine Müdigkeit hindurch konnte ich wieder einen Funken Panik spüren. All das konnte nicht wahr sein. *Aber es war wahr.*

Zumindest vertraute ich Hekate genug, um zu glauben, dass diese Welt real war. *Das lag bestimmt daran, dass ich sie mir auch ausgedacht hatte und sie mir deshalb so sympathisch war.* Ich würde einfach versuchen, alles und jeden an diesem Ort so zu behandeln, als seien sie ganz normal, entschied ich bestimmt. Was sollte ich sonst auch tun? Ich hatte keine andere Wahl. Auszuflippen war keine gute Idee. Solange ich nichts gegen diese verdammte Situation ausrichten konnte, würde ich einfach einen Fuß vor den anderen setzen.

~

Der Raum, der auf der anderen Seite der Tür lag, schien überhaupt nicht außergewöhnlich. Er sah aus wie ein Ankleideraum, mit Kleiderstangen auf der einen Seite, einem langen Tresen auf der anderen und mit einem großen Spiegel darüber. Auch das Licht war nicht mehr blau. Das Grau, das von den steinernen Wänden abstrahlte, sah Tageslicht nicht unähnlich.

»Liegt das Reich der Jungfrau vollkommen unter der Erde?« Sobald die Worte meine Lippen verlassen hatten, bereute ich sie auch schon. Ich erwartete nicht, dass ich lange hier bleiben würde, aber ich kam einfach nicht mit dem Gedanken klar, dass es kein Entkommen gab. Panik stieg in meiner Kehle auf.

»Nicht das gesamte Reich, nein«, sagte Hekate. Sie bückte sich, um einen Schrank unter dem Tresen zu öffnen. Sie richtete sich wieder auf und reichte mir ein Glas. Sie hielt ihr eigenes in die Höhe und ich sah, wie ihre Augen wieder eine milchige Farbe annahmen. Rote Flüssigkeit füllte ihr Glas und als ich auf meines hinunter sah, füllte sich auch dieses.

»Was ist das?«

»Wein«, sagte sie und ihre Augen verwandelten sich wieder in ihr strahlendes Blau.

»Du kannst Wein heraufbeschwören? Ich wäre ständig betrunken«, sagte ich beeindruckt.

Sie zwinkerte mir zu. »Wer sagt denn, dass ich es nicht bin?« Sie trank einen großen Schluck und ich hob das Glas mit einer zögerlichen Bewegung an meine Lippen und atmete ein. Der Geruch war himmlisch. Johannisbeeren und Kirschen.

Ich nahm einen kleinen Schluck. »Wow«, entfuhr es mir.

Hekate sah mich an und schürzte die Lippen. »Ich

kann dir nicht sagen, wie neidisch ich auf dich bin. Den Olymp noch mal von Neuem zu entdecken. Alles ist so magisch beim ersten Mal.« Sie seufzte.

»Und du kannst mir wirklich nicht sagen, warum ich gegangen bin?«

»Nein. Ich weiß es selbst nicht. Aber selbst wenn ich es wüsste, Hades würde mich umbringen, wenn ich es dir sagen würde.« Sie schnipste. Ihre Augen waren jetzt wieder weiß und eine Schokoladentorte erschien aus dem Nichts vor uns. Sofort reagierte mein Magen mit einem animalischen Knurren.

»Kannst du mit deinen Kräften alles machen, was du möchtest?«, fragte ich sie.

»Ich kann eine ganz Menge.« Sie zuckte mit den Schultern und sie führte mich zu einem Stuhl, der vor dem Spiegel stand. »Es ist aber nicht alles nur Spaß und Freude. Ich bin auch die Göttin der Geister und ich kann dir versichern, dass ist viel weniger spaßig.«

»Wirklich?«, frage ich, als mich setzte und sie sich hinter meinem Stuhl aufbaute. Ich sah ihr im Spiegel dabei zu, wie sie eine Locke meines dunklen, pitschnassen Haares anhob und sie mit einem platschenden Geräusch auf meine Lederjacke zurückfallen ließ.

»Ja, die meisten finden es gar nicht lustig, wenn sie herausfinden, dass ihre Seelen in körperlichen Wesen feststecken. Manchmal fühlt es sich so an, als ob ich durch Scheiße wate, um ihre Angelegenheiten in Ordnung zu bringen.«

»Ist das der Grund, warum du in der Unterwelt lebst, wegen den Geistern?«

»Na, na. Komm schon. Wir müssen etwas mit deinen Haaren machen. Iss etwas von der Torte. Dann wirst du dich gleich besser fühlen.«

Für einen Moment dachte ich darüber nach, mich zu weigern. Ich erinnerte mich gehört zu haben, dass man in der Unterwelt kein Essen annehmen sollte. Aber die Torte sah wundervoll aus und sie roch noch besser. Dieser Ort war nur ausgedacht, ermahnte ich mich, und nahm mir ein Stück. Wie sollte es mir schon schaden können? Ich nahm einen Bissen und die Sinneseindrücke explodierten auf meiner Zunge. Das war die dekadenteste Schokolade, die ich jemals probiert hatte. »Oh mein Gott«, stöhnte ich.

»Götter«, berichtigte Hekate mich. »Zwölf. Und vergiss das nicht.«

»Ja. Richtig.« Ich nickte. Ich sah ihr im Spiegel dabei zu, wie sie den Kleiderschrank durchsah. »Ich kann aber nicht so etwas... anziehen.« Ich verstummte, als ich ihren Gesichtsausdruck sah.

Sie hatte ihre Augenbraue angehoben. »So etwas?«

»So etwas, wie du es trägst. Mir fehlt es an etwas... Selbstbewusstsein mit meiner Oberweite, die diese Aufmachung benötigen würde.«

»Persy, wenn ich mich recht erinnere, ist das vollkommener Quatsch. Aber keine Sorge. Ich hatte an etwas Konservativeres gedacht. Wenn du in einem hautengen Leder ankommen würdest, würde bei Hades mehr als nur eine Naht platzen.« Sie runzelte die Stirn, als sie ein grünes Kleid auf dem Bügel erblickte.

Ich schüttelte den Kopf. Vielleicht würde all das mehr Sinn machen, wenn ich meinem sogenannten Ex erstmal vor die Augen trat. Vielleicht auch nicht. Ich aß mein Stück Torte auf und trank auch den Rest Wein. Ich fühlte mich schon wieder viel aufgeweckter. »Erzähl mir etwas von den Tribunalen«, sagte ich. »Was werde ich tun müssen?«

»Ähm, es ist besser, wenn du das erst später herausfindest«, wich sie mir aus.

Besorgnis erfasste mich. *Es ist egal. Es ist alles nicht real,* erinnerte ich mich energisch.

»Ist es gefährlich?«

Hekate zuckte mit den Schultern. »Es hat Opfer gegeben«, sagte sie und zog hellblauen Stoff von einem Bügel.

»Was?« Ich drehte mich in meinem Stuhl herum und sah sie direkt an. »Opfer? Was für Opfer?«

»Mach dir keine Sorgen. Mit ein bisschen Glück wird Hades einen Weg finden, dich aus dem Wettbewerb auszuschließen.« Sie lächelte mich an. Ich wusste, dass sie mich anlog.

Ich atmete tief durch. »Ich mag das grüne Kleid«, sagte ich und zeigte auf die Kleiderstange.

»Oh. Okay.«

»Und könnte ich bitte mehr Wein haben?«

»Hekate, warum sind meine Haare weiß?« Ich versuchte meine Tonlage zu kontrollieren und mir meinen Unwillen nicht anmerken zu lassen. »Mein Tag war schon beschissen genug. Ich brauche nicht auch noch weiße Haare.«

»Warte doch erstmal bis du es alles zusammen gesehen hast. Du siehst umwerfend aus.« Sie hatte die Spiegeloberfläche in schwarzen Rauch verwandelt, doch ich konnte sehen, wie mein Haar mir über die Schulter fiel und über meiner linken Brust lag. Das blassgrüne Kleid war ein schulterfreier Neckholder mit nur mäßigem Dekolleté. Doch es lag eng um meine Taille und die untere Hälfte des Kleides floss wie ein Wasserfall zu

Boden. Der Rock schimmerte türkisfarben, wenn ich mich bewegte und durch den oberschenkelhohen Spalt konnte man die goldenen Schnürsandalen erspähen, die nun an meinen trockenen Füßen steckten.

Wenn es nicht um das weiße Haar wäre, wäre ich sehr glücklich mit meinem Outfit.

»Bist du bereit?«

»Habe ich eine Wahl?«

»Nein. Ta-da!« Der Spiegel verwandelte sich zurück und meine Kinnlade klappte herunter. Meine Haare waren *weiß*. Nicht die Art von weiß, wie alte Menschen sie trugen, wenn ihre Haare grau und dann weiß wurden, sondern schneeweiß. Ich bewegte meinen Kopf und sah im Spiegel, wie die glänzenden Strähnen das Licht silbern widerspiegelten. Es war halb lockig und halb hochgesteckt, mit vielen kleinen Flechtzöpfen, wie Hekate sie trug. Ein paar Locken fielen mir frei um die Ohren und strichen über meine nackten Schultern. Ich beugte mich näher an mein Spiegelbild heran. Meine Augen sahen grüner aus, fast wie frisches Grass. Ein dunkler Ring umgab sie und ließ die Farbe stärker hervorstechen. Ein tiefes Lila färbte meine Lippen, so dass sie voller aussahen und auch meine Wangenknochen stachen stärker hervor. »Wie hast du das angestellt? Wie hast du es geschafft, dass ich so...« Ich konnte den Satz nicht zu Ende bringen. Ich sah tausendfach besser aus, als ich es je selbst hinbekommen hätte.

Hekate strahlte mich an. »Warte nur, bis du dich in deinen alten Kleidern siehst«, sagte sie mit glänzenden Augen. »Und du wirst Kampfmontur brauchen.«

»Kampfmontur?« Ich zog die Augenbrauen zusammen. »Abgesehen von gelegentlichem Balgen mit meinem Bruder, habe ich noch nie gekämpft. Ich bin eher jemand, der liebt und unterstützt. Ich bin Gärtnerin, verdammt noch einmal.«

»Es ist wahrscheinlich wie mit dem Fahrradfahren. Manche Sachen verlernt man nicht.«

Ich öffnete meinen Mund und schloss ihn wieder. Es war sinnlos, sie zu fragen, was sie damit meinte. Ich würde einfach einen Schritt nach dem anderen machen müssen.

»Okay. Du bist so weit. Trink deinen Wein aus und wir gehen.«

Ich stürzte den Rest des Weines in meinen Rachen und rollte die Schultern zurück. »Ich bin bereit.«

Sie nahm meine Hand in die ihre. »Gut.« Sie sah mich an. »Es tut mir so leid.«

»Was?«

»Das«, sagte sie und ihre Augen nahmen wieder die Farbe von Milch an.

SECHS

Die Welt um mich herum kam ins Taumeln und weißes Licht blitzte hell um mich herum auf. Ich drückte meine Augen zu und fühlte, wie sich Hekates Hand fester um die meine legte. Dann hörte ich das Gemurmel einer Menschenmenge, die fast augenblicklich verstummte. Ich öffnete meine Augen.

»Oh mein Gott«, flüsterte ich.

Ich befand mich in einem Raum aus weißem Marmor, mit Blick auf Reihen von sitzenden Personen, die treppenartig in einem Ring um den Saal saßen. Eine Vielzahl der Anwesenden konnte man allerdings kaum »Personen« nennen. Obwohl über die Hälfte von ihnen menschlich aussah, taten viele es nicht. Da war eine Frau mit einem stark missgebildeten Gesicht und ledernen Flügeln, die aus ihrem Rücken herausragten, und eine schöne Dame, deren Haut aussah, als wäre sie aus Holz. Da war ein Mann, der drei Meter groß sein musste, wenn er aufstand, mit golden glänzender Haut. Dann war da eine Kreatur, mit pelzigen Beinen, die aussahen wie die einer Katze und einem Schnabel als Nase. Ganz hinten, an die weiße Marmorwand lehnend, standen drei Minotauren, ein Zentaur und eine unglaublich kurvenreiche Frau mit einem Holzbein und Haaren, die sich von selbst zu bewegen schienen. Ich holte tief Luft.

Okay. Zehn Punkte, nein, einhundert Punkte für meine bunte Fantasie.

»Ich habe dich gewarnt«, murmelte Hekate, die immer noch meine Hand hielt.

Als ich mich umwandte, um sie anzuschauen, bemerkte ich, dass der Raum keine Wände hatte. Stattdessen waren da große griechische Säulen, die in regelmäßigen Abständen den Raum säumten. Dahinter befanden sich Flammen. Und nicht einfach irgendwelche Flammen. Flammen, die höher waren als Wolkenkratzer, die flackerten und tanzten und nicht nur rot glänzten. Auch lilafarbene, blaue und orangefarbene Schatten flackerten inmitten des roten Leuchtens. Meine Kieferlade fiel hinunter als ich die Szene langsam verarbeitete. »Es ist so schön hier«, atmete ich.

»Willkommen in der Unterwelt«, dröhnte eine Stimme.

Ich drehte mich zur letzten Wand um und ohne Vorwarnung wurden mir die Knie weich. Ich befand mich in einem Thronsaal. Am Ende des Raumes befand sich ein erhöhtes Podest und elf Personen saßen darauf auf großen Stühlen. Das waren jedoch keine Menschen, das wusste ich. Mein Blick fuhr über sie alle hinweg, als ich versuchte, das Geschehen zu erfassen. *Das waren Götter.* Macht ging von ihnen aus, und sie war fast greifbar. All ihre Blicke waren auf mich gerichtet.

»Es ziemt sich nicht, dass Zeus dich hier willkommen heißen sollte«, sagte die schönste Frau, die ich jemals gesehen hatte. »Diese Ehre sollte eigentlich Hades zustehen, doch der ist im Moment... indisponiert.« Ihre Haut hatte die Farbe von Kaffee und ihr pastellrosafarbenes Haar war wie ein Kleid um ihren Körper gewickelt. Ihre Taille und ihre langen Beine waren unbedeckt und standen für jeden zur Schau. Ihre blassen Lippen hatten dieselbe Farbe, wie ihr Haar und ihre Augen glänzten so dunkel, dass sie fast schwarz aussahen. »Ich bin Aphrodite«, sagte sie.

Ich starrte sie wie gebannt an. Mein Mund war vollkommen trocken. Hekate drückte meine Hand fester.

»Verbeug dich«, zischte sie aus dem Mundwinkel.

Ich ließ meinen Kopf tief vor mir niederfallen und wagte es kaum zu atmen.

Beruhige dich, beruhige dich.

»Ich...«, begann ich, als ich mich wieder aufgerichtet hatte. Doch ein Mann stand auf und unterbrach mich.

»Du bist Persephone«, sagte er mit strahlenden Augen. Lilafarbene Energie strömte um ihn herum.

»Du!«, rief ich und spürte Ärger in mir aufsteigen. Das war Zeus! Mit seinen lilafarbenen Blitzen und verdammten lachenden Augen.

»In der Tat«, sagte er und schien sehr zufrieden mit sich. Sein schwarzer Bart und sein pechschwarzes Haar verwandelten sich und vor unser aller Augen nahm er die Gestalt des schönen blonden Mann aus dem Café an. »Ich bin erfreut, dass du unserer kleinen Versammlung beiwohnen konntest«, sagte er. »Wie wäre es mit einer Vorstellungsrunde? Es wäre unhöflich, wenn wir dich in deinem Unwissen belassen würden.«

Ich warf ihm einen zornigen Blick zu, doch ich hielt meine Lippen fest zusammengepresst. Dies war nicht der Ort für einen Streit, selbst ich erkannte das.

»Das ist mein Bruder, Poseidon«, sagte er und deutete

auf einen gelangweilt aussehenden Mann mit unglaublich blauen Augen, der neben ihm saß. »Und dies ist meine liebenswerte Frau, Hera.« Die imposant aussehende Dame zu seiner anderen Seite beugte ihren Kopf und ich nickte ihr zu. Ihre Haut glänzte dunkel wie Tinte und ihr türkisfarbenes Haar war zu einem kompliziert aussehenden Ring geflochten, der wie eine Krone aussah. Sie trug auch eine echte Krone, in welcher sich die Flammen spiegelten, die uns von zwei Seiten umgaben. »Dies sind die Zwillinge, Artemis und Apollon«, sagte er und deutete auf zwei kleine Gestalten mit goldenem Haar. Beide lächelten strahlend. Artemis sah nicht älter aus als fünfzehn und ihr Bruder schien vielleicht ein paar Jahre älter. »Das hier ist Dionysus.« Zeus deutete auf einen Mann, der Kleidung aus meiner Welt trug, enge schwarze Lederhosen und ein Hawaii-Shirt, das bis zu seinem Bauchnabel aufgeknöpft war.

Dionysus grinste mich locker von unter einem Büschel dunkler Haare an. »Schön dich wiederzusehen, Persy«, sagte er gedehnt. Ich sah ihn verwirrt an.

»Das ist Hermes«, sagte Zeus und ein rothaariger Mann mit einem ordentlich frisierten Bart strahlte mich an. Ich konnte nicht verhindern, dass sich ein schüchternes Lächeln ungefragt auf mein Gesicht schlich. Etwas an ihm beruhigte meinen rasenden Puls.

»Du hast Aphrodite bereits kennengelernt. Das ist ihr Ehemann, Hephaestus.« Ein Mann mit gekrümmten Schultern und schiefem Gesicht saß neben Aphrodite, seine Gestalt ganz von einem massiven Lederwams verdeckt. Er sah mich nicht an.

»Und das hier sind Ares und Athena«, beendete Zeus.

Ein riesiger Mann in voller griechischer Kampfmontur blickte mich durch den Augenschlitz in seinem rot-gefiederten Helm an und eine schöne blonde Frau in einer weißen Toga mit einer Eule auf der Schulter schenkte mir ein kleines Lächeln. In den Büchern, die ich gelesen hatte, war Athene immer mein Liebling gewesen. Sie wurde in meinen Büchern als die Göttin dargestellt, die die schönste und intelligenteste, aber unbändigste war, und ich hatte jedes Mal versucht, ihre Energie in mir heraufzubeschwören, wenn Ted Hammond mir zu nahe gekommen war. *Aber ich war nicht in der Lage gewesen, mich gegen ihn zu wehren*, dachte ich bitter. Selbst neben der beeindruckenden körperlichen Größe ihres Bruders Ares, strahlte Athenes Macht kraftvoller als seine. Ein respekterfüllter Neid durchfuhr mich.

Ich beugte den Kopf. »Es ist eine Ehre, euch alle kennenzulernen. Ich muss aber zugeben, dass ich etwas verwirrt bin«, sagte ich so förmlich, wie ich es mit meinen tauben Lippen zustande bekam. »Allen Anscheins nach kennen wir uns alle aus einem Leben, an das ich mich nicht erinnern kann.«

Athene erhob sich von ihrem Stuhl und meine Haut prickelte. Ich wusste nicht, ob es Magie, ihre Kraft oder Vorfreude war. »Persephone, deine Erinnerungen wurden dir aus gutem Grund genommen. Es ist zutiefst unangemessen, dass du hier bist, aber das lässt sich jetzt nicht mehr ändern. Der Herr der Götter hat seine Entscheidung getroffen.« Sie sah Zeus böse aus dem Augenwinkel an, der in seinem Thron lässig mit den Achseln zuckte.

»Ups«, sagte er.

»Ich weiß, dass es schwierig für dich sein mag, aber du wirst so tun müssen, als sei dies dein erstes Mal auf dem Olymp.«

»Das wird bestimmt nicht schwierig für mich«, sagte ich. »Ich habe weder diesen Ort noch einen von euch jemals zuvor gesehen.«

»Du verstehst mich falsch. Du wirst herausfinden wollen, was in deiner Vergangenheit passiert ist. Aber das wäre ein Fehler. Du musst darauf vertrauen, dass die zwölf Götter des Olymps die richtige Entscheidung getroffen haben, als sie dir deine Erinnerungen genommen haben. Belass es dabei. Fang von vorne an. Heute ist dein erster Tag hier.«

Ich runzelte die Stirn und kämpfte verwirrt und wütend gegen den Zwang an, diese schöne, weise Frau zu verehren. Ich wusste vage, dass ihre Kräfte am Werk waren. Sie war natürlich eine Göttin. Sie konnte mich dazu bringen, alles zu tun, was sie wollte. Aber war es richtig, dass sie mir meine Erinnerungen nehmen konnte? War es richtig, mir zu sagen, dass ich verheiratet gewesen war, und mir dann nicht zu erlauben, mehr zu erfahren? *Verheiratet!* Der Gedanke war lächerlich. Ich hatte noch nie einen Freund für mehr als sechs Monate gehabt. Wie zur Hölle sollte ich da verheiratet sein können?

Nichts von alle dem ist wahr, du Idiot. Wen interessiert das schon? Die Stimme übertönte meine rasenden Gedanken. *Sam wird dich schon bald aufwecken. Er wird an deinem Krankenhausbett sitzen und alles wird gut werden.* Ich lächelte Athene an. »Ich nehme deinen Rat an«, sagte ich.

Sie legte langsam ihren Kopf schief. »Du glaubst nicht, dass all dies real ist?«

Ich antwortete nicht und die Göttin stieß laut hörbar einen Atemstoß aus. »Vater, du kannst so grausam sein«, sagte sie leise und setzte sich wieder auf ihren Thron.

»Ich hätte all dies nicht tun müssen, wenn Hades sich

nicht wie ein unerzogenes Kind verhalten hätte«, raunte Zeus.

»Und was ist mit ihr? Glaubst du, sie hat all dies verdient?«, fragte Hera, die zum ersten Mal sprach. Sie sah mich durchdringend an. Zeus rutschte unbehaglich auf seinem Stuhl herum.

»Auch vergisst du, mein lieber Bruder, dass sie gefährlich sein kann. Du darfst dieses Spiel nicht zu weit treiben«, sagte Poseidon und seine hypnotisch blauen Augen ließen nicht von mir ab, als er sprach.

»Gefährlich?«, wiederholte ich.

»Gefährlich.« Sein Gesichtsausdruck ließ mich wünschen, ich sei irgendwo anders, nur nicht hier.

»Ich werde ihr während der Tribunale nicht von der Seite weichen. Sie wird für niemanden eine Gefahr darstellen«, sagte Hekate, die nach vorne trat und sich neben mich stellte.

Erleichterung und Dankbarkeit durchströmten mich, als ich mich daran erinnerte, dass ich nicht ganz alleine war. Hekate war anscheinend einmal meine Freundin gewesen.

»Langsam. Um auf Nummer Sicher zu gehen, möchte ich einen Wächter für sie ernennen. Einen Wächter meiner Wahl«, sagte Poseidon, der seinen Blick endlich von mir löste und Zeus ansah.

»Ich würde ebenfalls gern einen Wächter für sie auswählen«, sagte Athene schnell.

»Und Hades würde das auch wollen, wenn er hier wäre«, fügte Hera hinzu.

Zeus verdrehte die Augen und sah Hekate an.

»Warum zum Teufel brauche ich einen Wächter?«, zischte ich sie aus meinem Mundwinkel an.

»Sie hat den Zugriff auf ihre Kräfte nicht wiedererlangt«, sprach Hekate laut und ignorierte meine Frage. »Sie braucht keinen Wächter.«

»Kräfte?«, fragte ich um Luft ringend und fühlte, wie die Hysterie in mir aufstieg. *Aber natürlich habe ich mir in diesem verdammten Traum Kräfte gegeben. Wieso auch nicht?* »Lass mich raten«, sagte ich und fühlte ein unnatürliches Lächeln auf meinem Gesicht. *Wenn ich mir eine Kraft aussuchen könnte, welche wäre das?* Das war leicht zu beantworten. »Kann ich Pflanzen wachsen lassen?«

Hekate sah mich mit zusammengezogenen Brauen an. »Woher weißt du das?«

»Weil Hades ihr ihre Liebe für die Natur belassen hat, als er sie in die Welt der Sterblichen geschickt hat«, sagte Hera so leise, dass ich sie kaum hören konnte.

Stille breitete sich im Raum aus und mein Kopf schwirrte, während die bunten Flammen weiterhin um uns herum tanzten.

»Ich schlage vor, dass Persephone ihren Wächter selbst auswählt. Wir werden ihr die Optionen heute Abend vorstellen, nach dem ersten Tribunal«, sagte Athene mit Bestimmtheit.

»So machen wir es«, sagte Zeus und beugte sich vor. »Ich glaube nicht, dass mein werter Bruder uns mit seiner Anwesenheit beehren wird...«

»Und warum würdest du das sagen, mein Bruder?«, dröhnte eine tiefe Stimme durch den Saal.

Gänsehaut schoss mir über den Körper, als sich die Temperatur abrupt absenkte. Ich fühlte, wie Angst in mir aufstieg, obwohl ich nicht wusste, wovor ich plötzlich Angst hatte. Neben mir versteifte Hekate sich und Zeus Augen glommen wütend, als er sich in seinen Thron zurücksinken ließ.

»Hades! Ich bin so froh, dass du doch die Zeit gefunden hast, zu uns zu stoßen. Ich habe eine Überraschung für dich.«

Schwarzer Rauch begann sich in der Mitte des Podiums anzusammeln und wirbelte schnell, bis er plötzlich eine humanoide Form annahm. »Eine weitere Kandidatin für deinen kindischen Wettbewerb, ohne Zweifel«, zischte eine verärgerte Stimme. Ich hatte den dringenden Wunsch einen Schritt zurückzutreten und dann noch einen und noch einen, für immer.

»Du hast es erfasst«, sagte Zeus und ein Lächeln breitete sich auf seinem Gesicht aus. Der Rauch hatte sich fast verfestigt, doch nicht ganz. Die Gestalt vor mir war noch immer durchsichtig, fluide und ohne Gesichtszüge. Bis er sich zu mir umwandte.

Für einen Sekundenbruchteil verschwand die Welt vollständig. Das Erste, was ich sah, waren seine Augen. Der Rest des wirbelnden Rauches blitzte nur so kurz in menschlicher Form auf, dass ich es kaum wahrnahm. Silberfarbene Augen sahen mir entgegen. Nicht weiß oder grau oder hellblau, sondern glänzend *silberfarben*. Und sie waren mit Schock erfüllt. Emotionen, die ich nicht erkannte, fingen an, mir durch den Körper zu pochen, bis plötzlich etwas meinen Verstand einnahm, verzweifelt versuchte Raum zu gewinnen, freizukommen. Das Gefühl machte mich schwindelig und ich fühlte mich krank.

Ich kannte diesen Mann. Alle Hoffnung, dass dies ein verrückter Traum war, eine Halluzination, und all die rationalen Gedanken und Wahrheiten, an die ich mich geklammert hatte, zerfielen, als ich in diese verzweifelnden Silberlachen starrte. Ich kannte diesen Mann. *Dies hier war echt.*

Plötzlich brach Wut in den gequälten Augen aus und noch bevor ich den Rest seines Gesichts betrachten konnte, verschwamm seine feste Form wieder. Eine Druckwelle der Energie pulsierte durch den Raum und ich schrie, als pures Entsetzen mich umschlang. Bilder, die ich nur aus meinen schlimmsten Alpträumen kannte, Bilder von Blut und Tod, Zwickel und Feuer erfüllten meinen Kopf und machten mich blind für alles andere. Ich nahm den Geruch von Blut in meiner Nase wahr und hörte das Getöse des Feuers in meinen Ohren. Die Schreie schallten in meinem Inneren und überall, wohin ich blickte starben Menschen. *Ich ertrank in Blut.* Ich rang nach Luft und meine Beine gaben unter mir nach. Doch ich war bereits zu weit weg, um den Aufprall meiner Knie auf den Marmor zu spüren.

»Was hat das alles zu bedeuten«, brüllte Hades so laut, dass ich meine Ohren mit meinen Händen schützen musste und meine Augen zusammenkniff. Doch es half nicht. Alles, was ich sehen konnte, waren die Körper toter Menschen, zerrissen und von Flammen übersehen. Ich griff nach meiner Kehle, verzweifelt nach Atem ringend. *Ich ertrank in Blut und Angst.*

»Hades!« In der Ferne hörte ich Hekates Stimme. »Sie hat keine Kräfte mehr. Du wirst sie umbringen!«

Sofort schmolz das Entsetzen, das mich wie eine Faust umklammert hatte, und ein Gefühl des Friedens durchströmte mich. Gierig nahm ich Luft in meine Lungen auf und hielt mir die zitternden Hände vor mein nasses Gesicht. Hekate kniete sich neben mich.

»Es ist in Ordnung«, sagte sie leise. »Es ist alles in Ordnung.«

»Alle raus hier«, befahl die dröhnende Stimme. Obwohl er leise sprach, konnte jeder im Raum ihn hören. »Alle, außer dir, Bruder. Du und ich haben etwas zu besprechen.«

SIEBEN

Hekate hatte uns gerade erst mithilfe von Magie aus dem Thronsaal entfernt und ich klammerte mich noch immer an ihren Arm, als die Kombination aus Entsetzen und Adrenalin mich ein für alle Mal überkam. Ich begann zu würgen.

»Jetzt hast du es geschafft, dass Rotwein und Schokoladentorte nicht mehr so reizvoll klingen«, murmelte Hekate, die die Schweinerei auf dem Boden der Umkleide mit gerunzelter Nase besah. Es ertönte ein zischendes Geräusch und das Erbrochene war verschwunden. »Hier«, sagte sie und reichte mir ein Glas Wasser. Ich nahm es mit zitternden Händen entgegen und ließ mich in den Stuhl fallen.

»Ich habe es noch nie erlebt, dass Hades in einem solchen Maße die Kontrolle verloren hat. Es tut mir so leid.«

»Ist das seine Macht, Menschen zu Tode zu ängstigen?«, fragte ich mit einer Stimme, die einem verbitterten Krächzen glich.

»Nicht wirklich, aber das ist leider die Schattenseite, wenn wir es mit Sterblichen zu tun haben.«

Ich schüttelte mich und atmete hörbar aus. »Ich habe... ich habe schreckliche Dinge gesehen«, sagte ich leise.

»Tote?«, fragte sie. Sie zog eine Augenbraue hoch und ihre Flechtzöpfe wirbelten durch die Luft, als sie sich zu mir umdrehte, um mir direkt in die Augen zu sehen.

»Ja, viele tote Menschen.«

»Hades ist der Herr der Toten. Er ist der furchterregendste der olympischen Götter. Zwar ist er nicht der mächtigste, aber seine Rage würde jeden Sterblichen dazu bringen, Tod zu sehen. Und ich kann dir eins sagen, das war echte Wut.« Sie stieß einen Seufzer aus und biss sich auf die Lippe. »Er hat seine wahre Gestalt gezeigt, im Thronsaal, vor Zeugen. Das ist... Nun ja. Nur sehr, sehr wenige Personen hier im Olymp haben je seine Augen gesehen.«

Seine silbernen Augen, erfüllt von tiefer Verzweiflung und haarsträubender Macht, erfüllten meine Gedanken. »Ich habe ihn erkannt«, sagte ich flüsternd. Ich sah in mein Glas.

»Ja«, sagte Hekate. Sie hatte sich vor mir hingekniet. Ihr tiefes Mitgefühl stand ihr ins Gesicht geschrieben.

»Aber... mein Leben. Mein Leben in New York...« Mein echtes Leben fühlte sich weit weg an und die Erinnerungen wirbelten in meinem Kopf umher, seien sie Teil eines Spiel oder Traumes gewesen. Ich fühlte, wie ich diesem Leben entglitt. War der Grund dafür, weil ich irgendwo in New York im Sterben lag? Würde das alles hier auch bald enden? Oder war das hier die Realität?

Hades Augen... Ich wusste mit einer Sicherheit, wie ich sie noch nie in meinem Leben gespürt hatte, dass es nicht das erste Mal war, dass ich diese Augen gesehen hatte. Sie bedeuteten mir etwas. Ich wusste das tief in meinem Herzen. Aber was war dieses Gefühl? War es Liebe für einen Ehemann? Es fühlte sich nicht nach Liebe an. Wie zum Teufel sollte ich jemanden lieben, der die Köpfe von Menschen mit ihren furchtbarsten Alpträumen füllen konnte?

»Es tut mir so leid, dass euer erstes Treffen so schrecklich verlaufen ist. Ich wusste, dass es Chaos geben würde... Aber, dass er dich fast umgebracht hat, war nicht ideal. Du musst mir aber vertrauen, wenn ich dir sage, dass ich immer noch glaube, dass alles gut ausgehen kann.« Sie atmete tief durch. »Vielleicht. Wenn du schnell lernen kannst und aufhören kannst so, so... sterblich zu sein.«

Ich blinzelte Hekate an. »Ja«, sagte ich schließlich als mir nichts Besseres einfiel.

»Es muss möglich sein, deine Kräfte wiederzuerwecken. Aber wir müssen es langsam angehen. Und wir müssen vorsichtig sein, dass wer auch immer dein Wächter wird, nichts davon mitbekommt.« Sie richtete sich leichtfüßig auf. »Wir können nur hoffen, dass es entweder Athenes oder Hades Wächter wird. Jemand, den Poseidon aussucht, kann nur ein furchtbarer Spielverderber sein.«

»Warum glaubt er, dass ich gefährlich bin?«

»Persy, du weißt, dass das etwas ist, das ich dir nicht sagen darf. Frag nicht.«

»Ich soll nicht fragen?« Ärger legte sich über meine Müdigkeit. »Du kannst das nicht ernst meinen.«

»Das ist genau das, was Athene gemeint hat. Du musst akzeptieren, dass die Vergangenheit hinter dir liegt. Du musst es auf sich beruhen lassen.«

Ich starrte sie böse an und für einen Moment fühlte es sich gut an, ihren selbstzufriedenen Blick von ihrem Gesicht verschwinden zu sehen. Ich hatte noch nie in meinem Leben jemanden eingeschüchtert. Aber ich hatte auch noch nie so gut ausgesehen oder mich so in die Enge getrieben gefühlt. »Ich bin entführt worden. Mir ist gesagt worden, dass mein gesamtes Leben eine Lüge ist und dass ich verheiratet war, wovon ich nichts wusste. Und als ob es nicht schlimmer kommen konnte, soll ich jetzt in einem Wettbewerb darum kämpfen, denselben Mann noch einmal zu heiraten, der sich schon einmal dafür entschieden hatte, NICHT mit mir verheiratet sein zu wollen. Zu allem Überfluss dürfte ich im besten Fall in einer Welt leben, die voller Tod ist, wenn alles, was ich mir im Leben wünsche, ist, der Natur beim Wachsen zuzusehen.« Ich stand auf. Ich war mir bewusst, dass meine Stimme immer lauter wurde, aber es kümmerte mich nicht. »Wie zum Teufel kannst du erwarten, dass ich keine Fragen stellen werde?«

»Beruhige dich«, sagte Hekate leise.

»Mich beruhigen? Bist du verrückt geworden? Natürlich bist du verrückt! Du lebst in der Hölle und kannst Wein heraufbeschwören. Warum rede ich überhaupt mit dir?« Ich drehte mich auf dem Absatz um, versteckte mein Gesicht in meinen Händen und versuchte einen Gang herunter zu schalten. Ich war kurz davor durchzudrehen. Ich konnte fühlen, wie die Panik mir die Brust verschnürte. »Ich werde nicht an diesen Tribunalen teilnehmen. Ich will hier weg. Ich will nichts zu tun haben mit einer Kreatur, die von Tod umgeben ist, die den Tod *verkörpert.*« Tränen brannten hinter meinen Augenlidern und ich drückte sie noch fester zusammen. »Das hier ist ein verdammter Albtraum. Bitte, lass mich einfach gehen.

Ich will einfach nur weg von hier.« Ich wusste nicht, an wen meine Frage gerichtet war, ich wollte nur, dass meine verzweifelte Bitte in Erfüllung gehen würde. »Ich kann hier nicht bleiben.« Diese Situation war schlimmer als in die Schule zu gehen. Schlimmer als gemobbt, beleidigt, Assi genannt und anderen verdammten Scheiß an den Kopf geworfen zu bekommen. Das hier war schlimmer als Ted Hammonds Atem an meinem Nacken zu fühlen und seine Pfoten auf meiner Haut. Diese brennenden Leichen, der Geruch des Blutes und diese lähmende Angst ...

»Es tut mir leid, Persephone. Du musst antreten.« Hekates Stimme klang angespannt und traurig. Sie legte mir die Hand auf den Rücken. »Ich werde dich jetzt in einen magischen Schlaf versetzen. Ich werde dich wecken, wenn es Zeit ist für das erste Tribunal.«

»Nein, bitte...« Ich fuhr herum, um sie anzusehen, doch ich hatte schon das Bewusstsein verloren, bevor ich noch ihr Gesicht erkennen konnte.

Ich blinzelte und nahm die Welt um mich herum nur verschwommen wahr. Ich befand mich in einem Bett, auf einer weichen Matratze und umgeben von einer schweren, warmen Decke. Selbst mein Kopf war unter der Decke, doch das Gefühl war wohlig, nicht bedrückend. Ich krallte mich tiefer in die Decke und zog sie enger um mich. Ich wollte dieses beschütze Gefühl noch ein wenig länger genießen. Doch dann brachen die Erinnerungen der letzten Stunden wie eine Flutwelle über mir zusammen. Ich konnte den Kloß in meinem Hals förmlich spüren, als die Erkenntnis mein Herz erreichte. Jetzt, da die Panik, das Adrenalin und die milde Hysterie für einen Moment von mir abgelassen hatten, konnte ich mit hundertprozentiger Sicherheit fühlen, dass ich mich noch immer in dieser beschissenen Realität befinden würde, wenn ich meine Füße aus diesem Bett schwang. Ich konnte spüren, dass es echt war. So surreal es auch alles klang, tief in meinem Herzen, vielleicht sogar tief in meiner Seele, wusste ich, dass es wahr war. »Verdammte Scheiße«, murmelte ich. »Verdammte Scheiße.« Was sollte ich jetzt tun? Ich dachte an Athenes Worte. Sie hatte gesagt, dass ich die Vergangenheit auf sich beruhen lassen und nach vorn blicken solle. Hekate hatte gesagt, dass ich die Tribunale antreten musste, darum kämpfen musste den Herrn der Unterwelt zu heiraten. Ich schüttelte mich. Ich konnte dieses Monster nicht heiraten. Auf gar keinen Fall. Und der Kerl bestand aus Rauch, verdammt noch einmal!

Seine silberglänzenden Augen kamen mir in den Sinn.

Du hast ihn schon einmal geheiratet. Wie überhaupt? Wie war das überhaupt möglich? Ich konnte ihn unmöglich geliebt haben. Er ist verdammt furchteinflößend. Ich würde mich zwar nicht als Angsthasen beschreiben, aber ich war auf keinen Fall ein Sadomaso-Typ. An Blut und Folter hatte ich gar kein Interesse. Meine Neugier brannte mit mir durch und ich fragte mich, wie der Sex mit einem Mann sein würde, der aus Rauch und Tod bestand. Ohne Zweifel weniger *vanilla*, als ich es gewohnt war. *Hör auf,* rügte ich mich.

Alles was ich tun musste, war die Tribunale nicht zu gewinnen. Dann würde ich ihn nicht heiraten müssen. Und ganz ehrlich, wahrscheinlich würde ich sowieso gar nichts gewinnen. Was würde passieren, wenn ich die

Tribunale verlor? Würde ich in dieser Welt bleiben müssen? Oder könnte ich zurück nach New York? Alles wäre besser, als in der Unterwelt zu bleiben. Brauchten sie überhaupt Gärtner im Olymp?

Ich lag noch immer im Bett und weigerte mich, von unter der Decke hinauszuspähen. Ich wog meine Optionen ab. Eine Einsicht, die mir immer wieder aufkam, war, dass weder Panik noch eine Verleugnung der Situation mir helfen würden. Wenn ich kämpfen müsste, wie Hekate es angedeutet hatte, dann könnte ich in Gefahr sein. Das bedeutete, dass ich stark sein musste. Das war etwas, das mir nicht besonders gut lag. Ich war gut darin, Auseinandersetzungen zu vermeiden, nicht mich in ihnen zu behaupten. Aber ich wollte mich auch nicht zu einem leichten Opfer machen. Dieses Mal ging es um mehr als darum, dass meine Eltern sich die Miete nicht leisten konnten. Es ging darum, dass ich sterblich und damit schwächer als alle anderen Teilnehmerinnen war. Ich konnte das nicht ertragen. Nicht schon wieder. Ich hatte sechs Jahre gebraucht, in New York auf die Füße zu kommen. Sechs Jahre, um das Selbstbewusstsein zu entwickeln, meine Träume zu verfolgen und tatsächlich Fortschritte zu machen. Sechs Jahre, um an einem Punkt anzugelangen, an dem ich arroganten Schönlingen den Korb geben kann, wenn sie mir unsympathisch sind. Zeus Gesicht erfüllte meine Gedanken und verwandelte sich dann in das Gesicht von Ted Hammond. Ich blickte verdrießlich in die Dunkelheit meiner Decke. Auf gar keinen Fall würde das wieder passieren, dachte ich mir und rieb mir das Gesicht. Ich fühlte, wie Trotz in mir aufstieg. Auf gar keinen Fall.

Hekate hatte gesagt, dass ich schöne Kleider gehabt hatte. Und über Kräfte verfügt hatte. Ich zweifelte stark daran, dass ich je so cool gewesen war wie sie, aber Poseidon hatte mich als gefährlich eingeschätzt. Vielleicht hatte Athene recht. Vielleicht sollte ich die Vergangenheit hinter mir lassen und aufhören, mir Sorgen darum zu machen, was damals vorgefallen ist. Stattdessen würde ich mich darauf konzentrieren, eine neue Art von gefährlich zu werden. Eine neue Persy, mit der sich niemand anlegen wollte. Besonders nicht Zeus, das Arschloch mit den lilafarbenen Augen.

»Klopf-Klopf! Darf ich hereinkommen?«, ertönte es von der Tür und ich atmete tief durch.

»Ja?«, rief ich fragend und zog mir widerwillig die Decke vom Kopf.

»Wie schön. Du bist schon wach«, sagte Hekate, die den Raum durch eine riesige Tür aus Mahagoniholz betreten hatte. Ich befand mich in einem fensterlosen Raum. Die Wände waren in einem tiefen Dunkelblau gestrichen und dasselbe graue Licht, das ich schon im Ankleidezimmer bemerkt hatte, gab auch hier den Anschein, dass Tageslicht in den Raum fiel. Ich sah mich um und bemerkte den altmodischen, aber teuer aussehenden Schrank und Frisiertisch. Dann war da noch ein Schrank, der mit Glasflaschen und bunten Flüssigkeiten gefüllt war.

»Ist das eine Bar?«, frage ich.

»Ja.«

»Gut.« Ich trat die Bettdecke zur Seite und füllte eine karamellfarbene Flüssigkeit aus einer Karaffe mit quadratischem Boden in zwei leere Gläser.

»Willst du wissen, was das ist, bevor du es trinkst?«, fragte Hekate, aber ich schüttelte den Kopf und schüttete es mir direkt in den Rachen. Mein Mund brannte und meine Augen füllten sich mit Tränen. Das war genau das, was ich gebraucht hatte. Ein Feuer brannte in meinem Inneren. Ein Feuer hatte sich in mir entzündet und atmete durch die Zähne. Ich brauchte dieses Feuer.

»Kannst du bitte das krasseste Kleid heraussuchen, das ich besessen habe?«, fragte ich Hekate und sah sie an. »Ich bin durch mit dem Drama.«

»Mensch, ich bin so froh, das zu hören«, strahlte sie. Ihre Augen glänzten. »Krass ist gut. Das ist genau das, was du jetzt brauchst. Du bist nämlich drauf und dran mit einem Dämon zu kämpfen.«

Meine Entschlossenheit löste sich mit einem Schlag auf, als ich sie ansah. »Ein Dämon?«

»Ja, aber mach dir keine Sorgen. Es wird kein zu kraftvoller Dämon sein, denn es ist ja erst das erste Tribunal. Vertrau mir, diese Dämonen sind nicht schwierig zu besiegen.«

»Das sagst du, Hekate. Das letzte Mal, dass ich gekämpft habe, war mit Sam. Das muss aber auch schon gut fünfzehn Jahre her sein.«

»Wer ist Sam?«

»Mein Bruder. Zumindest dachte ich, er sei mein Bruder.« Meine Worte fühlten sich wie ein Schlag in den Magen an. »Ich werde ihn wohl nie wiederstehen«, flüsterte ich.

»Wenn du Hades erst einmal geheiratet hast, kannst du tun und lassen, was du nur möchtest. Mach dir darum jetzt keine Sorgen«, winkte sie ab. Die silbernen Ohrringe, die sie trug, spiegelten das graue Licht wider, als sie mit den Schultern zuckte. Ich hatte gerade meinen Mund geöffnet, um ihr zu erzählen, dass ich alles in meiner Macht Stehende tun würde, um zu verhindern, Hades heiraten zu müssen, als ich ihn wieder schloss. Vielleicht war es besser, nicht jetzt schon all meine Pläne zu offenbaren. Und wenn ich erfolgreich war, würde ich vielleicht meinen Bruder nicht aufgeben müssen.

»Okay. Wie bekämpft man also einen Dämon?«

»Das kommt darauf an, welche Art von Dämon es ist.« Sie drehte sich um und öffnete den Kleiderschrank. Darin befanden sich Massen an Kleidern, in allen erdenklichen Farben.

»Wir haben nicht mehr viele deiner alten Sachen hier, aber ich erinnere mich gut genug an sie, um etwas für dich zurecht zu zaubern.« Sie zwinkerte mir zu.

»Danke, du bist lieb«, sagte ich. »Aber jetzt im Ernst, wie bekämpft man einen Dämon?«

ACHT

Innerhalb kürzester Zeit befand ich mich wieder mit Hekate an meiner Seite im Thronsaal. Das Schwindelgefühl, das der magische Transport von einem Raum in den anderen in mir auslöste, bescherte mir eine weitere Runde schlotteriger Knie. Doch diesmal gelang es mir, meinen Mageninhalt bei mir zu behalten, was ich als einen kleinen Sieg wertete.

Ich trug mein weißes Haar jetzt zu einem Schweif hochgesteckt und ein silbernes, mit Smaragdsteinen besetztes Band rahmte mein Gesicht.

»Damit du den Dämon nicht aus den Augen verlierst«, hatte Hekate gesagt. Auch meine Kleidung diente praktischen Belangen. Ich trug eine Hose aus geschmeidigem, schwarzen Leder und ein weniger geschmeidiges, dafür aber schützendes Lederkorsett, um die Krallen des Dämons abzuwehren. Angesichts der Tatsache, dass das Kleidungsstück kaum über meine Brüste hinweg reichte, war ich mir nicht sicher, was ich tun sollte, wenn Krallen sich an meine Arme oder Gesicht richten würden.

Lass die Kreatur einfach nicht an dich heran, war das, was Hekate mir in den vergangenen zehn Minuten eingebläut hatte. Ich war gut darin, Ärger aus dem Weg zu gehen. Und ich war schnell. Zwar hätte ich nie gedacht, wofür ich die Kondition benötigen würde, die ich durch ein Jahr des fast täglichen Joggens aufgebaut hatte, aber jetzt war ich froh darum.

Dankbarerweise war der Saar leer und ich ergriff die Chance, mir das Podium genauer anzusehen. Nur zwei Thronsessel standen jetzt darauf, riesig, atemberaubend und eindrucksvoll. Ich ging davon aus, dass der eine Hades Thron war, denn er bestand ganz aus Knochen. Ich schüttelte mich, als ich die Schädel bemerkte, die die geschwungene Rückenlehne formten. Die Stuhlbeine bestanden aus langen, filigranen Knochen und Rippen dienten als Armlehnen. Etwas Schwarzes, das fast wirkte als sei es lebendig, hielt die Knochen zu einem Thronsessel zusammen. Ich musste mich geradezu dazu zwingen, meine Augen davon loszureißen und mir den anderen Stuhl anzusehen.

So furchteinflößend der erste Thron auch gewesen sein mag, der zweite war vielleicht sogar noch schlimmer. Er sah aus, als bestehe er aus dickem Stacheldraht, der zu Rosenreben verflochten war. Metallene Rosen mit scharfen, gezackten Kanten bedeckten die Rückenlehne und den Sitz. Es war mir vollkommen unverständlich, wie jemand darauf sitzen konnte, ohne in kleine Stücke zerschnitten zu werden. Todbringend aussehende Dornen stachen aus den eng gewundenen Stielen hervor, die die Beine und Armlehnen darstellten. Diese zwei Thronsessel waren verwirrend und je länger ich sie mir ansah, desto nervöser wurde ich.

Stattdessen wandte ich mich den Flammen zu, die

uns umgaben. »Was befindet sich unter uns?«, fragte ich Hekate.

»Nur mehr Feuer.« Sie zuckte mit den Schultern.

»Gibt es einen Weg in diesen Raum, der keine magische Teleportation benötigt?«

»Nicht, dass ich wüsste.«

»Nein, es gibt keinen anderen Weg. Aber wenn dir das hier gefällt, warte erst, bis du *meinen* Thronsaal gesehen hast.«

Ich drehte mich langsam zu der Stimme herum, aber ich wusste bereits, wer gesprochen hatte. Diese Art von Arroganz gab es kein zweites Mal. »Zeus«, sagte ich durch gefletschte Zähne. Hekate verbeugte sich tief und warf mir einen Blick zu, der es deutlich machte, dass sie erwartete, dass ich es ihr gleichtat. Aber ich würde mich bestimmt nicht verbeugen. Dies war meine Chance klarzustellen, dass ich mich von diesem Arsch nicht mobben lassen würde.

»Du befindest dich in der Gegenwart des Herrn der Götter. Ich schlage vor, dass du etwas Respekt an den Tag legst. Du bist es mir schuldig«, feixte er. Er hatte die Form des blonden jungen Mannes aus dem Café angenommen.

»Du bist mir etwas schuldig«, hisste ich. »Du hast mich entführt, nur um dieses dämliche Spiel mit deinem Bruder zu spielen. Du hast keine Ehrerbietung von meiner Seite zu erwarten.«

Ich hörte, wie Hekate tief einatmete und sah, wie Zeus Augen sich verdunkelten. Seine Statur, auf die jeder Surfer neidisch gewesen wäre, weitete sich vor mir aus.

»Ich glaube nicht, dass es von Nöten ist, dich daran zu

erinnern, wer ich bin, meine kleine Sterbliche.« Sein Lächeln reichte jetzt nicht mehr zu seinen Augen hinauf. Lilafarbenes Licht begann um ihn herum aufzublitzen.

Ich sah ihn ruhig an. Was hatte ich zu verlieren? Wenn ich tatsächlich an den Tribunalen teilnehmen musste, würde ich gleich von Anfang an klarstellen, dass ich mich nicht herumschubsen ließ. Mein Blick blieb stur auf ihn gerichtet, als die Blitze mir immer näher kamen.

»Würdest du nicht in Schwierigkeiten kommen, wenn du das Mädchen umbringst, das du extra entführen musstest, um sie an deinem Spiel teilnehmen zu lassen?«, fragte ich in einem gespielt gelangweilten Tonfall.

»Du vergisst, mit wem du sprichst. Zeus rechtfertigt sich vor niemandem!« Er war jetzt drei Mal so groß wie ich. Bald würde er an die Decke des Thronsaales stoßen, aber ich behielt, zumindest äußerlich, die Nerven. Mein Magen schlug Purzelbäume als Blitze nur wenige Zentimeter vor meinen Lederstiefeln einschlugen, aber ich hüte mich, meine Angst auf meinen Gesicht durchscheinen zu lassen.

»Krümm auch nur ein einzelnes Haar an ihrem Körper und wir werden ein für alle Mal herausfinden, wer der stärkste der Götter ist«, ertönte eine bedrohliche Stimme aus dem Nichts.

Meine Haut fühlte sich plötzlich so an, als wäre ich in Eis getaucht worden. Eine Rauchwolke verfestigte sich zu einer menschlichen Gestalt und die Anspannung war mit Händen zu greifen. Dann begann Zeus langsam auf seine vorherige Größe zu schrumpfen.

»Ich mag starke Frauen«, sagte Zeus. »Es sieht so aus, als könnte das ein noch größerer Spaß werden, als ich es mir vorgestellt hatte.« Er grinste und ein hungriger Blick, der mir Unbehagen bereitete, umspielte seine Augen.

Schweigend ignorierte ich ihn und fixierte Hades mit meinem Blick. Ich sehnte mich verzweifelt danach, seine Augen noch einmal zu sehen. Sie waren das Einzige in dieser Welt, das ich wiedererkannte. Das Einzige, das irgendeinen Sinn machte, seit ich hier angekommen war. Auch wenn ich nicht wusste, was dieser Sinn war.

Doch alles, was ich wahrnehmen konnte, waren vage Andeutungen von menschlichen Gesichtszügen. Ich glaubte, den Mund ausmachen zu können und war da ein kurzes Aufblitzen von Silber in dem schwarzen Rauch? Es war jedoch nichts, woran ich mich festhalten konnte. Doch konnte ich spüren, dass auch sein Blick nicht für eine Sekunde von mir abgelassen hatte.

»Wir sind einander noch nicht vorgestellt worden«, sagte ich mit trockenen Lippen. »Ich bin Persephone.«

Da wären wir also. Für nur einen Moment, und fast hätte ich es verpasst, blitzten seine silbernen Augen auf.

»Du solltest nicht hier sein.« Seine Stimme erinnerte mich an das Zischen einer Schlange.

»Das habe ich auch gehört. Aber es scheint...«

»Du bist menschlich, sterblich. Es ist geradezu ausgeschlossen, dass du die Tribunale gewinnen wirst. Wenn dieses Schauspiel vorbei ist, wirst du nach New York zurück dürfen.«

Erleichterung durchflutete mich. Meine Knie gaben unter der Welle meiner Emotionen fast nach. Hades Plan sah also genauso aus wie meiner.

»Wenn sie es bis dahin überlebt«, fügte Zeus hinzu, der zu den Thronsesseln auf dem Podest schlenderte.

Eine Welle der Hitze durchbrach die Kälte, als sich zuckende Rauchschwaden aus Hades Gestalt lösten.

»Ich hatte also recht? Du kannst mich nicht töten? Oder mir weh tun?«, fragte ich Zeus und zwang all mein

Selbstbewusstsein mich nicht zu verlassen, auch wenn meine feuchten Handflächen eine andere Sprache sprachen. Schwitzen war die Art meines Körpers, mit Stress umzugehen. Verdammter Körper.

Zeus sah mir in die Augen. Er bewegte seine Hand durch die Luft und elf weitere Thronsessel erschienen auf den Podest. Der Rosen-Thron war verschwunden. Er ließ sich langsam in den seinen nieder.

»Nicht während der Tribunale, nein. Abgesehen davon, wieso sollte ich dir weh tun wollen? Ich habe eine viel bessere Idee, was ich mit dir anstellen könnte...«

Eine Hitzewelle rollte über mich hinweg und es hatte den Anschein, dass Hades Brustkörper sich für einen Moment aus dem Rauch heraus verfestigte.

»Nun gut«, sagte ich und knackte mit den Fingerknochen. »In dem Fall würde ich dich gern über den Umstand in Kenntnis setzen, dass du ein kolossales Arschloch bist.«

Hekate hustete erstickt. Ich breitete ein Lächeln auf meinem Gesicht aus. Etwas blitzte in Zeus Augen auf, aber ich war mir nicht sicher, ob es Wut war.

»Oh Hades, Bruderherz, ich kann sehen, warum du sie gemocht hast. Und warum es so schwierig für dich war, sie gehen zu lassen.«

»Genug jetzt«, brüllte Hades und die Temperatur im Raum stieg noch weiter an. »Wo sind die anderen?«, hisste er und stampfte auf die Thronsessel zu. Seine aus Rauch bestehenden Beine schienen mehr Gewicht zu tragen als es möglich sein sollte.

Ich atmete ein paar Mal bewusst tief durch. Ich hatte es geschafft. Ich hatte mich behauptet. Doch ich war mir nicht sicher, ob ich Zeus tatsächlich in Schranken gewiesen oder ob ich mich, im Gegenteil, nur *noch* interessanter für ihn gemacht hatte.

»Ich habe sie noch nicht herbeigerufen«, lächelte der Herr der Götter und schnippte mit den Fingern.

Der Raum um mich herum begann eine neue Form anzunehmen. Der Boden polterte und Blitze aus weißem Licht nahmen mir alle Orientierung. Ich bewegte mich abwärts, da war ich mir sicher. Der Boden senkte sich zu einer Grube hinab, so dass ich mich jetzt gut drei Meter niedriger befand als zuvor. Das Podium umgab den Rand der Grube und einer nach dem anderen, tauchten die Götter in ihren Thronsesseln auf und spähten zu mir hinunter. Ihren Blicken folgend drehte ich mich langsam um und erkannte drei weitere Gesichter auf der anderen Seite der Grube. Ein Mann in einer weißen Toga stand neben einer riesigen Eisenschüssel. Hekate stand noch immer neben mir und ich sah sie fragend an.

»Das sind die Preisrichter«, antwortete sie, bevor die Frage noch meine Lippen verlassen hatte. »Das ist der Kommentator. Das da ist die Flammenschale. Sie dient dazu, Bilder zum Rest des Olymps zu übertragen, wie ein Fernseher in der Welt der Sterblichen.« Während sie sprach, schossen die zuckenden orangefarbenen Flammen in die Höhe und verwandelten sich in leuchtendes Weiß. Dann verschwanden die Flammen und an ihrer Stelle erschien die rauchende Gestalt Hades. Ich sah hinauf zu dem Thron des Gottes, dem Thron aus Schädeln. Ich schüttelte mich. Sein ausdrucksloses Gesichts ließ mich nicht aus den Augen.

»Wie Sie alle wissen, ist dies hier die letzte Teilnehmerin der Hades Tribunale.« Mir lief ein Schauer über den Rücken, als ich feststellte, dass die Figur in der Flammenschale dieselben Worte sprach. Es war als wäre eine Kamera auf ihn gerichtet. »Es wird drei Runden geben und jede besteht aus drei Tribunalen. Die derzeitige Spitzenreiterin, Minthe, hat momentan fünf Punkte. Um sie zu schlagen, benötigt Persephone...« Seine Stimme überschlug sich für einen Moment und Gänsehaut überkam mich. »...mindestens sechs Punkte. Besieg das spartanische Skelett, Persephone!« Er verstummte und der Kommentator sprang zu Füßen, was mir einen Schrecken einjagte.

»Guten Abend im Olymp! Sie hören es, Sie hören es vom Herr der Unterwelt persönlich. Kann unsere letzte Kandidatin Minthe noch vom Rosen-Thron verbannen und den Platz selbst einnehmen? Das Tribunal beginnt mit einer einfachen Aufgabe, dem spartanischen Skelett. Wie wir alle wissen, dienen die Hades Tribunale dazu, die zukünftige Königin auf vier wichtige Werte hin zu testen. Werte, die den Göttern am meisten am Herzen liegen: Ruhm, Intelligenz, Loyalität und Gastfreundschaft. Die Königin des Totenreichs wird diese Qualitäten in Hülle und Fülle benötigen! Ich muss schon sagen, unsere letzte Kandidatin sieht so aus, als verkörpere sie all diese Eigenschaften. Doch wer ist sie? Bisher wissen wir noch nichts über ihre Vergangenheit oder Kräfte, aber das wird sich ohne Zweifel ändern, wenn wir sie kämpfen sehen!«

Ich runzelte die Stirn. »Wenn ich in der Vergangenheit mit Hades verheiratet war, wieso wissen sie dann nicht, wer ich bin?«, fragte ich Hekate leise.

»Die Götter haben die Erinnerung an dich aus der Geschichte des Olymps gelöscht. Nur sie und einige weniger bedeutende Götter aus der Unterwelt, so wie ich, wissen, dass du je existiert hast.«

»Aha.« Sie haben mich aus der Geschichte ausgelöscht? War das nicht ziemlich extrem? *Was zum Teufel war vorgefallen?* Neugier brannte tief in mir, als ich versuchte mir mein vergangenes Leben an diesem Ort vorzustellen. Ich schüttelte mich innerlich. Ich musste die Vergangenheit ruhen lassen, wie Athene gesagt hatte. Das Einzige, das jetzt zählte, war die Zukunft.

»Ich muss jetzt gehen. Viel Glück«, sagt Hekate und sah mich ernst an. Ihr schönes, kantiges Gesicht war von Sorge erfüllt.

»Danke«, antwortete ich.

Ihre Augen nahmen eine milchig weiße Farbe an. Die Luft um sie herum wirbelte auf und dann war sie verschwunden. Ein erstickendes Gefühl spülte über mich hinweg, als ich fühlte, dass ich allein war.

Ein Rumpeln zog meine Aufmerksamkeit auf die Wände der versunkenen Grube, in der ich mich befand. Wie hypnotisiert sah ich zu, wie Muster begannen, aus dem Marmor hervorzutreten, als wäre ein unsichtbarer Bildhauer am Werk. Die Muster bestanden aus mit Trauben und Blättern bedeckten Reben. Sie breiteten sich über die Wand aus, bis sie wieder an dem Punkt angelangten, an dem sie herausgetreten waren. Irgendetwas stimmte hier jedoch nicht, und ich trat näher an den Stein heran, um nachzusehen. Einige der Reben sahen aus, als gehören sie nicht richtig zusammen, wie zwei Puzzleteile, die nicht zusammenpassten. Ich streckte die Hand aus, um eine der Stellen zu berühren, an denen die Reben stumpf abgeschnitten waren, und hörte hinter mir ein klapperndes Geräusch.

»Persephone hat heute keine Zuschauermenge vor

Ort, um sie anzufeuern, weil das die Regeln für das erste Tribunal sind. Doch es ist der Tag, an dem sie die Unterstützung des Publikums zu Hause gewinnen oder verlieren wird«, tönte der Kommentator in einem melodischen Singsang. Seine Aufregung war deutlich aus seiner jungen Stimme herauszuhören. »Wird sie diesen Dämon zur Strecke bringen oder wird sie Minthe schon heute den Thron überlassen?«

Ich blickte ihn an, bis das Klappern immer lauter wurde und sich auf der anderen Seite der Grube, Staub zu einem großen Ball angesammelt hatte. Mein Magen zog sich zusammen und meine Muskeln spannten sich an, als der Staub schnell zu wirbeln begann und sich zu etwas verhärtete. Ich verlagerte mein Gewicht von einem Fuß auf den anderen, mein Herz hämmerte schmerzhaft in meiner Brust. Aus dem Augenwinkel fiel mir eine Bewegung auf und ich bemerkte, dass mehr Schnitzereien an den Wänden erschienen waren. Diese waren jedoch tiefer und hatten nicht die gleiche Farbe wie der Stein.

Waffen. Es waren Waffen. Keine sechs Meter links von mir entdeckte ich ein riesiges Schwert, das sicher von den Marmorranken gehalten wurde, als wäre es aus der Wand heraus geboren worden. Ich konnte nicht erkennen, was sich hinter der noch immer wirbelnden Staubmasse verbarg, aber rechts von mir erkannte ich eine Axt, deren Klinge glänzte. Ich drehte mich schnell um und erspähte einen Morgenstern in den weißen Ranken hinter mir. Er hatte einen kurzen Holzgriff mit einer Kette, die aus dem Ende heraustrat und darüber eine silbern schimmernde Kugel, die mit fünf Zentimeter langen, scharfen Stacheln bedeckt war. Ich griff danach. Die steinernen Ranken zerbröckelten, sobald ich die Waffe berührte und fügten sich sofort wieder zusammen.

Die Waffe war nicht so schwer, wie ich gedacht hatte, aber meine Hände zitterten, als ich sie probeweise in die Höhe hob. Ich schwang den Morgenstern sachte durch die Luft und wandte mich wieder dem Staub zu. Meine Erleichterung darüber, dass ich die Waffe mit nur einer Hand benutzen konnte, verschwand, als ich realisierte, was vor mir lag.

NEUN

Der Staub hatte sich aufgelöst und an seiner Stelle stand, allem Anschein nach, ein spartanisches Skelett. Der Name passte zum Aussehen. Der Kiefer des Skeletts klappte auf und ab, als es mich ansah, und ich verfluchte meine wackeligen Knie. Das Skelett stand vor mir, wie ein zum Leben erwachtes Halloween-Kostüm mit strahlend weißen Knochen und leeren Augenhöhlen. Und es hob ein Schwert an und begann, sich auf mich zuzubewegen. Ich schwang den Morgenstern in meiner Hand und versuchte, etwas Geschwindigkeit aufzubauen. Als würde es die Gefahr spüren, begann das Skelett sofort auf mich zuzulaufen. Adrenalin durchflutete meine Adern und meine Flucht- und Kampfinstinkte ließen mich für einen Moment erstarren. Ich ging in Stellung und hob den Morgenstern an. Ich wirbelte ihn durch die Luft, immer darauf achtend, dass er genügend Abstand zu meinem eigenen Körper hatte. Den Göttern sei Dank war er so leicht. Trotz meiner erbärmlichen Versuche, Muskeln im Fitnessstudio aufzubauen, hätte ich mehr nicht stemmen können.

Hekate hatte gesagt, dies sei ein leicht zu besiegender Dämon und ich würde diesen Kampf auch mit Leichtigkeit gewinnen, sagte ich mir, als mir der Atem stockte und das Skelett das Schwert mit einem Zischen über den Kopf hob. Ungeschickt schwang ich den Morgenstern in seine Richtung, bevor mir die Kreatur zu nahe kam, um das Schwert über mir zu Fall zu bringen. Zum Glück hatte ich mit meiner Waffe eine größere Reichweite. Die mit Stacheln bedeckte Kugel durchbohrte den Brustkorb des Skeletts und die Knochen flogen auseinander und klapperten zu Boden. Die obere Körperhälfte kippte nach hinten und der Torso löste sich von den Beinen. Das Schwert fiel mit ihm zu Boden und das Metall machte ein lautes Geräusch, als es auf den Marmor aufschlug. Ich hatte es geschafft! Aber... Unruhe breitete sich in meinem kurzen Hochgefühl aus. Ich hielt den Atem an, als der Morgenstern zu mir zurückschwang und meine Schulter sich verkrampfte, um der tödlichen Kugel zu entgehen. Ich sah zu den schweigenden Göttern hinauf und dann zu den Richtern hinüber. Niemand bewegte sich. Alle Augen waren auf das Skelett gerichtet.

Das war zu leicht. Das war viel, viel zu leicht, dachte ich, und schaute auf den Dämon hinab.

Wie erwartet, begannen die verstreuten Knochen leicht zu vibrieren. Dann löste sich einer der Knochen vom Boden und vereinte sich mit den immer noch stehenden Gebeinen. Ich atmete tief durch, als ich zusah, wie all die anderen Knochen zurück an ihren Platz schossen und sich das Skelett vor meinen Augen wieder zusammenfügte.

Okay, redete ich beruhigend auf mich ein, um der Angst entgegenzuwirken, die durch meine Venen gepumpt wurde. Wie konnte ich ein Skelett besiegen, dass sich wieder zusammensetzen konnte? Im Geiste ging ich schnell all die Horrorfilme und Fantasy-Bücher durch, die mir je untergekommen waren. Sollte ich die Knochen zertrümmern? Oder sie in Brand setzen? Vielleicht einfrieren? Ich sah mich schnell nach etwas in der Grube um, das mir nützlich sein konnte. Eine Waffe, die ich vorher nicht bemerkt hatte, war eine Armbrust. Aber ich konnte mir nicht vorstellen, wie mir eine Armbrust helfen konnte. Der Morgenstern schien am besten dafür geeignet, Knochen zu zertrümmern. Als das Skelett sich bückte, um das Schwert wieder aufzuheben, hatte ich meine Entscheidung getroffen. Mit Gebrüll, das tief aus meinem Inneren aufstieg, stürzte ich mich auf den Dämon und schwang den Morgenstern schneller als bei meinem letzten Angriff. Ich zielte auf den Schädel und Genugtuung durchfuhr mich, als er mit einem zischenden Geräusch davon geschleudert wurde. Ein knochiger Arm streckte sich nach mir aus und ich traf ihn hart mit dem eisernen Ball. Ich hatte gehofft, dass der Knochen zerbrechen würde, aber das Gelenk zersprang und der Unterarm löste sich vom Skelett und fiel zu Boden. Ich bewegte mich rückwärts, um dem anderen ausgestreckten Arm zu entkommen. Dann schwang ich meine Waffe mit aller Kraft in den Boden, um die dort liegenden Knochen zu zertrümmern. Schockwellen aus Schmerz schossen meinen Arm hinauf, als die Kugel auf den Marmor aufschlug. Doch die Knochen hatten nicht einmal einen Kratzer abbekommen.

»Wie...«, begann ich, doch dann durchströmte ein plötzlicher Schmerz meinen Schädel und ich stolperte zur Seite. Ich sah Sterne. Dann fühlte ich kalte, knochige Finger auf meinem Arm und verwirrt stolperte ich weiter zurück. Selbst mein vernebeltes Gehirn verstand, dass ich hier nicht bleiben konnte. Diese verdammte Kreatur hatte mir schwer zugesetzt. Meine Beine trugen mich schnell zur anderen Seite der kleinen Grube. Als ich mich umsah, flog der Schädel des spartanischen Skeletts gerade wieder zurück an seinen Platz auf dem Hals des Monsters.

Verdammt. Diese Aufgabe war schwieriger, als ich mir zunächst erhofft hatte. Wenn das Zerschmettern nicht wirkte, was konnte ich sonst noch tun? Ich dachte an Hekates Worte, die mir versichert hatte, dass diese Aufgabe für jemanden ohne Kampferfahrung leicht zu bewältigen sein würde. Ruhm, Intelligenz, Loyalität und Gastfreundschaft. Das waren die Eigenschaften, die sie testen wollten, wenn dem nervigen Kommentator zu glauben war. Das Skelett schwang sein Schwert ein weiteres Mal durch die Luft und seine Kiefer schlugen schneller aufeinander als zuvor. Ich bewegte mich langsam an der Wand entlang und die Kreatur wirbelte herum, um mir zu folgen. Angst pochte in mir und übertönte meine rationalen Gedanken. Wie verzweifelt suchte ich nach einem mentalen Schalter, um mich aus dieser gottverdammten, verrückten Situation in meinem Kopf zu befreien.

Komm schon, Persephone, tadelte ich mich. Ich blinzelte, um meine Benommenheit abzuschütteln. *Wenn das hier echt ist, musst du überleben. Wenn es nicht echt ist, hast du nichts zu verlieren. Du musst eine Lösung finden, und zwar schnell.*

Loyalität und Gastfreundschaft würden mir jetzt nicht helfen, Intelligenz jedoch... Vielleicht ging es hier nicht ums Kämpfen, sondern darum, Intelligenz zu beweisen. Ich drehte mich zur Wand um und hörte, wie sich auch das Skelett in Bewegung setzte. Die knochigen

Füße schlugen mit einem lauten Klatschen auf dem Marmorboden auf. Mir blieben nur Sekunden.

Ich ließ meinen Blick über das Rankenmuster schweifen, bis mir ein Punkt auffiel, an dem die zwei Teile des Blattes nicht zusammenpassten. Ich streckte meinen Arm aus und strich über den Marmor. Er fühlte sich warm an und als ich meine Finger in den Stein drückte, stellte es sich heraus, dass er weich war. Doch das war alles, was ich in dem Moment herausfinden konnte. Ich sprang zur Seite und das Schwert schlug an der Stelle ein, an der ich gerade noch gestanden hatte. Doch ich war schneller als das Skelett und rannte zur anderen Seite der Grube, ohne über die Schulter zu sehen. Ich bewegte mich so schnell ich konnte und hielt nach einer Stelle in der Wand Ausschau, an der das Muster nicht zusammenpasste. Ich schob den weichen Marmor auseinander, bis die Blätterhälften sich richtig zusammenfügten. Sobald das Muster korrigiert und die Ranken richtig zusammengefügt waren, wurden sie sofort kalt unter meinen Fingern.

Ich war mir sicher, dass es das Richtige tat, das Muster genau zusammen zu fügen. Zumal da nichts anderes in der Grube war als der Dämon. Ich musste nur versuchen, ihm aus dem Weg zu gehen und so schnell zu arbeiten, wie ich nur konnte. Ich übersah sicherlich einige Stellen, aber ich machte Fortschritte.

Nach ein paar Runden um die Grube war ich mir sicher, dass ich alle Ranken richtig zusammengesetzt hatte. Auch hatte ich das Schwert des Skelettes vermeiden können, doch nichts war passiert. Es musste noch mehr geben, das ich finden musste. Meine Gedanken rasten und gerade noch außer Reichweite des Dämons überprüfte ich die steinerne Wand verzweifelt. Ich fühlte, wie meine Beine schwerer wurden und es mir immer schmerzhafter wurde, Atem zu holen. Mein Arm, in dem ich noch immer den Morgenstern hielt, tat ebenfalls weh.

»Aha!«, schrie ich in meiner Aufregung, als ich zwei weitere Teile erspähte, die nicht zusammenpassten. Sie waren nur wenige Zentimeter über dem Boden angesiedelt und ich würde mich verletzlich machen müssen, um mich nach ihnen zu bücken.

Ich rannte auf sie zu und in meiner Eile rutsche ich geradezu über den Marmor, um an die Stelle zu gelangen. Mein Herz sprang mir fast aus der Brust, als ich die Ranken richtig zusammenfügte. Ich hielt den Atem an, als ich hörte, wie das Schwert an meinem Ohr vorbeiflog und ich hielt ihn weiter an als ich zu Füßen sprang und wegrannte. Noch immer rennend hörte ich, wie ein hallendes Rumpeln sich ausbreitete.

Ohne an Tempo zu verlieren, rannte ich bis ich mich mit dem Rücken zur Wand befand und rannte dann seitwärts weiter bis ich sah, dass das Skelett aufgehört hatte, sich zu bewegen. Ich verlangsamte meine Bewegungen misstrauisch. Jeder Muskel in meinem Körper tat weh. Hatte ich getan, was ich hatte tun sollten? Würde der Dämon jetzt einfach wieder zu Staub zerfallen?

Plötzlich tat sich in der Mitte der Grube ein Loch auf. Zunächst war es winzig, doch dann breitete es sich schnell aus. Riesige Flammen in vielen Farben, dieselben, die die Seiten des epischen Thronsaals umgaben, schossen durch das Loch empor. Dann hörte das Loch auf, sich auszuweiten.

Mein Magen überschlug sich und die Hitze versengte meine Haut. Ich stand vor einem zehn Meter weitem Loch, vor einem flammenden Abgrund, der jetzt den größten Teil der Grube einnahm.

Sicher, ich hatte jetzt eine Möglichkeit, das Skelett zu töten - es würde auf keinen Fall überleben, wenn es in dieses Loch fallen würde.

Ich aber auch nicht.

~

Durch die Flammen sah ich, wie das Skelett sein Schwert auf den Marmorboden warf. Beim Aufschlag machte es ein furchtbares Geräusch und ich verzog mein Gesicht. Was ging hier vor? Warum warf das Monster seine Waffe weg? Dann hefteten sich seine leeren Augenhöhlen auf mich und mein Blut gefror mir in den Adern.

Es war hinter mir her. Ich überlegte kurz, ob ich aus der Grube klettern sollte, aber das Rankenmuster war wieder in die Wand gesunken. Und auch die anderen Waffen waren verschwunden. Die Oberfläche war jetzt wieder glatt. Ich saß in der Falle. Das Skelett bewegte sich schnell, dicht an der Wand entlang, und in sicherem Abstand vom Abgrund. Ohne das schwere Schwert war der Dämon schneller, erkannte ich. Weglaufen war sinnlos, denn ich nahm an, dass untote Skelette nicht müde werden würden, und ich war bereits jetzt erschöpft.

Das bedeutete, jetzt oder nie. Ich sah mir den Morgenstern in meiner Hand an. Auf keinen Fall würde ich meine Waffe aufgeben. In der Annahme, dass Skelette nicht besonders klug waren, holte ich tief Luft und trat näher an das brennende Loch heran. Ich schwang die Eisenkugel schnell durch die Luft und spürte, wie die Lederbekleidung an meinem Rücken immer wärmer wurde. Ich trat so nah an den Abgrund heran, wie ich mich traute. Als ich nach rechts blickte, sah ich den Dämon immer näher kommen. Ich schluckte hart.

Lass dich nicht unterkriegen, Persephone. Lass dich, verdammt noch einmal, nicht unterkriegen.

Das Skelett drehte sich abrupt um, und ich sandte ein stilles Dankgebet an alle, die mir zuhören mochten. Ich hatte Recht gehabt, der Dämon war zu dumm, um vorsichtig zu sein. Er kam direkt auf mich zu.

Als der Dämon mich erreichte, streckte er beide Arme nach mir aus, bereit, mich zu schubsen. Aber ich duckte mich, warf mich zur Seite und schleuderte den Morgenstern nach ihm. Die Waffe traf ihr Ziel und ich hörte das Klappern der Knochen.

Ich drehte mich um und sah, dass ich nur einen Arm abgeschlagen hatte und die Knochenstücke bereits auf dem Boden vibrierten. Ich zögerte nicht eine Sekunde. Ich richtete die Waffe wieder auf den Kopf des Skeletts. Es hob den anderen Arm, um meinen Schlag abzuwehren, und die Kugel riss der Kreatur das Handgelenk aus. Ich trat mit meinem Bein so hoch aus, wie ich nur konnte und mein Magen zog sich zusammen, als ich fühlte, wie meine Lederstiefel auf die harten Knochen trafen. Doch das Skelett rührte sich kaum. Die heruntergefallenen Knochen schwirrten nun wieder auf den Rest zu und Panik überkam mich. Mit einem Brüllen stürzte ich mich, Schulter zuerst, in seinen Brustkorb.

Gnädigerweise fiel die Kreatur zu Boden. Ich jedoch auch. Ich landete auf dem Brustkorb des Dämons und hörte befriedigt das Geräusch der brechenden Rippen, die unter meinem Gewicht nachgaben.

Dann erfasste mich der pure Schrecken, als ich wegrollte und fast direkt vom Rand der Grube fiel. Eine violette Flamme sprang neben mir auf und für einen Sekundenbruchteil gefroren mir die Glieder. Ich war vor Angst wie erstarrt. Der Gedanke, in diese ewigen

Flammen zu fallen, überschwemmte mein Gehirn und lähmte mich. Aus dem Nichts erklang plötzlich eine Stimme in meinem Kopf.

Du hast ungefähr zehn Sekunden, bis das Skelett sich wieder zusammensetzt. Beweg dich. Jetzt!

Es war eine Männerstimme. Ohne mein bewusstes Zutun setzten sich meine Beine in Bewegung. Auf Knien kroch ich so schnell wie möglich von dem Rand des Abgrunds weg. Ich stand mit wackeligen Beinen auf und drehte mich um. Der Brustkorb des Skeletts war zusammengebrochen, als ich darauf gefallen war und die Gliedmaßen lagen noch immer auf dem Marmorboden verstreut. Ich trat nach allen Knochen, die ich mit meinen Füßen erreichen konnte, und schickte sie in den brennenden Abgrund hinab. Der Schädel des Dämons zischte, als immer mehr Teile vom Rand fielen. Die abgetrennten Arme schlugen immer wieder auf dem Boden auf, wie ein Fisch an Land. Dann erreichte ich endlich den Schädel. Ein Schimmer Hoffnung erfüllte mich, als ich in die hohlen schwarzen Augenhöhlen blickte. Ich hatte gewonnen, dachte ich. Ich nahm meine letzte Energie zusammen und trat den Schädel so hart ich konnte in die Flammen.

ZEHN

»Sehen Sie sich das nur an, liebes Publikum! Nicht der eleganteste Kampf, den wir je gesehen haben, aber sie hat es geschafft.« Die Stimme des Kommentators hallte durch die Grube und die Wände begannen wieder zu poltern. Das Loch schloss sich und der Boden erhob sich. Ich streckte die Arme aus, um mein Gleichgewicht zu halten, während der Boden unter mir in die Höhe rumpelte. Mein Atem war noch immer ungleichmäßig und angetrieben von all dem Adrenalin hörte ich noch immer Blut in meinem Ohren rauschen. Ich sah zu den Göttern hinauf. Hermes und Dionysus klatschten enthusiastisch. Athene und Aphrodite klatschten langsam in die Hände. Doch die anderen starrten mich lediglich an. Die Rauchwolke, die Hades Gestalt darstellte, zuckte und Zeus Augen strahlten.

»Und nun wenden wir uns den Preisrichtern zu, um zu erfahren, wie sie abgeschnitten hat!«

Als der Boden endlich die Höhe der Juroren erreichte und aufhörte sich zu bewegen, drehte ich mich zu ihnen um und besah sie in ihren imposanten Sesseln.

»Radamanthus?«, strahlte der Kommentator fragend.

Der Mann auf der linken Seite lächelte mich an. Er war mollig, hatte ein fröhliches Gesicht und einen vollen dunklen Bart und Augenbrauen. »Ein Punkt«, sagte er.

»Aeacus?«, fragte der Kommentator.

Der zweite Mann war so blass, dass er fast blau aussah. Er sprach in einem kalten Ton und sah mich nicht an. »Ein Punkt«, sagte er.

»Und Minos?«

Der verbleibende Preisrichter, ein Mann mit dunkler Haut und einer glänzenden Glatze sah mich ruhig an. Seine Augen waren dunkel, doch seine Intelligenz schien förmlich aus ihnen heraus, als hätten sich Suchscheinwerfer auf mein Gesicht gelegt. Ich hatte das Gefühl, dass er viel mehr von mir sah, als mir lieb war. »Ein Punkt«, sagte er schließlich.

»Die Juroren sind sich einig. Ein Punkt für Persephone.« Er sah mich erwartungsvoll an. »Wogegen möchtest du deine Punkte eintauschen, Fräulein?« Alle Augen im Raum richteten sich auf mich.

»Was?« Ich stotterte.

Der Kommentator sah mich mit einem gönnerhaften Lächeln an, das mich die Fäuste ballen ließ. »Du darfst dir aussuchen, was du gewinnen möchtest. Du tauschst deine Punkte ein. Was möchtest du dir aussuchen?«

»Und kann ich es dann behalten?«

»Selbstverständlich. Es ist dein Gewinn.«

»Samen«, sagte ich, ohne zu zögern.

»Samen?«, wiederholte der Kommentator. Schock schwang in seiner Stimme und er hatte seine Augenbrauen so weit hoch gezogen, dass sie fast in seinem Haaransatz verschwanden. »Du möchtest Samen?« Ein Lächeln umspielte seinen Mund und ich sah ihn böse an.

»Sie wird Samen für Granatäpfel erhalten«, sagte Minos und der Kommentator verbeugte sich. Schnell verbarg er seinen Spott.

»Natürlich wird sie das«, sagte er unterwürfig. Die Luft vor mir kräuselte sich und dann erschien ein Paket, das vor mir in der Luft schwebte. Es sah aus wie ein kleiner Geschenkkarton mit Scharnier, wie Juweliere sie verwendeten. Mit zitternden Händen griff ich danach und der Deckel klappte auf. Das Innere des kleinen Schmuckkastens war in mehrere Bereiche unterteilt und in dem ersten befand sich, von einer Art Gel umgeben, der Kern eines Granatapfels.

»Ähm, danke«, sagte ich. Das war es nicht gewesen, was ich mir vorgestellt hatte, als ich um Samen gebeten hatte, aber ich hatte ja überhaupt keinen Preis erwartet. Ich ließ den Morgenstern, den ich noch immer in der Hand hielt, auf den Boden fallen und verschloss die Schachtel. Vielleicht würde etwas Wundervolles daraus wachsen, wenn ich wieder in New York war. Etwas, das *nicht von dieser Welt* war. Ich hielt mich an diesem Gedanken fest und atmete ein paar Mal tief durch. *Ich hatte gerade verdammt noch einmal, ein dämonisches Skelett besiegt.*

»Sehr gern, Persephone«, sagte Minos und die Luft vor ihnen verwandelte sich in etwas, das aussah wie Hitzewellen und dann waren sie verschwunden.

»Wir werden Sie für das nächste Tribunal in drei Tagen wiedersehen. Das wird ein ganz besonderes Ereignis, auf das wir uns alle freuen. Schon sehr bald werden Persephones Qualitäten der Gastfreundschaft aufs Extremste zur Probe gestellt!« Der Kommentator zwinkerte und dann löste auch er sich in Luft auf.

»Gastfreundschaft? Soll ich alle zum Essen einladen,

oder was?«, sagte ich, als ich mich zu den Göttern zurück-drehte. Eine Welle der Energie schwappte über mich und ich ließ mich auf die Knie fallen und senkte den Kopf automatisch.

»Vergiss deine Stellung hier nicht, Mädchen«, hörte ich Poseidon sagen.

»Entschuldigung«, murmelte ich. Selbst in meiner unterwürfigen Position auf dem Boden spürte ich das Adrenalin und das Erfolgsgefühl noch immer. Ich hatte einen Dämon aus Knochen in ein bunt tanzendes Feuer befördert. Dieser Ort war vollkommen verrückt. Aber ich hatte es geschafft. Ich hatte einen Dämon besiegt.

»Und nun werden wir deinen Wächter auswählen. Und dann darfst du dich ausruhen und dich auf das nächste Tribunal vorbereiten«, sagte Athene und ich sah zu ihr auf.

»Ich würde auch gern einen Kandidaten vorschlagen, wenn es euch nichts ausmacht«, sagte Dionysus und zog die Worte in die Länge. Elf Köpfe drehten sich schlag-artig zu ihm um.

»Und warum das?«, fragte Zeus, die Stirn in Falten gelegt.

»Warum nicht?« Er zuckte mit den Schultern und ein gelangweiltes Lächeln umgab seinen Mund. Er trug ein offenes weißes Hemd und eine enge schwarze Lederhose mit riesigen Doc-Martin-Stiefeln, die nicht richtig geschnürt waren. Je länger ich ihn ansah, desto mehr wollte ich mich so richtig derbe mit ihm betrinken.

»Ganz im Gegenteil. Es spricht eine Menge dage-gen«, sagte Zeus steif und wandte sich an mich. Bei diesen Worten kam mir ein Gedanke. Warum hatte Zeus mir keinen Wächter an die Seite gestellt? Als könne er meine Gedanken lesen, lächelte er mich an.

»Ich brauche keinen Wächter für dich, liebe kleine Persy«, sagte er und betonte den Spitznamen, den er auf meinem Namensschild gelesen hatte. Es fühlte sich an, als läge dieser Austausch Jahre zurück. »Ich kann jederzeit kommen und gehen und schauen, was du treibst.«

Eine Hitzewelle pulsierte über das Podest und Zeus warf Hades aus dem Augenwinkel einen Blick zu. Seine Mundwinkel verzogen sich zu einem selbstherrlichen Lächeln.

»Weiter im Programm bitte«, sagte Athene und stand auf. Ihre Eule saß nicht mehr auf ihrer Schulter, aber ansonsten saß sie genauso aus, wie ich sie vorhin kennengelernt hatte. »Es liegen vier Federn hinter dir. Schau sie dir an und wähle eine aus.«

Ich drehte mich um und tatsächlich war hinter mir ein großer Schreibtisch aufgetaucht, auf dem ich Federn liegen sehen konnte. Ich näherte mich ihnen vorsichtig und legte mein Samenschächtelchen auf der Kirschholzoberfläche ab. Langsam hob die erste Feder an. Sie war fast so lang wie mein Unterarm und hatte eine satt-grüne Farbe mit gelbem Rand. Ich fuhr mit den Fingern sanft den weichen Rand hinab und fühlte mich ziemlich lächerlich. Die Götter saßen alle hinter mir und sahen zu, wie ich eine Feder streichelte. Ich wünschte, Hekate wäre hier. Doch dann fühlte ich plötzlich eine Kälte meine Fingerspitzen durchzucken und ich nahm ein Gefühl von Größe und Macht wahr. Meine Brauen zogen sich zusammen, als ich mir die Feder sorgfältig anschaute.

Vielleicht steckte in mir doch mehr, als ich dachte. Ich legte die grüne Feder zurück und nahm die nächste in die Hand. Sie war von intensiver, kraftvoller roter Farbe. Gefühle von Angst und Reizbarkeit drangen sofort in meine Gedanken ein und ich legte die Feder schnell wieder zurück. Ich war mir sicher, dass ich diese Art von Energie nicht in meinem Leben brauchte.

Die nächste Feder war in den Farben Silber und Gold gehalten und bei Weitem die schönste, wenn auch die kleinste. Das machte mich sofort misstrauisch und ich ging vorsichtig mit ihr um. Als ich sie aufhob war ich überrascht, dass ich mich plötzlich leichter fühlte. Es war, als gäbe es mit dieser Feder in der Hand weniger Sorgen auf der Welt. Meine Gedanken wanderten zu Feiertage und entspannten Ferien zurück. Hmmm. Ich war immer noch misstrauisch. Die Versprechen dieser Feder schienen zu gut, um wahr zu sein.

Die letzte Feder sah aus wie etwas, das man im Central Park aufheben konnte. Sie war graubraun, doch wies sie einen goldenen Schimmer um den Rand herum auf. Das war Einzige, das sie von einer gewöhnlichen Feder unterschied. Aber sobald ich sie aufhob, sprudelte ein Kichern von meinen Lippen. Ich hatte keine Ahnung, was ich so lustig fand, aber je länger ich diese schlichte Feder in der Hand hielt, desto amüsierter war ich.

»Diese hier«, grinste ich und wandte mich den Göttern zu. Athene schloss ihre Augen betont langsam.

Dionysus schlug freudig mit der Faust in die Luft. »Eine sehr gute Wahl, Persy, meine Liebe.« Ein britischer Akzent schwang in seiner Stimme mit.

»Du bist ein Idiot«, murmelte Poseidon in seine Richtung und schüttelte den Kopf.

Mein Blick wanderte zu Hades hinüber. War er wütend, dass ich nicht seine Feder ausgesucht hatte? Kam es überhaupt darauf an? Wenn ich hier in seiner Welt feststeckte, würde er dann nicht sowieso ständig sehen können, wo ich war?

»Du wirst vielleicht bereuen, deine Entscheidung so

vorschnell getroffen zu haben«, sagte Athene mit flacher Stimme, »aber die Entscheidung gilt.«

Ich legte die Feder auf den Tisch zurück und wusste, dass sie recht hatte. Ich hatte eine impulsive Entscheidung getroffen, weil die Feder mich amüsiert hatte. *Verdammt. Ich hätte die Feder aussuchen sollen, die sich nach Macht anfühlte.* Ich hob die Schachtel mit meinem Gewinn auf und sah die Götter an. »Was wird nun geschehen?« Ich richtete mich an Athene, da sie immer noch stand.

»Jetzt wirst du dich ausruhen. Morgen wirst du deinem Wächter vorgestellt und mit den Vorbereitungen für den Ball beginnen.

»Den Ball?«

»Ja. Das nächste Tribunal besteht darin, dass du einen Maskenball geben wirst. Das wird den Abschluss der ersten Runde der Tribunale darstellen.«

Ich fühlte, wie mir die Kinnlade herabfiel und ich zwang mich, meinen Mund wieder zu schließen. Ich wünschte mir so sehr, dass jemand ihren Worten etwas hinzufügen würde, aber die Welt verschwand in einem weißen Blitz und ich löste mich auf.

»Ich wünschte, das würde endlich aufhören«, raunzte ich, als ich mein Sehvermögen langsam zurückgewann. Ich befand mich wieder in demselben Schlafzimmer, in dem ich vor dem Tribunal aufgewacht war.

»Es ist ganz schön nervig, nicht wahr?«, sagte eine mir vertraute Stimme.

»Hekate!« Ich schwang herum und sah sie mit zwei

Gläsern in der Hand und bis über beide Ohren grinsend dastehen.

»Habe ich es dir nicht gesagt, dass du es schaffen würdest?«, sang sie und reichte mir eines der Gläser. Ich nahm es dankbar entgegen und auf ihr Zeichen warfen wir unsere Köpfe zurück und tranken die bernsteinfarbene Flüssigkeit in einem Schluck. Der Drink vor dem Kampf hatte gebrannt, aber dieser hier fühlte sich wärmend und tröstend an. Es war wie flüssiger Honig.

»Mein Gott! Das schmeckt so gut. Was ist das?«

»Götter«, berichtigte Hekate. »Es ist Nektar.«

»Du meinst doch nicht Nektar, wie Nektar und Ambrosia, oder?«

»Genau das. Außer natürlich, dass du tot umkippen würdest, wenn du Ambrosia so trinken würdest. Bis du wieder Ichor in deine Venen bekommst jedenfalls.«

»Ichor«, sagte ich und legte den Kopf schief. »Das ist das Blut der Götter, nicht wahr?«

»Absolut richtig. Im Moment bist du voll von eklig rotem Menschenblut«, sagte sie und ließ sich auf dem Bett nieder. »Gut gemacht! Ich kann aber einfach nicht glauben, dass du dir ein Samenkorn als deinen Gewinn ausgesucht hast. Du bist vollkommen verrückt.«

»Danke?«, sagte ich und setzte mich neben sie. »Was ist so verrückt an Samen?«

»Nichts. Aber wenn du schon Haut und Haar riskierst, könntest du dir einen besseren Preis aussuchen. Bist du nicht mehr wert als ein Samenkorn?«

»So habe ich darüber nicht nachgedacht. Es war einfach das Erste, das mir in den Sinn kam. Ich liebe Pflanzen und ich wünsche mir immer neue Samen.«

»All die anderen Kandidatinnen haben sich Edelsteine ausgesucht, Smaragde und Saphire und Diamanten. Und du... Samenkörner. Du bist mir ein Rätsel, Persy.« Ihre Augen bohrten sich in die meinen. Ich sah weg und zuckte unsicher mit den Schultern.

»Ich glaube, dass ich auch die falsche Feder ausgewählt habe«, seufzte ich.

»Feder? Haben sie dich so den Wächter auswählen lassen?«

Es stellte sich heraus, dass nur das Tribunal über die flammende Eisenschüssel übertragen wurde und Hekate die Auswahl der Feder danach nicht gesehen hatte. Ich erzählte ihr also, wie Dionysus Feder mich zum Lachen gebracht hatte und ich diese in einer Impulshandlung ausgewählt hatte.

»Du hättest ohne Zweifel eine schlechtere Entscheidung treffen können. Hades Wächter wäre höllisch streng gewesen und der von Poseidon wahrscheinlich super langweilig. Der von Athena wäre wahrscheinlich die beste Wahl gewesen, aber bei Dionysus kann man immer mit etwas Unterhaltsamen rechnen. Ich hoffe nur, es handelt sich nicht um einen dieser kleinen notgeilen Kobolde, von denen sein Reich voll ist.«

»Notgeile Kobolde?«, fragte ich alarmiert und versteifte den Rücken.

»So sieht es aus. Haben sie dir schon etwas über dein nächstes Tribunal erzählt?«

»Ja, anscheinend soll ich einen Maskenball veranstalten«, sagte ich und legte meine Stirn in Falten.

Hekates Augenbrauen schossen in die Höhe. »Wow. Wirklich? Das kommt jetzt früher, als ich es erwartet hätte«, sagte sie in Gedanken vertieft.

»Ich muss wirklich nur eine Feier planen?«, fragte ich hoffnungsvoll.

Sie sah mich an, als sei ich vollkommen zurückgeblieben. »Nein, Persy. Du musst einen Maskenball für die ekligsten und gefährlichsten Bewohner des Olymps veranstalten. Sie werden ihr Bestes geben, die Feier zu ruinieren, was wahrscheinlich darin ausarten wird, dass sie übereinander herfallen oder einander umbringen. Vielleicht auch beides. Und es gibt immer eine schreckliche Wendung, die die Veranstalterin versuchen muss, wieder in Ordnung zu bringen.«

»Es klingt immer noch einfacher, als mit einem Skelett zu kämpfen.«

»Das ist es nicht. Das kannst du mir glauben.«

»Oh.«

»Wir werden uns professionelle Unterstützung suchen. Keine Sorge, ich schicke dir morgen Hedone vorbei.«

»Hedone? Ist das nicht...« Ich durchkämmte mein Gehirn, »die Göttin des Genusses?«

»Ganz genau. Hedone ist eine Meisterin der Partyplanung. Du wirst sie lieben.«

»Okay«, sagte ich.

»Aber jetzt ist es erstmal Zeit zu schlafen«

»Ist das mein Schlafzimmer?«, fragte ich und sah mich in dem Raum um.

»Äh, ja.«

Ich zögerte einen Augenblick, bevor ich meine nächste Frage stellte. »War das hier früher auch mein Schlafzimmer?«

»Nein, Dummkopf. Du hast bei Hades geschlafen.«

»Oh.« Meine Gefühle mussten auf meinem Gesicht zu lesen sein, denn Hekate runzelte die Brauen.

»Gefällt dir dieser Raum nicht?«

Ich schüttelte den Kopf. Ich fühlte mich schuldig, mich zu beschweren, aber ich konnte nicht lügen. »Ich wünschte einfach, dass es ein Fenster gäbe.«

»Ich werde sehen, was ich tun kann. Aber das wird bis morgen warten müssen.«

Ich lächelte sie dankbar an. »Danke.«

»Keine Ursache.«

»Im Ernst, danke für alles.« Ich gab mir Mühe, meiner Stimme so viel Ernsthaftigkeit wie möglich zu verleihen.

»Keine Ursache«, wiederholte sie.

Sobald ich meinen Kopf auf das Kissen gelegt und meine Augen geschlossen hatte, war ich auch schon eingeschlafen. Die Erschöpfung überkam mich so plötzlich, wie Hekates magischer Schlaf es vor dem Tribunal getan hatte. Ich erwartete, von mörderischen Skeletten oder mysteriösen und furchterregenden Göttern aus Rauch zu träumen, aber stattdessen fand ich mich in einem Garten wieder.

Und es war kein normaler Garten. Als jemand, der viele, viele Stunden seines Lebens damit zubrachte, Gärten zu planen, erkannte ich sofort, dass dieser nicht in meinem Gehirn geboren war. *Wessen Garten war dies also?* Er war überwältigend schön, dachte ich und ging auf ein Wasserspiel epischer Ausmaße zu. Das Wort »Brunnen« wurde der Struktur nicht wirklich gerecht. Da war ein großes rundes Becken, dessen Oberfläche aus demselben glänzenden weißen Marmor bestand, wie der Boden des Thronsaals. In der Mitte stand die Statue eines Mannes, der sich auf einem Knie niedergelassen hatte und auf dessen Rücken sich eine Kugel befand. Ich erinnerte mich an den Mythos über den Titanen Atlas, der von Zeus als Strafe angewiesen wurde, den Himmel hochhalten zu müssen. Konnte es das sein, was ich da vor mir sah? Als ich näher heran trat, stellte ich fest, dass die Kugel nicht den Erdglobus darstellte, sondern aus Hunderten von Ringen bestand, die ineinandergriffen und so eine Kugel bildeten. An den Stellen, an denen sich die Ringe überlagerten, glitzerten Edelsteine, und Wasser quoll aus den Lücken hervor. Es glänzte in der gleichen Farbe, wie die Edelsteine, bis es den klaren, funkelnden Teich darunter erreichte. Ich sog den Klang des fließenden Wassers, das Gefühl der kühlen Brise auf meinem Gesicht und den Geruch der Primeln in mich ein.

Langsam drehte ich mich auf der Stelle und betrachtete das riesige Arrangement von Blumen in den Beeten, die den Garten säumten. Nicht alle diese Blumen sollten in der Lage sein, zusammen zu wachsen. Viele von ihnen benötigten eigentlich ganz andere Temperaturen und Böden als die, in denen sie gerade blühten. Ich runzelte die Stirn.

»Mir kam zu Ohren, dass du Samen als deinen Preis ausgewählt hast«, sagte plötzlich eine Stimme. Es war eine männliche Stimme. War das die Stimme, die ich während des Tribunals gehört hatte? War es die Stimme, die mich angewiesen hatte aufzustehen, als ich vor Angst erstarrt war? Mir fiel auf, dass ich vergessen hatte, Hekate davon zu erzählen.

»Wer bist du?«, fragte ich leise. Es fühlte sich nicht richtig an, einen Ort von solcher Schönheit und solchen Friedens mit lauten Geräuschen zu stören.

»Ich bin ein Freund, Persephone. Ich erinnere mich gut an dich.«

»Wirklich?«

»Selbstverständlich. Die Königin der Unterwelt vergisst man nicht so schnell.«

»Wo bist du?«

»Ich bin überall um dich herum. Ich bin der Garten.«

Ich drehte mich wieder um mich selbst. »Träume ich?«

»Natürlich träumst du. Doch auch die Träume werden von den Göttern kontrolliert, Persephone. Ich habe gehört, dass du Samen wolltest.«

»Warum interessiert es alle so sehr, dass ich um Samen gebeten habe?«, fragte ich und mein Ärger durchbrach das ruhige Gefühl, das ich im Garten gespürt hatte. Der Geruch von Lavendel wurde mit einem Windstoß zu mir getrieben und ich genoss die Erinnerung daran, wie schön das Leben sein konnte. Der Wind rauschte mir durch das Haar und ich atmete den süßen Duft tief ein. Ich wollte hier bleiben.

»Ich bin von deiner Wahl beeindruckt. Du weißt jedoch, Granatapfelkerne sind auch essbar.«

Ich runzelte die Stirn. »Ich würde meinen lieber einpflanzen.«

»Vertrau mir, meine Königin. Du solltest ihn besser essen.«

Mit einem Ruck erwachte ich und setzte mich abrupt in der Dunkelheit auf. Enttäuschung und ein tiefes Gefühl von Verlust überschwemmten mich, als ich mich in dem schummrigen Schlafzimmer umsah. Das einzige Licht in dem Raum kam von den funkelnden Sternen an der seltsamen steinernen Decke. Der Raum selbst war attraktiv eingerichtet, aber jetzt sehnte ich mich nach frischer Luft, dem Duft der Blumen und dem Geräusch von fließendem Wasser. Was für ein seltsamer Traum.

Ich war mir sicher, dass ich diesen Garten nicht angelegt hatte. Die Stimme musste also demjenigen gehören, dessen Garten es war. *Ich sollte meinen Granatapfelkern essen?* Das war doch aber meine schwer erkämpfte Belohnung. Ich war ganz und gar nicht überzeugt von dieser Idee. Ich schüttelte den Kopf, um ihn von all diesen Gedanken zu befreien und lehnte mich mit einem Seufzer aufs Kissen zurück. Alles an diesem Ort war seltsam. Je früher ich die Tribunale verlor und nach New York zurückkehrten durfte desto besser.

ELF

Wie spät war es? Ich musste Hekate fragen, wie ich an diesem merkwürdigen Ort herausfinden konnte, wie spät es war, dachte ich, als ich die Beine aus dem Bett schwang. Ich trug ein seidenes Unterhemd und dazu passende Shorts, die ich im Schrank gefunden hatte. So seltsam es auch war, in etwas zu Bett zu gehen, das sich so fremd anfühlte, fühlte sich der Stoff göttlich auf meiner Haut an. Ich setzte mich an den Schminktisch und betrachtete mein Spiegelbild an. Die Schminke, mit der mich Hekate am Vortag zurecht gemacht hatte, war verschwunden. Mein weißes Haar hing mir lose über die Schultern. Es war jetzt nur noch leicht gelockt. Doch die winzigen Zöpfchen, durchzogen noch immer mein Haar. Ich nahm die Locken, ohne sie zu bürsten, zu einem Pferdeschwanz zusammen und befestigte es mit einem Band, das ich auf der Kommode gefunden hatte, zu einem unordentlichen Knoten. Meine Augen sahen immer noch grüner aus als ich es gewohnt war und meine Wangenknochen schienen schärfer hervorzutreten. Es war seltsam und vielleicht bildete ich es mir auch nur ein, aber seitdem ich gestern das Dämonenskelett besiegt hatte, sah ich auch unerschütterlicher aus. Kompetenter. Wären Ted Hammond und all die Gören damals in der Schule so grausam zu mir gewesen, wenn ich so ausgesehen hätte? Wahrscheinlich.

Es klopfte an der Tür und ich drehte den Kopf. Woher wussten sie, dass ich wach war? Ich sah mich misstrauisch im Raum um. *Was erwartete ich zu finden? Versteckte Kameras? In einer Welt, in der Eisenschüsseln anstelle von Fernseherkameras verwendet wurden? Reiß dich zusammen, Persy. Du musst diesen Ort akzeptieren, wie er ist. Du wirst schon bald wieder zu Hause sein.*

»Wer ist da?«, rief ich.

»Kann ich reinkommen?«, tönte die Stimme einer Frau von der anderen Seite der Tür. Es war eine heisere, sinnliche Stimme, die mich an den seidenen Schlafanzug erinnerte, den ich mir, ohne zu fragen, ausgeliehen hatte.

»Äh, ja«, antwortete ich und stand auf. Die Tür öffnete sich mit einem Knarren und eine üppige Frau trat ein, mir den Rücken zu gewandt. Sie hielt zwei dampfende Becher in ihren Händen. Die Kinnlade fiel mir herunter, als sie sich zu mir umdrehte und mich anlächelte. Sie hatte kräftiges dunkles Haar, das aussah, als fühle es sich himmlisch an, große braune Augen, die vor Freude strahlten, und Lippen, die... ich hatte solche Lippen noch nie gesehen. Es gab keine andere Beschreibung, als dass sie zum Küssen geschaffen waren.

»Ich habe gehört, dass Sterbliche morgens gern Kaffee trinken«, sagte sie und reichte mir lächelnd eine der Tassen. »Ich bin Hedone.«

»Hi«, stotterte ich. »Ich bin Persephone.«

Sie nickte und setzte sich an das Fußende meines Bettes. Sie hielt ihren Becher genussvoll umklammert.

»Hekate ist heute mit anderen Dingen beschäftigt, deshalb hat sie mich gebeten, dich auf den Maskenball vorzubereiten.«

»Hast du den anderen auch geholfen?«

Ihr Lachen klimperte melodisch. »Nein. Du bist etwas Besonderes und ich schulde Hekate noch einen Gefallen.«

»Warum glaubst du, dass ich etwas Besonderes bin?«, frage ich und nahm einen kleinen Schluck des Kaffees. Es war wundervoll, nicht zu vergleichen mit dem, was wir bei Easy Espresso ausschenkten.

»Aus mehreren Gründen. Ich hatte schon immer etwas übrig für Sterbliche. Aber der Hauptgrund ist, dass es nicht zu lange her ist, dass ich selbst an Tribunalen teilnehmen musste.« Ihre Züge verhärteten sich. »Die Unsterblichkeits-Tribunale. Es war eine schwierige Zeit. Du bist hier ein Außenseiter und ich möchte dir helfen«, sagte sie und sah mir in die Augen.

»Außenseiter also.« Ich seufzte und setzte mich auch hin. Ich fragte mich, ob Hedone eine der wenigen Eingeweihten war, die wusste, dass ich angeblich bereits mit Hades verheiratet gewesen war. Ich wollte es ihr nicht verraten, wenn ich es nicht sollte, obwohl es fast unmöglich war, ihr nicht zu vertrauen. *Das war schließlich ihre Macht. Sie war immerhin die Göttin des Genusses, schon vergessen?*

»Hast du die Tribunale gewonnen?«, fragte ich sie.

»Es wäre mir lieber, wenn wir über etwas anderes sprechen könnten«, sagte sie einfach. »Wir haben eine Menge zu tun. Hekate hat mir bereits mitgeteilt, dass du Hilfe mit deiner Kleidung und Schminke brauchen wirst. Wir müssen die olympische Etikette durchgehen, danach Charme und Anmut, und dann haben wir noch die gesamte Logistik des Balls zu planen. Wir müssen die Gästeliste besprechen und versuchen, vorauszusehen, welche Probleme sich ergeben könnten. Wir werden auch Kampfunterricht durchnehmen.«

»Für den Ball?«

»Aber natürlich!«

»Warum sollte ich während eines Balles kämpfen müssen?«

»Persephone, vergiss nicht, dass es kein gewöhnlicher Ball ist.«

»Nenn mich doch Persy«, sagte ich automatisch.

Sie lächelte. »Es ist ein Test, der bestimmen soll, ob du in der Lage bist, die Rolle der Königin der Unterwelt einzunehmen. Politik und Kampf gehen Hand in Hand miteinander einher. Du musst beweisen, dass du dich behaupten, deinen Ehemann unterstützen und dein Reich vertreten kannst. Diese Qualitäten sind von größter Bedeutung.«

»Oh«, sagte ich. Es machte Sinn, dass es eine der Herausforderungen der Tribunale war, wenn man es so betrachtete. »Das klingt gar nicht nach etwas, indem ich gut sein könnte.«

»Nein? Magst du keine Partys?«

»Und Politik auch nicht. Ich mag Gärten.«

Sie verzog ihr schönes Gesicht. »Dann bist du hier wohl am falschen Ort«, sagte sie. »Es gibt nicht viele Gärten hier im Reich der Jungfrau.«

Mir wurde schwer ums Herz. Natürlich hatte ich das schon vermutet, aber es tat trotzdem weh, es laut ausgesprochen zu hören. »Gibt es nirgendwo hier Pflanzen?«

»Um ehrlich zu sein, verbringe ich hier nicht viel Zeit. Außer mit Morpheus. Ich werde ihn bitten, dich zu besuchen. Er kennt diesen Ort wie seine Westentasche.

Lass uns beginnen. Ich muss dir immerhin beibringen, wie du dich besser anstellen kannst als...« Sie hielt inne und sah mein Haar mit einem unbeholfenen Stirnrunzeln an. »Na ja, besser als das.«

»Kannst du mir zeigen, wie Hekate es hinbekommen hat, meine Augen so grün erscheinen zu lassen?«, fragte ich sie, ein wenig übereifrig.

Hedone gab ein klirrendes Kichern von sich. »Ich glaube, aus dir wird noch ein richtiges Partyhäschen«, grinste sie.

Wir verbrachten drei ganze Stunden in dem fensterlosen Schlafzimmer. Hedone zeigte mir, wie man feine schwarze Linien um seine Augen zeichnet, mit winzigen Buntstiften vollere Lippen schafft und wie man sanfte Lockenkreationen aus normalem Haar kreierte. Zu Hause hätte ich mir nie erlaubt, so viel Zeit mit solchen Dingen zu verbringen. Es war ja nicht so, dass ich keine Wimperntusche oder ein wenig Bronzer auf den Wangenknochen trug, aber ich hatte noch nie ernsthaft Zeit damit verbracht zu lernen, wie ich mich am besten zurecht machen konnte. Ich hatte mir einmal im Internet ein Tutorial angesehen, wie man sein Haar zum Milchmädchenzopf flechten konnte, aber nach zehn Minuten wollte ich meinen Laptop aus dem Fenster werfen und nur noch schreien. Hedone machte es mir leicht, die nötigen Schritte nachzuvollziehen.

»Da haben wir es schon«, sagte sie, als ich die letzte Strähne fixierte und die Frisur, die man Kronengeflecht nannte, fertigstellte. Ohne Zweifel war diese Art mein Haar zu tragen eine gute Lösung, um es mir vom Gesicht fernzuhalten und ich sah auch noch besser aus. Es erinnerte mich an die Frisur, die Athene trug und das freute mich. »Ich habe dir doch gesagt, dass du es hinkriegen würdest.«

Ich strahlte sie an. Ich wusste, dass ich aussah wie ein kleines Kind, das Lob erhalten hatte, aber es war mir egal. »Was steht als Nächstes an?«

»Mittagessen. Aber nicht mit mir«, antwortete sie und zog eine Strähne meines Zopfes gerade. »Ich muss los.«

Der Gedanke, allein gelassen zu werden, löste ein unangenehmes Gefühl unterschwelliger Panik in mir aus. »Okay. Danke für all deine Hilfe«, sagte ich und hoffte, dass ich zuversichtlicher klang als ich mich fühlte.

»Das ist schon okay. Ich komme heute Abend wieder, um die Tischmanieren für das Festmahl durchzugehen.«

»Bedeutet das, dass wir ein Festessen genießen werden?«, fragte ich hoffnungsvoll.

»Ja. Lass es beim Mittagessen also langsam angehen. Bis später«, sagte sie, verließ mein Zimmer und schloss die Tür hinter sich.

Zumindest hat sie sich nicht in weißem Licht in Luft aufgelöst, wie es hier üblich war, dachte ich und schaute in den Spiegel. Was würde als Nächstes geschehen? Ich stand auf, schaute in den Schrank und beschloss, dass ich mich wahrscheinlich anziehen sollte.

Gerade als ich die Auswahl auf zwei Optionen beschränkt hatte; ein roter Hosenanzug mit tiefem Ausschnitt oder das grüne Kleid, das ich gestern getragen hatte, ertönte hinter mir eine kleine erregt klingende Stimme. »Auf jeden Fall das Rote.«

Überrascht spann ich so schnell herum, dass fast beide Optionen zu Boden fielen. Ein Gnom stand in meinem Schlafzimmer. Er war vollkommen nackt und grinste zu mir herauf.

»Wer zum Teufel bist du?!«

»Skoptolis, zu Ihren Diensten!« Er beugte seine weniger als einen Meter hohe Gestalt so tief, dass seine Nase fast den Boden berührte.

»Zu meinen Diensten?«

»Ich bin hier, um Sie zu bewachen, Fräulein. Ich weiß nicht wovor, aber dieser Auftrag ist um Längen besser als das, was ich vorher gemacht habe.«

»Du bist mein Wächter?« Ich sah mir den nackten Gnomen an. Er hatte glänzende honigfarbene Augen, buschiges dunkles Haar, das zu seinem dichten Bart passte, und riesige Füße für seine Statur. Ich tat mein Bestes, nicht nachzuschauen, ob andere Extremitäten ähnlich disproportional groß waren, aber es war nicht leicht nicht hinzusehen.

»Das bin ich«, sagte er und schaukelte auf den Fußballen.

»Könntest du dich bitte anziehen?«

»Nein.«

»Wie bitte?«

»Darf ich nicht.«

»Du darfst keine Kleidung tragen? Warum nicht?«

»Ich weiß es nicht. Ist es das, was Ihnen Unwohl bereitet?«, fragte er und schwang seine Hüften vorwärts, so dass er mir viel näher kam als es mir lieb war.

Ich fühlte, wie mir die Hitze ins Gesicht stieg. »Ja!«

»Ach so. Ist es so besser?« Mit einem leisen Knall verschwand der Gnom und an seiner Stelle erschien ein Hund. Es war ein kleiner Hund, eine Art Terrier. Sein Fell hatte dieselbe Farbe, wie das Haar des Gnomen und auch die Augen leuchteten noch immer schelmisch in der Farbe von Honig.

»Skop...«, sagte ich und versuchte mich an seinen Namen zu erinnern.

»*Skoptolis*«, berichtigte er. Doch ich hörte nicht den Hund sprechen, ich hörte seine Stimme in meinen Gedanken. »*Zu Diensten.*«

Jetzt ließ ich die Bügel mit den Kleidern, die ich gehalten hatte, tatsächlich zu Boden fallen.

»*Hallo?*«, sagte die Stimme und ich sah auf den Hund hinunter, der sich jetzt von unter dem grünen Kleid hervor schlängelte, das auf ihn herabgefallen war. »*Ist das besser?*« Er wedelte mit dem Schwanz.

»Ja«, sagte ich und sah ihn lange an. »Aber...«

»*Wenn Sie möchten, dass ich in dieser tierischen Form bleibe, muss ich mich auf diese Art verständigen, Fräulein.*«

»Es ist komisch«, sagte ich mit zusammengezogenen Augenbrauen. »Du bist in meinem Kopf.«

»*Dann verwandle ich mich besser zurü-*«, begann er, aber ich winkte ab.

»Nein. Nein. Bitte. Bleib so.« Besser ein wedelnder Hundeschwanz als ein Gnom mit riesigem Kolben. »Was bist du?«, fragte ich ihm.

»*Ein Kobaloi.*«

»Bist du zufällig ein notgeiler Kobold?«

»*Ich habe manchmal so meine Momente, Fräulein*«, antwortete er und wedelte schneller mit dem Schwanz. Er sprang neben mir aufs Bett. Ich streckte automatisch die Hand nach ihm aus, um sein Fell zu streicheln, doch hielt mich gerade noch zurück. War das merkwürdig? Er ist nicht wirklich ein Hund, sondern ein nackter, haariger Gnom, erinnerte ich mich.

»Wenn Sie das Rote anziehen, werden Sie schon herausfinden, wie notgeil ich sein kann.«

Ich zog meine Hand zurück. »Dann wird es wohl das grüne Kleid werden«, murmelte ich, sammelte die Kleider vom Boden auf und ging mit dem Grünen ins Bad. Skoptolis war mir auf den Fersen. »Und was soll das jetzt werden?«, fragte ich ihn.

»Es ist meine Aufgabe, Sie zu bewachen.«

»Selbst in meinem eigenen Badezimmer?«

»Auf jeden Fall.«

»Kommt nicht in die Tüte.« Der Hund wedelte noch schneller mit dem Schwanz und ich sah ihm in die Augen.

»Aber Fräulein, Sie haben mich doch auch nackt gesehen«, protestierte er. Auch in meinem Kopf klang seine Stimme noch immer lachend und beflügelt, genau wie die verdammte Feder, die ich ausgewählt hatte.

»Das kommt gar nicht in Frage!«

»Bitte, bitte!«, quengelte er.

Ich verdrehte die Augen. »Keine Chance«, sagte ich streng. »Du wartest draußen, du Perversling.«

»Sie können mich Skop nennen, Fräulein.« Sein Schwanz wedelte immer noch wie wild durch die Luft.

»Wie auch immer«, schimpfte ich und knallte die Tür hinter mir zu.

Ein paar Minuten später trat ich in dem grünen Kleid aus dem Waschraum und sprang überrascht auf, als ich Hekate auf der Bettkante sitzen sah, die Skop, der wieder seine nackte Zwergengestalt angenommen hatte, missmutig anstarrte.

»Dionysus ist so ein Arsch«, sagte sie und sah zu mir auf.

»Lass mich raten, das soll ich ihm auch nicht sagen«, grinste ich.

»Auf keinen Fall«, sagte sie und zog eine Grimasse als ihr Blick wieder auf Skop fiel.

»Ich dachte, wir hatten uns auf das Fellwesen geeinigt.«

»So viel Fell, wie Sie mögen, Fräulein«, sagte er strahlend und griff sich zwischen die Beine.

»Lass das bleiben, du Freak!«, fuhr Hekate ihn an. Der Kobaloi brach in Kichern aus und verwandelte sich zurück in einem Hund.

»Was hat sich dieser betrunkene Idiot nur dabei gedacht, dir einen Kobold als Wächter zu schicken?« Sie schüttelte den Kopf.

»*Er dachte wahrscheinlich, dass Sie eine Aufheiterung nötiger haben würden als Schutz*«, sagte Skop in meinem Kopf. Ich kam nicht umhin, sowohl ihm als auch Dionysus gegenüber ein kleines bisschen positivere Gefühle zu entwickeln.

»Wer weiß.« Ich zuckte mit den Achseln. »Ich bin mir immer noch nicht sicher, dass ich überhaupt einen Wächter brauche.«

»Ich weiß es auch nicht. Wie auch immer, ich habe gute Neuigkeiten.« Ich zog meine Augenbrauen zusammen, als sie in die Hände klatschte. »Ich habe Hades überzeugt, dir ein neues Zimmer zu geben. Ein neues, überirdisches Zimmer.«

Dankbarkeit durchflutete mich und ohne nachzudenken schlang ich meine Arme um Hekate. Sie gab ein unbeholfenes Quietschen von sich.

»Es gibt jedoch einen Haken!« Ich ließ von ihr ab und

schloss meine Augen. »Es ist nicht üblich, dass Kandidaten die schönsten Räume in der Unterwelt erhalten. Du musst dir dieses Privileg also verdienen. Öffentlich. Um unangenehme Fragen zu vermeiden.«

»Ich verstehe«, sagte ich langsam.

»Es wird ein weiteres Tribunal geben. Heute Abend. Wenn du gewinnst, bekommst du das neue Schlafzimmer.«

»Okay, das klingt fair.« Angst und Hoffnung pochten in meinem Herzen.

»Und du wirst mit Hades zu Mittag essen.« Sie sprach so schnell, dass ich sie kaum verstand.

»Wie bitte?« Mein Magen verknotete sich und ich starrte sie mit offenem Mund an. »Wann?«

»Jetzt«, sagte sie und klatschte in die Hände. Dann sah ich nur noch weißes Licht, in dem die Welt vor mir verschwand.

»Verdammt! Hekate!«, zischte ich und sah mich in dem Raum um, in dem ich so plötzlich gelandet war. Mein Puls raste, als ich versuchte, alles um mich herum gleichzeitig wahrzunehmen. Dieser Ort erinnerte mich an eine Kirche, mit massiven Gewölbedecken, die sich über mir erstreckten. Alles bestand aus weißem Marmor. Die soliden Mauern waren mit komplizierten Mustern übersehen, die Weinreben, exotische Pflanzen und Blumen darstellten, mit Schmetterlingen, die zwischen all diesen Elementen umher zu fliegen schienen. Lange Vorhänge, die mindestens sechs Meter in die Höhe reichten, säumten die Längsseiten des Raumes. In der Mitte stand ein großer, für zwei Personen gedeckter Tisch neben einem runden Podest. Die Plattform war leer und etwas daran schien nicht in Ordnung zu sein. Ganz und gar nicht in Ordnung.

Ich trat näher heran und runzelte die Stirn. Ein Gefühl der Leere breitete sich in mir aus, etwas, das wie Trauer an mir zerrte. Warum sollte ein leeres Podest ein solches Gefühl des Verlusts in meinem Inneren auslösen? Ich gab den Versuch auf, das beunruhigende Gefühl zu analysieren und wandte mich dem Tisch zu. Es war nichts Bemerkenswertes daran, außer dass er ein bisschen zu groß für zwei und schön gedeckt war. Die beiden Stühle jedoch waren eine andere Sache. Genau wie die großen Thronsessel, die ich in dem vom Flammen umgebenen Thronsaal gesehen hatte, waren sie mit Totenköpfen und Rosen geschmückt. Die Thronsessel waren furchterregend gewesen, doch die Stühle in diesem Saar waren elegant und atemberaubend schön. Das Interessante war, dass das reiche Mahagoniholz beider mit Totenköpfen *und* Rosen verziert war. Die Rosen-Ranken auf beiden Stühlen wanden sich um die Schädel herum und etwas daran fühlte sich seltsam befriedigend an. Die beiden Elemente waren perfekt aufeinander abgestimmt und zeigten die Schädel und die Rosen gleichermaßen in ihrer Gefahr und ihrer Schönheit. Sie hatten nichts mit den aggressiven Thronsesseln gemein.

Als ich gerade die Hand ausstreckte, um das Holz des mir näher gelegenen Stuhls zu berühren, tönte plötzlich eine verärgerte Stimme hinter mir. »Wie bist du hier hereingekommen?«

Ich wirbelte erschrocken herum und fühlte, wie ein heftiger Schauer mich durchlief, als ich die rauchige Form Hades sah.

»Hekate hat mich hierher geschickt. Du weißt schon, mit dem weißen Licht, mit dem ihr euch hier hin und her bewegt«, sagte ich schnell, zu schnell, und versuchte, die Angst herunter zu schlucken, die mir in die Kehle gestiegen war. »Ich hatte angenommen, dass du mich erwarten würdest.«

Er stieß einen Seufzer aus. Rauch tanzte um seine

Form. »Diese Frau muss lernen, sich weniger einzumischen.«

»Oh. Soll ich gehen?«, fragte ich hoffnungsvoll. Der Rauch kräuselte sich und für einen kurzen Moment sah ich seinen silbernen Blick.

»Du solltest überhaupt nicht hier sein.«

»Glaub mir, ich bin nicht freiwillig hier«, schnauzte ich, unfähig, mich zurückzuhalten. »Warum sollte ich an einem Ort sein wollen, wo es kein Draußen gibt?«

Die rauchige Form kräuselte sich wieder. »Die Unterwelt ist nicht der richtige Ort für dich.« Seine Stimme war kalt und rau.

»Dann schick mich nach Hause«, sagte ich. Meine Handflächen begannen zu schwitzten bei dem Gedanken, dass er mich tatsächlich zurückschicken könnte. *Bitte, bitte, schick mich nach Hause.*

»Ich kann es nicht«, zischte er, und die Temperatur im Raum schoss plötzlich in die Höhe. »Mein Tyrann von einem Bruder hat gesprochen.«

Bei dem Wort Tyrann ging meine Angst leicht zurück und ich hob den Kopf. Fühlte Hades sich schikaniert? Das konnte nicht wahr sein. Wie kann ein König schikaniert werden? »Warum wehrst du dich nicht gegen ihn?« fragte ich. Meine eigene Unverfrorenheit überraschte mich und ich brach den Satz fast ab.

Die Temperatur stieg wieder, als Rauch von seiner Form aufstieg. »Meinst du, ich habe das nicht versucht?«, sagte er laut. Bilder von Feuer erschienen in vor meinen verschlossenen Augen und ich schmeckte eisernes Blut auf meiner Zunge.

»Bitte, bitte nicht!«, bettelte ich. Ich hörte und hasste die Angst in meiner Stimme, aber ich konnte sie nicht verbergen. »Nicht schon wieder.« Die Angst ließ sofort nach, die Bilder verschwanden und der Raum kühlte sich ab.

»Dies ist kein Ort für Menschen«, schnauzte Hades. »Es ist wahrscheinlich, dass du hier getötet wirst.«

»Du meinst, dass du mich wahrscheinlich zu Tode ängstigen wirst!«, schrie ich, am Ende mit meinen Nerven. »Wie zum Teufel soll ich mit dir Mittag essen, wenn du mich jedes Mal in Todesangst versetzt, wenn ich etwas sage, das dir nicht gefällt?«

Der Rauch bäumte sich auf. »Mittagessen?«

»Das hat Hekate zumindest gesagt.« Mein Kopf schmerzte. Ich hatte den Mann erst zweimal getroffen und hasste es jetzt schon, mich in seiner Nähe aufzuhalten.

»Diese verdammte Frau«, murmelte Hades. Es herrschte langes Schweigen, dann fragte er: »Hast du Hunger?«

»Nein«, log ich. »Du kannst mich einfach zurück in mein Zimmer schicken.«

Er machte eine Pause, bevor er antwortete. »Man hat mir gesagt, dass dir dein neues Zimmer nicht gefällt.«

Neues Zimmer? Ich erinnere mich an Hekates Worte. *»Dummkopf, du hast bei Hades geschlafen.«*

Aber wie? Wie hatte ich mit dieser Kreatur je ein Schlafzimmer geteilt?

Selbst wenn man über die Tatsache hinwegsah, dass er aus Rauch bestand, hatte er, soweit ich das beurteilen konnte, keinerlei Persönlichkeit, geschweige denn Humor. Außerdem war er furchteinflößend. Ich betete, dass er nicht erwähnen würde, dass wir angeblich einmal verheiratet waren.

»Es ist ein sehr schönes Zimmer, aber es gibt keine Fenster. Zu Hause verbringe ich den Großteil meiner

Zeit draußen«, sagte ich so höflich, wie es mir nur möglich war.

»Es gibt auch hier ein Draußen«, sagte er schroff, und ich bemerkte, dass das Zischen in seiner Stimme nachgelassen hatte. Er hob eine aus Rauchschwaden bestehende Hand und die Vorhänge an beiden Seiten des Raumes zogen sich langsam zurück. Mein Atem stockte. Sonnenlicht. Ich eilte zu den Glasfenstern, die hinter dem Stoff verborgen gewesen waren und schreckte zurück. Das Land war völlig unfruchtbar. Zerklüftete, vertrocknete Erde erstreckte sich soweit die Augen reichten und abgesehen von ein paar kahlen Bäumen war nichts in dieser Landschaft lebendig.

»Was ist hier passiert?«, flüsterte ich atemlos.

»Es will einfach nichts wachsen«, sagte er kalt. »Aber ich glaube, es zählt immer noch als Draußen.« Er drehte sich um. »Was ist das?«

Auch ich drehte mich um, um zu sehen, was er meinte. Sein rauchiger Arm zeigte auf meine Füße. Ich schaute hinunter und blinzelte. Da war Skop. Er saß bewegungslos da und blinzelte zu mir hoch.

»Das ist der Wächter, der mir zugewiesen wurde.«

»Das ist ein Kobaloi. Warum brauchst du einen Kobaloi als Wächter? Alles, was die anstellen, ist Leuten Streiche zu spielen und sich auf alles zu stürzen, was nicht bei drei auf den Bäumen ist«, sagte er.

Skop wedelte mit dem Schwanz. Ungebeten breitete sich ein Lächeln auf meinen Lippen aus. »Anscheinend hatte Dionysos den Eindruck, dass ich Unterhaltung nötiger habe als Überwachung.«

»Er irrt sich.«

Ich atmete tief durch. Dachte Hades, ich brauchte doch einen Wächter? Ein wenig der Eiseskälte hatte seine

Stimme verlassen und auch das schwache Sonnenlicht trug dazu bei, meinen rasenden Puls zu beruhigen. Ich nahm all meinen Mut zusammen und beschloss, so viele Informationen wie nur möglich aus diesem Mann herauszuholen. So schlimm konnte er ja nicht sein, wenn ich ihn einmal genug gemocht hatte, um ihn zu heiraten. »Kannst du mir sagen, warum ich einen Wächter brauche?«

»Nein.«

»Bin ich in Gefahr, oder hat Poseidon Recht, und ich bin diejenige, die gefährlich ist?«, drängte ich.

»Weder noch.«

Ich beschloss, einen Kurswechsel vorzunehmen. Hades hatte mir seit drei Minuten keine Angst mehr gemacht und je länger wir miteinander sprachen desto mutiger wurde ich. »Warum ändert sich die Temperatur, wenn du wütend wirst? Warum ist es manchmal kalt und manchmal heiß?«

»Genug der Fragen.«

»Nein! Ich weiß nichts über diese Welt. Da verdiene ich es doch ein paar harmlose Fragen beantwortet zu bekommen?«

»Ach, du verdienst es, ja?«, lachte er bitter.

»Ja, ich habe es *verdient*«, schnaubte ich. »Muss ich dich daran erinnern, dass ich in die verdammte Unterwelt entführt wurde um mit einem Dämon um ein Leben kämpfen zu müssen, das ich nicht einmal verstehe?«

Die Rauchwolke zog sich kurz zusammen und verfestigte sich dann fast, aber nicht ganz. Es herrschte ein langes Schweigen, nur mein Herz hämmerte laut. War ich zu weit gegangen?

»Es wird nur dann heiß, wenn ich mein Temperament nicht unter Kontrolle habe«, sagte Hades plötzlich, und ich war mir sicher, dass das Zischen ganz aus seiner

Stimme verschwunden war. »Wenn ich absichtlich Angst einflöße, wird es kalt.«

Ich sah dorthin, wo ich wusste, dass da seine Augen waren. *Er beantwortete meine Fragen.*

»Bestehst du absichtlich aus Rauch?«, fragte ich schnell, bevor seine Laune kippte.

»Ja.«

»Warum?«

»Ich will nicht, dass Leute wissen, wie ich aussehe.«

»Warum nicht?

»Ich bin der Gott des Todes.«

»Das ist doch keine Antwort.« Ich legte meinen Kopf schief und die Stirn in Falten.

»Ist es wohl.«

»Nein, ist es nicht. Versuchst du gefährlicher zu wirken?«

»Nein, ich versuche nicht-« Er brach mitten im Satz ab. »Ich will nicht mit dir darüber reden«, sagte er. Doch seine Stimmlage hatte sich verändert. Sie war nicht mehr kalt und zischend, sondern tief und angenehm.

Ich atmete tief ein. Ich stellte ihm die Frage, die mir unter den Fingernägeln brannte. Fast hoffte ich jedoch, dass er »nein« sagen würde. »Darf ich deine Augen sehen?«

»Nein«, sagte er, aber seine Stimme blieb weich.

»Bitte«, sagte ich, trat näher an ihn heran und sah in das Gesicht aus Rauch, ohne sichtbare Gesichtszüge.

»Warum willst du meine Augen sehen?«, fragte er.

»Weil... Als ich sie gestern gesehen habe... da wusste ich, dass ich nicht träume. Dass all das hier echt ist«, sagte ich und wusste, dass ich mich ihm zu sehr öffnete, aber ich konnte nicht anders. »Sie sind das Einzige, das ich in dieser Welt erkannt habe. Das Einzige, das mir vertraut ist.«

Hades Gestalt wurde von einem Blitz durchzogen und dann schienen seine Augen plötzlich durch den Rauch. Seine intensiven, wunderschönen silberfarbenen Augen sahen mich an. Doch sie waren erfüllt von Traurigkeit und es stand so viel Schmerz in ihnen, dass mein Atem stockte. In weniger als einer Sekunde waren sie wieder verschwunden und ich atmete langsam aus. Ich war überkommen von dem Drang, ihm zu helfen, ihn glücklich machen zu wollen und das in Ordnung zu bringen, was ihm solchen Kummer bereitete. Ich durchkämmte mein Gehirn nach etwas, das ich sagen konnte, doch Hades sprach zuerst.

»Du musst gehen. Ich werde Hekate sagen, dass sie so ein Theater nicht noch einmal veranstalten soll«, sagte er und das Zischen war in seine Stimme zurückgekehrt. Eine Kälte spülte über meine Haut hinweg und ich wusste nicht, ob es aufgrund von Hades Kräften oder meiner eigenen Emotionen war.

»Aber«, sagte ich, doch er unterbrach mich. Seine Stimme hatte wieder einen gefährlichen Klang angenommen. Ich wollte weiter an dem Gefühl festhalten, der Intensität des Gefühls. *Ich wollte ihm helfen.*

»Sprich nicht mehr mit mir. Du wirst nicht mehr lange hier sein.«

Wut vermischte sich mit meiner Verwirrung und löschte meine Gefühle schlagartig aus. In einem Moment ließ er mich solch intensive Gefühle spüren und im nächsten behandelte er mich wie den letzten Dreck. »Hoffen wir es!«, schnauzte ich ihn an.

»Verlier die Tribunale und verlass mein Reich«, sagte

er in einem harten Ton. Seine Stimme klang kalt und arrogant.

Etwas heiß Glühendes nagte verzweifelt an meinem Inneren, aber meine widersprüchlichen Gefühle lösten sich auf und verwandelten sich in Wut. »Mit Freude«, spie ich und sah ihn kalt an.

DREIZEHN

»**D**as war ganz schön unhöflich«, sagte Skop als ich mich auf mein Bett fallen ließ.

»Ich wünschte, sie würden aufhören, mich ständig mit diesen verfluchten Blitzen überall in diesem verdammten Ort umher zu zaubern«, empörte ich mich. »Warum können sie nicht einfach verdammte Türen und Treppen benutzen, wie normale Leute, verdammt noch einmal?«

»*Ich mag es, wenn Sie fluchen, Fräulein*«, sagte Skop und sprang neben mir auf die Matratze. »*Starke Frauen sind genau mein Typ.*«

»Nicht jetzt, Skop. Ich habe jetzt wirklich nicht den Kopf für deinen Scheiß. Ich dachte, du wärst hier, um mich aufzuheitern?«

»*Das bin ich, Fräulein. Soll ich ihm in den Schuh kacken?*«

Ein lautes Lachen entwischte mir. »Sehr gern, aber ich bin mir nicht sicher, ob er überhaupt Schuhe trägt. Er besteht schließlich aus Rauch.« Ich hob die Augenbrauen an und sah mir den Hund genauer an.

»*Nein, Fräulein, er hat Klamotten an.*«

»Kannst du durch den Rauch hindurchsehen?«

»*Ich stehe hauptsächlich auf Frauen, aber er ist ein ganz schöner Leckerbissen.*«

»Du bist mir vielleicht einer.« Ich verdrehte die Augen.

»*Sie werden ihn noch früh genug sehen, Fräulein*«, sagte Skop. Er ging auf der Bettdecke im Kreis und ließ sich dann eng zusammengerollt fallen.

»Das wage ich zu bezweifeln. Er hat gesagt, dass er nie wieder mit mir sprechen will.«

»*Was entschlüsselt aus der Sprache von wütenden männlichen Göttern lautet: ich will dir die Kleider vom Leib reißen und Sex mit dir haben.*«

»Quatsch. Mach dich nicht lächerlich.« Doch etwas tief in mir zog sich bei seinen Worten zusammen. *Rauch. Er besteht aus Rauch. Er füllt deinen Kopf mit toten Menschen und behandelt dich wie Scheiße. Lass die Finger von ihm.* Hades mochte ein Bad Boy sein, aber er war viel zu extrem für mich.

Ich verbrachte die nächste halbe Stunde damit, zu lernen, in Gedanken mit Skop zu reden, wie er es mit mir tat. Ich musste meine Worte in Gedanken auf ihn projizieren, was schwieriger war, als es sich anhörte. Nach einer Weile hatte ich den Dreh aber heraus.

»Werde ich mit allen so kommunizieren können?«, fragte ich ihn, ohne dass ein Laut meine Lippen verließ.

»*Nein, nur Elfen, Kobolden und magischen Objekten, mit denen Sie sich verbunden haben. Oder auch mit mächtigen Wesen.*«

»Und Hekate?«

»Keine Ahnung, das müssen Sie sie selbst fragen.«

Im nächsten Moment klopfte es an der Tür und sie schwang auf, noch bevor ich antworten konnte.

»Wenn man vom Teufel spricht«, murmelte ich, als Hekate den Raum betrat, mit einem großen Tablett Sandwiches in den Armen.

»Es tut mir so, so leid«, sagte sie und runzelte die Stirn. »Aber der Teufel? Ist das nicht, wie ihr Hades in eurer Welt nennt?«

Ich schluckte. »Ja. Und du hast mich mit ihm zum Mittagessen geschickt, ohne ihm etwas zu sagen!«

»Ich weiß, ich weiß. Ich dachte, es wäre eine gute Idee, dass ihr zwei die Köpfe zusammensteckt.«

»War es nicht.«

»Das brauchst du mir nicht zu erzählen. Er hat mich fast den Kopf abgebissen. Ich bin überrascht, dass ich nicht degradiert worden bin«, sagte sie, stieß einen Seufzer aus und stellte das Tablett ab. »Du siehst übrigens verdammt heiß aus. Deine Frisur steht dir unheimlich.«

Nachdem ich Hekate ihren fehlgeleiteten Versuch verziehen hatte, meine Ehe wiederherstellen zu wollen, zog ich mir ein ledernes Kampfgewand an und ließ mich dort hin bringen, wo ich das Kämpfen erlernen sollte. Gnädigerweise benutzten wir Treppen und Türen, in deren Labyrinth aus Tunneln mit blauen Fackeln ich mich innerhalb weniger Minuten verlor.

»Falls ich mich verlaufe, wirst du dich an den Weg

zurück erinnern?«, fragte ich Skop, der schweigend an meiner Seite trabte.

»*Natürlich, Fräulein*«, sagte er fröhlich.

Die Trainingshalle war eine große Höhle mit zweifellos griechischen Elementen. Von der Decke strahlte dasselbe tageslichtähnliche Grau wie in meinem Zimmer. Säulen säumten die Wände und hinter ihnen standen offene Kisten. Hekate strebte auf eine bestimmte Kiste zu und begann zu stöbern.

»Hast du den Dolch dabei, den ich dir gegeben habe?«

»Natürlich«, sagte ich und zog ihn aus der Scheide, die ich an meinem Gürtel trug. Meine Kampfbekleidung war übersäht von Riemen, Taschen und Schlaufen für Waffen.

»Gut. Leg ihn dort drüben ab und komm mir damit ja nicht zu nahe.«

»Okay«, sagte ich und legte ihn auf den Boden. Skop schnüffelte daran, dann trottete er schnell davon.

»Hier«, sagte Hekate und streckte mir einen Dolch von ähnlicher Größe entgegen. Ich ging zu ihr, nahm ihn an und schaute in die anderen Kisten. Sie waren mit Waffen gefüllt.

»Der Boden wird die Stöße abfangen, wenn du fällst. Du wirst dich also nicht verletzen«, sagte sie.

»Wenn ich falle?«

»Und ob«, sagte sie und trat mir dann aus heiterem Himmel gegen die Beine. Sie schaffte es, mir beide Füße unter meinem Körper wegzuziehen und ich schrie auf, als ich zu Boden stürzte, wobei ich auch den Dolch fallenließ. Sie hatte Recht, was den Boden anging. Er hatte sich unter mir in etwas Schwammiges verwandelt. Doch mein Hintern schmerzte trotzdem, als ich aufschlug.

»Lektion Nummer eins: Wenn du dich in diesem Raum oder einer Kampfgrube befindest, musst du immerzu wachsam sein.«

Ich starrte sie an. »Hättest du mir das nicht sagen können, bevor wir hier reinkamen?«

Sie grinste mich an. »Lektion Nummer zwei: Nichts ist fair.«

»*Lektion Nummer drei: Ihre Lehrerin ist ein Arsch*«, sagte Skop in meinem Kopf, und ich unterdrückte ein Grinsen.

Hekate verbrachte die nächste Stunde damit, mir beizubringen, wie man einen Dolch im Nahkampf einsetzt. Es ging hauptsächlich darum, seine Absichten zu verbergen und Lücken für einen Angriff zu finden. Schnell war ich frustriert und müde.

»Ich muss dringend wieder mit dem Joggen anfangen«, keuchte ich, als Hekate mir zum fünften Mal mit Leichtigkeit entging.

»Jogging? Schnelligkeit ist nur ein Teil des Ganzen. Wir müssen deine Toleranz aufbauen, dir beibringen, ein paar Schläge einzustecken«, sagte sie und tanzte mit erhobenen Fäusten auf ihren Fußballen.

Ich fragte sie: »Bin ich die einzige menschliche Kandidatin in den Tribunalen?« Ich fragte halb aus Neugier und halb, um die Pause zu verlängern und etwas Energie zurückzugewinnen.

»Ganz recht.«

»Was ist mit der derzeitigen Titelverteidigerin? Was ist sie?«

»Eine Bergnymphe. Sie hat Erdkräfte.«

»Hm. Also wird das Leben unter der Erde kein Problem für sie darstellen.« Ich dachte darüber nach, was ich im Thronsaal über meine eigenen angeblichen Kräfte gelernt hatte.

»Und meine Kräfte bestanden darin, Pflanzen wachsen zu lassen?«

»Irgendwie schon.«

»Was meinst du mit irgendwie?«

»Hör auf Fragen zu stellen, Persy«, sagte sie und tänzelte auf mich zu.

Ich hob meine Arme schnell in eine Verteidigungsstellung und fuchtelte mit meinen Dolch in ihre Richtung. Es schien, meine kurze Pause war vorbei.

Schließlich kündigte Hekate an, dass wir nun genug getan hatten und ich meine Energie für das Tribunal am Abend aufsparen sollte. Ich wusste nicht, auf welche Energie sie sich bezog, denn ich war vollkommen fertig. Aber als wir in mein Zimmer zurückkehrten, beschwor Hekate etwas von dem Wein herbei, den wir nach meiner Ankunft getrunken hatten und schon bei dem Anblick fühlte ich mich etwas besser.

»Das wird dir wieder etwas Leben einflößen«, grinste sie und schenkte uns beiden ein Glas ein. »Es bleibt uns noch eine Stunde bis zum Tribunal.«

Ich trank etwas von dem Wein und fühlte mich sofort lebendiger, aufgeweckter. Seltsam. Der Wein in meiner Welt stumpfte die Sinne ab. Wir sprachen darüber, was mich bei diesem Tribunal erwarten würde. Hekate hielt es für unwahrscheinlich, dass ich so kurz nach dem letzten Kampf wieder kämpfen musste und es war auch nicht wahrscheinlich, dass es sich um einen Test der

Gastfreundschaft handelte, da der Maskenball noch anstand.

»Es wird sich also um Intelligenz oder Loyalität handeln«, dachte sie laut nach. »Oder Ruhm auf eine andere Weise als durch einen Kampf verdient.«

»Wie testen sie Loyalität?«, fragte ich.

Sie sah mich von der Seite an. Ein besorgter Ausdruck hatte ihr Gesicht eingenommen.

»Um ehrlich zu sein, Persy, das ist normalerweise das schlimmste Tribunal. Es wird etwas sein, das du nicht erwartest. Man wird dir auch nicht unbedingt sagen, dass die Augen des gesamten Olymps auf dir liegen.«

»Sie werden also versuchen, mich auszutricksen?«

»Ja.«

»Und ich werde nicht einmal wissen, dass ich gerade getestet werde?«

»Nicht unbedingt. Wenn es keine Chance für dich gibt, Minthe zu schlagen, lassen sie dich vielleicht glimpflich davonkommen.«

»Plant Zeus all die Aufgaben?«, fragte ich und nahm noch einen Schluck Wein. Ich brauchte die Stärkung.

»Nein, alle Olympioniken sind daran beteiligt.«

»Kommen sie gut miteinander klar?«

Hekate schnaubte. »Überhaupt nicht.«

»Was hat Hades getan, um Zeus so zu verärgern?« Ich stellte die Frage beiläufig, obwohl ich nicht darauf brannte, die Antwort zu erfahren.

»Er hat eine ihrer wenigen heiligen Regeln gebrochen«, sagte sie ernst. »Er erschuf neues Leben im Olymp.«

»Leben? Aber bei ihm dreht sich alles um die Toten.« Ich runzelte die Stirn und sah Hekate eindringlich an.

Sie neigte den Kopf. »Hades ist nicht wie die anderen

Götter, Persy. Es steckt viel mehr in ihm, als die Menschen ihm ansehen können.«

Ich dachte an diese silbernen Augen, so voller Emotionen. Aber dann erfüllte das Feuer, der Geschmack von Blut, der Geruch von Verbranntem meinen Kopf, und ich seufzte.

»Die Menschen sehen nur Rauch«, sagte ich.

»Er war nicht immer so«, antwortete sie leise.

Etwas in meinem Bauch zog sich zusammen. »Was ist passiert?«, fragte ich, aber tief in meinem Inneren wusste ich die Antwort bereits.

»Du.«

VIERZEHN

Kurze Zeit später, und es fühlte sich wie Sekunden an, stand ich wieder vor den Göttern in ihren aufgereihten Thronsesseln und den gebäudehohen Flammen zu beiden Seiten des schwebenden Thronsaals. Meine Augen waren auf die rauchige Gestalt Hades gerichtet, die von den einschüchternden Schädeln umrahmt war, die die Rückseite seines riesigen Sitzes bildeten. Meine Handflächen begannen zu schwitzen.

»Guten Tag, Olymp«, ertönte plötzlich die Stimme des Kommentators. Ich wirbelte herum, und sah, dass er direkt hinter mir stand.

»*Götter, ist der nervig*«, sagte Skops Stimme in meinem Kopf, und ich blickte zu ihm hinunter.

»*Kein Witz*«, sagte ich ihm schweigend.

»Heute erleben wir ein unangekündigtes Tribunal. Wie aufregend! Da unsere Persephone ein Mensch und als solcher die einzige Anwärterin ohne Kräfte ist, wird sie eine zusätzliche Belohnung erhalten, wenn sie dieses Tribunal besteht.«

Ich stellte mir einen Raum mit Fenstern vor, und der

Gedanke, mich nicht unter der Erde zu befinden, bestärkte mich in meiner Entschlossenheit. *Auch wenn der Ausblick eine karge Einöde sein würde.*

»Er ist nicht immer so gewesen.« Hekates Worte schwirrten mir durch den Kopf und lenkten mich ab. Sie hatte sich geweigert, mir mehr zu sagen und es wurde immer schwerer meine Frustration über die wenigen Informationen, die sie mir zu meiner Vergangenheit gegeben hatte, zu unterdrücken. Hatte ich diese Einöde da draußen auch verursacht? Was hatte ich getan?

»In diesem Tribunal dreht sich alles um Ruhm«, strahlte der Kommentator und mein Puls beschleunigte sich. *Bitte nicht kämpfen, bitte keine Dämonen,* betete ich. »Heute können wir Persephone dabei zuschauen, wie sie sich einer ihrer Ängste stellt«, sang er, und mein Magen zog sich zusammen. *Meine Ängste?* Woher wollten sie wissen, was meine Ängste waren? Wenn eine einzige verdammte Spinne im Spiel war, war es aus mit dem Traum vom Zimmer mit Fenster. Mir wurde erst kalt und dann heiß vor lauter Angst.

»Wir werden dieses Tribunal jedoch nicht im Thronsaal abhalten! Lasst uns in den Abgrund gehen!«

»Was?«, begann ich zu sagen, aber das verdammte weiße Licht blitzte wieder auf, und alles war weg.

Als das Licht aufhörte mich zu blenden, hätte ich schwören können, dass mein Herz zu schlagen aufgehört hatte. Ich stand am Rande eines schier endlosen Abgrunds. Ich stolperte zurück. Mein Herzschlag setzte wieder ein, jetzt allerdings in meiner Kehle. Meine Knie wackelten. Instinktiv hockte ich mich hin, um meinen

Körperschwerpunkt zu senken und um nicht zu fallen, sollten meine Beine tatsächlich nachgeben. Mein Kopf schwamm und der Schwindel überwältigte all meine Sinne. Mir wurde übel, als ich über den Rand hinweg schaute.

Die Stimme, die während des letzten Tribunals zu mir gesprochen hatte, wusste, dass ich vor Angst am Rande des Abgrunds in der Kampfgrube erstarrt war. Die Stimme wusste, welch schreckliche Höhenangst ich hatte. War das hier ihr Werk?

Reiß dich zusammen. Reiß dich verdammt noch einmal zusammen. Du bist dem Abgrund doch nicht mal nahe. Du weißt doch nicht einmal, was du tun sollst. Ich zwang mich umherzusehen und tief einzuatmen. Mir würde es besser gehen, wenn das Adrenalin erst einmal eingesetzt und meine Angst bezwungen hatte.

Ich befand mich unter freiem Himmel. Nachdem ich mir das tagelang gewünscht hatte. Es gab hier nichts anderes als trübe Wolken und die trockene, staubige Klippe, auf der ich kauerte. Auf der anderen Seite der Schlucht befand sich eine weitere Klippe. Ich vermutete, dass diese Schlucht, »der Abgrund« war, wie der Kommentator sie bezeichnet hatte. Die Götter saßen auf der anderen Seite, aufgereiht auf ihren Thronen, ihre Gesichter zu weit entfernt, als dass ich Ausdrücke hätte erkennen können. Ich atmete tief ein und versuchte, eine Brise auf meiner Haut zu spüren oder mich mit dem Gedanken zu trösten, dass ich zumindest nicht mehr unter der Erde war. Aber es fühlte sich nicht besser an. Die Luft bewegte sich nicht, die Temperatur war weder kühl noch warm, keinerlei Gerüche stiegen in meine Nasenlöcher. Es fühlte sich nicht so an, wie die Art von Draußen, die ich gewohnt war.

»Hekate? Skop?«, rief ich hoffnungsvoll.

»Ich bin auf der anderen Seite, Fräulein«, sagte Skop in meinem Kopf und ich war überrascht, wie tröstlich ich es empfand, seine Stimme zu hören.

»Ich habe Höhenangst«, sagte ich und hoffte, dass dieses Eingeständnis meine Angst vertreiben würde. Das tat sie aber nicht.

Es gab eine lange Pause. *»Scheiße«*, sagte er schließlich.

»Hier sind wir also, liebe Zuschauer, am Abgrund! Wie Sie alle von den Tribunalen der anderen Teilnehmern wissen, ist dies ein besonders scheußlicher Teil der Unterwelt«, tönte die Stimme des Kommentators. »Wenn Sie hier zu Fall gehen, fallen Sie für immer.«

Galle stieg mir in die Kehle. *Für immer fallen?* Von magischen Flammen verbrannt zu werden, war eine Sache, aber für immer zu fallen? Gänsehaut überkam mich. Ich konnte mir nichts Schrecklicheres vorstellen.

»Alles, was unsere Kandidatin tun muss, um dieses Tribunal erfolgreich abzuschließen, ist auf die andere Seite zu gelangen. Viel Glück, Persephone!«

»Was?«, rief ich laut aus. Wie zum Teufel sollte ich auf die andere Seite gelangen? Es gab keine Brücke und die Schlucht war mindestens zwanzig Meter breit, so dass Springen nicht in Frage kam. Nicht, dass ich in der Lage gewesen wäre, über eine verdammte Schlucht von einem Meter zu springen.

»Wie?«, schrie ich. Ich starrte zu den Göttern hinüber, die auf diese Entfernung klein aussahen. Nichts.

Ich drehte mich um mich selbst, blieb aber in der

Hocke, da meine Beine zu sehr zitterten. Die drei Richter saßen ein paar Meter hinter mir auf ihren großen Sitzen, umgeben von leerem, zerklüftetem Land. »Oh!«, sagte ich überrascht als ich sie entdeckte. Keiner von ihnen antwortete. Ihre bohrenden Blicke sahen mich starr an. Ich konnte nichts anderes ausmachen, also drehte ich mich zum Abgrund zurück. Vielleicht gab es weiter unten eine Brücke. Aber um das herauszufinden, würde ich näher an den Rand heran müssen.

Ich setzte mich auf den Boden. Meine Eingeweiden fühlten sich wie Gummiwürmer an. Jahrelang war ich nicht einmal in der Lage gewesen, eine Stufenleiter zu erklimmen. Es spielte keine Rolle, wie entschlossen oder rational meine Gedanken waren, mein Körper verriet meinen Verstand jedes Mal, wenn ich nicht auf sicherem Grund stand. Meine Beine und Hände zitterten, mein Atem wurde zu flach, und meine optische Wahrnehmung begann zu verschwimmen, als der Schwindel überhandnahm.

Du weißt, was du tun musst, sagte ich mir. *Du packst das. Du kriegst das hin.* Ich rutschte auf meinem Hintern vorwärts, näher an den Rand heran. Ich war keinen Meter davon entfernt und es dauerte nur einen Moment, bis meine Füße den Abgrund erreichten. Ich zog die Knie an und rutschte weiter vorwärts. Ich zwang mich, kontrolliert langsam tief zu atmen. Jetzt konnte ich den Abgrund deutlich sehen. Ich schaute von links nach rechts und versuchte, eine Brücke zu erspähen. Da war nichts.

»*Sie ist unsichtbar*«, sagte Skops Stimme in meinem Kopf.

»Was?«

»*Sie sind hier benachteiligt, da Sie nicht vom Olymp kommen und keine Kräfte haben, deshalb finde ich es nur fair, dass ich es Ihnen sage, Fräulein. Die Brücke ist unsichtbar.«*

»Wie zum Teufel soll ich sie dann überqueren?«, zischte ich ihn in meinen Gedanken an.

»Sie müssen danach tasten, Fräulein. Und dann hoffen, dass Sie geradeaus gehen«, klang seine Stimme ruhig in meinem Kopf. *»Oder rutschen Sie weiter auf dem Hintern. Das wird auch gehen.«*

»Danach tasten? Geht es dir nicht gut?« Wenn mein Herz noch schneller schlagen würde, würde es zerspringen. Oder zumindest würde ich mich übergeben. Vielleicht würde ich aber tatsächlich einen Herzinfarkt erleiden und tot umfallen. Das wäre mir lieber, als über eine unsichtbare Brücke über einen endlosen Abgrund zu kriechen. »Ich mache das auf keinen Fall, verdammt noch mal.«

»Du musst es versuchen.«

Mein Atem stockte. Das war nicht die Stimme von Skop. Es war dieselbe, die ich beim letzten Tribunal gehört hatte.

»Wer bist du?«, rief ich laut. Ich hatte keine Möglichkeit, ihm in meinem Kopf zu antworten, da ich meine Gedanken nicht auf jemand völlig Unbekannten projizieren konnte.

»Greif vor dich und taste nach der Brücke.«

»Nein! Hast du ihnen gesagt, dass ich Höhenangst habe?« Meine Stimme zitterte.

»Die Brücke liegt einen Meter links von dir«, fuhr die Stimme fort und ignorierte meine Worte.

Mein ganzer Körper war jetzt mit Schweiß bedeckt, mein Rücken nass unter dem Lederkorsett. Ich rutsche nach links. Meine feuchten Hände zitterten, als ich sie flach auf den Boden legte und Staub klebte an ihnen, als ich sie wieder um meine Knie schlang.

»Gut. Streck jetzt die Arme nach vorn aus.«

Ich schloss meine Augen, aber das half nicht, meine aufsteigende Panik zu mildern. *Komm schon, reiß dich zusammen. Sie werden dich schon nicht so früh im Wettkampf sterben lassen. Du packst das.*

Ich rutsche ein Stück zurück, dann legte mich auf meinen Bauch. Ich wünschte, ich könnte etwas anderes hören als mein Herz, das wie wild gegen meine Rippen hämmerte.

»Dieser Ort ist doch zum Kotzen«, graulte ich, als ich mit meinen verschwitzten Händen den Rand der Klippe ergriff. Mein Kopf war zu weit zurück, um den Abgrund sehen zu können, und das war genauso, wie ich es wollte. *Und ich wette, ich sehe wie ein verdammter Idiot aus.* Erinnerungen stiegen in mir hoch an all die Male, an denen ich unsanft auf dem Boden gelandet war, weil mir irgendein Idiot das Bein gestellt oder mich gestoßen hatte, um die anderen zum Lachen zu bringen. Dieser Gedanke sendete einen Schub der Entschlossenheit durch mich hindurch und ich bewegte meine Fingerspitzen vorsichtig am Rand entlang. Dann traf meine rechte Hand auf etwas Hartes. Langsam begann ich es zu ertasten und ich rückte näher heran, blieb aber eine Armlänge vom Abgrund entfernt. Skop hatte Recht. Da war eine Brücke. Sie war kühl und glatt und fühlte sich wie Plastik oder Metall an. Ich umklammerte beide Kanten mit den Händen. Sie lagen nicht viel mehr als einen halben Meter auseinander.

Sehr, sehr langsam schob ich mich auf die Knie. Meine Finger umschlossen die Brücke fest und ich hielt meine Augen weiterhin geschlossen. Die Muskeln in meinen Oberschenkeln vibrierten und eine weitere Welle von Schwindel überkam mich. *Du hast all diese Aufregung nur dir selbst zuzuschreiben. Beruhige dich endlich,* schimpfte ich mit mir. *Mach einfach weiter. Du kannst dich festhalten und du wirst nicht herunterfallen. Kriech los, der gesamte Olymp schaut zu.*

Das tat ich dann auch. Mein Überlebensinstinkt flehte mich an, meine Augen zu öffnen, aber gesunder Menschenverstand und Angst hielten sie fest verschlossen. Es war eine *unsichtbare* Brücke. Auf keinen Fall wollte ich aus Versehen nach unten schauen. Ich glitt mit einer zitternden Hand am Rand der Brücke entlang. Ich drückte sie sanft und testete, ob sie mein Gewicht tragen würde. Das Material fühlte sich solide an. Ich stieß einen langen Atemzug aus, dann wiederholte ich die Bewegung auf der anderen Seite. Knie nach vorne, Hand nach vorne. Noch einmal. Und noch einmal. *Ich würde nicht aufgeben.*

Ich hatte gerade das Gefühl gewonnen, dass ich es schaffen könnte, als meine verräterischen Augen aufflackerten.

Sofort legten sich schwarze Punkte über meine Augen. Das Bild vor mir verschwamm und verzerrte sich. Eiskalte Angst durchlief mich und versteifte all meine Muskeln, als ich in das Nichts des Abgrunds starrte. Die Seiten des felsigen Abgrunds dehnten sich endlos unter mir aus. Frische Übelkeit überflutete mein Inneres und ich konnte nicht mehr klar denken. *Runter von der Brücke, runter von der Brücke, runter von der Brücke.*

Diese Worte waren das Einzige in meinem Kopf. Sie pulsierten wie Warnlichter. Ich konnte nichts anderes wahrnehmen. Ich spürte, wie mein rechtes Bein sich verkrampfte und wie wild zu zucken begann. Pures

Entsetzen überrollte mich, als meine rechte Hüfte unter mir wegbrach. Ich hatte keine Ahnung, wie weit ich über die Brücke gekommen war. Blinde Panik löschte alle Gedanken und mein Körper begann sich abzuschalten. Schmerz schoss mir durch den Kopf, als ich damit auf die Brücke krachte und mein Kinn auf dem harten Material aufstieß. Ich nahm den Geschmack von Blut kaum wahr, warf meine Arme eng um die Brücke und schloss meine Augen wieder, die sich mit Tränen gefüllt hatten.

»Fräulein, schieben Sie sich wieder zurück. Sie sind nicht weit vom Rand!«, klang Skops alarmierte Stimme in meinem Kopf. Ich konzentrierte mich auf seine Worte. Ich bin sicherem Boden nahe. Ich zwang meine zitternden, gefühllosen Beine wieder auf die Brücke, und es war mir völlig egal, wie ich aussah, mit meinem Oberkörper flach auf eine unsichtbare Brücke gedrückt, mit dem Hintern in der Luft.

»So geht's. Sie schaffen das.«

Ich begann mich, Zentimeter um Zentimeter zurück zu schieben. Meine Hände zitterten so sehr, dass sie mir kaum eine Hilfe waren. *»Sie sind fast da, Ihre Beine sind jetzt von der Brücke herunter«*, sagte Skop, seine Stimme klang angespannt, aber klar.

Meine Hände stießen endlich an den harten Rand der Klippe und ich wusste , dass ich in Sicherheit war. Sorgfältig langsam zwang ich die Finger meiner linken Hand von der Brücke abzulassen und wiederholte es mit der anderen Hand. Tränen liefen mir über die Wangen, als ich den Atem anhielt, mich aufrichtete und die Augen öffnete. Ich war nicht mehr auf der Brücke. Ich krabbelte rückwärts, so weit weg vom Rand, wie ich nur konnte. Durch den Vorhang an Tränen sah ich zu den Göttern hinüber. Keiner von ihnen bewegte sich.

»Ich kann nicht!«, schrie ich und mein ganzer Körper vibrierte. Ich fühlte mich krank. *Mein blöder, blöder Scheißkörper und mein blödes, blödes Scheißhirn lassen es einfach nicht zu.* Ein Schluchzen entfuhr mir und ich fluchte. Ich wollte nicht schwach aussehen. Ich hatte mich nicht zur Zielscheibe machen wollen. Ich wollte die Außenseiterin sein, die sich behauptete. Schluchzend und zitternd stand ich da, wie ein kleines Mädchen, zu verängstigt, um eine verdammte Brücke zu überqueren. Und der gesamte Olymp hatte mich scheitern sehen.

»Dieses Zimmer ist gar nicht so schlecht«, sagte Skop und sprang neben mir aufs Bett. Ich zog die Decke noch höher über den Kopf.

»Es geht nicht um den verdammten Raum«, tobte ich. In dem Wissen, dass der Blick aus dem Fenster, den ich nicht gewonnen hatte, eine schreckliche Einöde sein würde, meinte ich das sogar ernst. »Es geht darum, vor der ganzen verdammten Welt, wie ein verdammter Idiot dazustehen.«

»Vielleicht hat heute niemand zugeschaut«, sagte der Kobaloi.

»Ist klar.« Aber Zeus, Athene, Hades und all die anderen Götter hatten zugesehen. Sie alle hatten gesehen, wie ich bei der Prüfung meines Ruhmes spektakulär versagt hatte. Sie alle hatten gesehen, wie die Richter mir null Punkte gegeben haben und ich noch immer weinend auf mein altes Zimmer zurückgeschickt worden war. Ich drehte mich und schrie Schimpfwörter in mein Kissen. Ich war so wütend auf mich selbst. Ich hatte das Gefühl, mein Körper hatte mich verraten und ich hatte nichts dagegen tun können. Das Gefühl der Ohnmacht, ohne jemanden, den ich beschuldigen konnte und die Erinnerungen daran, dass ich mich jahrelang schwach gefühlt hatte, überwältigten mich. Zorn begann sich tief in meiner Magengrube aufzubauen, und ich wusste nicht, wohin damit. Ich konnte mich nicht ewig in diesem Bett verstecken. Aber wie zum Teufel sollte ich je wieder mein Gesicht zeigen?

Ich wusste sehr wenig über diese Welt und ich hatte keine Ahnung, wie viele Menschen meinen Zusammenbruch miterlebt hatten. Aber selbst eine Person war eine Person zu viel. Meine Ängste sind entlarvt worden und ich fühlte mich wie ein Versager.

»*Hatten Sie schon immer Höhenangst?*«, fragte Skop, seine Stimme sanfter als sonst.

»Ja.«

»*Leiden Sie noch unter anderen Ängsten?*«

»Keine, die so verdammt lähmend sind«, flüsterte ich. Scham brannte in mir, mit einer Glasur von Wut. Ich wollte meinem eigenen Körper entfliehen, jemand anderes sein. Ganz egal, wer.

»*Gut. Sie können das gleiche Tribunal nicht zweimal abhalten. Das Schlimmste liegt hinter Ihnen.*«

Ich spähte über den Rand der Bettdecke und sah ihn an. »Wirklich? Ich werde das nie wieder tun müssen?«

»*Nö.*«

»Gott sei Dank.« Ein kleiner Schimmer von Erleichterung oder Hoffnung durchbrach meine Scham. Aber ich musste trotzdem noch einmal dort hinausgehen müssen. Ich würde mich öffentlich sehen lassen müssen, nachdem ich mich so vollkommen blamiert hatte.

Es klopfte laut an meiner Tür und ich warf mir die Decke wieder über den Kopf.

»Geh weg!«, rief ich.

»Weißt du, sich unter der Bettdecke zu verstecken hilft deinem Image auch nicht wirklich«, sagte Hekate und ich hörte, wie sich die Tür hinter ihr schloss. Scham schoss wieder durch mich hindurch.

»Was soll ich sonst tun? Einfach so tun, als wäre es nie passiert?«

»Ganz genau das musst du tun. Zuck mit den Achseln, als ob es dir scheißegal wäre.«

»Wie das?« Ich zog mir die Decke vom Kopf und sah sie an. Kein Mitleid stand in ihrem schönen Gesicht, als sie sich über mein Bett lehnte und die Hände auf ihre lederumhüllten Hüften stützte.

»Jeder Mensch hat Schwächen. Der ganze Sinn der Tribunale besteht darin, sie aufzudecken.« Sie zuckte mit den Schultern. »Du hattest Glück. Deine Schwäche ist früh aus dem Weg geräumt worden. Jetzt musst du dich der Welt stellen und so tun, als sei es völlig normal, dass du eine unsichtbare Brücke über einem endlosen Abgrund nicht überqueren kannst. Aber du musst ihnen das Gefühl geben, dass du alle anderen Prüfungen mit Bravour bestehen wirst.«

Ich starrte sie an und spielte ihre Worte in meinem Kopf zurück. Ein Teil von mir wusste, dass sie Recht hatte. Menschen waren keine Superhelden. Und niemand war furchtlos. *Aber alle anderen Kandidaten hatten Kräfte. Ich war der Außenseiter, der Schwächling unter ihnen*, erinnerte mich der andere Teil meines Gehirns.

»Ich habe alle daran erinnert, dass ich ein Mensch und minderwertig bin«, sagte ich leise.

»Hör zu, ich will nicht gemein klingen, aber alle wissen das bereits.« Sie legte den Kopf schief. »Sie müssen nicht daran erinnert werden. Niemand da draußen erwartet, dass du überhaupt irgendetwas gewinnst.«

»Warum zum Teufel bin ich dann hier?«, schoss es aus mir heraus. »Um verspottet zu werden?«

Hekate warf ihre Arme in die Luft und sah mich verärgert an. »Natürlich! Und du weißt das! Zeus hat dich aus nur einem Grund hergebracht, um Hades zu verärgern! Es hat nichts mit dir persönlich zu tun!«

Ich stieß einen Schrei der Frustration aus. »Das hat nichts mit mir *persönlich* zu tun? Was für ein Schwachsinn! Das ist völlig unfair und mir reicht's.« Ich trat die Decke zurück und sprang zu Füßen. »Wo ist Zeus?«

Überraschung trat auf Hekates Gesicht, dann formte sich ein Lächeln auf ihren Lippen.

»Persy, ich freue mich, dass du wütend bist, statt dich in Selbstmitleid zu suhlen. Aber ich glaube nicht, dass es eine gute Idee ist, sich mit dem Herrn der Götter, dem Herrscher des Olymps, anzulegen.«

»Er kann mir bis nach den Tribunalen nichts anhaben. Ich möchte mit ihm reden.« Zorn rollte durch mich hindurch und ein Feuer brannte in meinem Bauch.

»Nein«, sagte sie ruhig. Ich knurrte und sie hob die Augenbrauen. »Stattdessen kannst du mich bekämpfen. Im Trainingsraum.« Ich starrte sie an, aber je mehr ich darüber nachdachte, desto mehr wollte ich mit ihr trainieren. Ich wollte sie treten und schlagen und schreien und brüllen.

»Gut. Was für ein sadistischer Arsch entwirft eigentlich eine unsichtbare Brücke?«, zischte ich schließlich.

»*Genau, das habe ich mich auch gefragt*«, stimmte Skop in meinem Kopf zu.

Je mehr ich auf Hekate einschlug, und selbst Prellungen und Schmerzen erlitt, desto weniger nutzlos fühlte ich mich. Ich bestand aus Fleisch und Blut und das Schlagen meiner Fäuste in die Trainingspolster erinnerte mich daran, dass meine Anwesenheit in dieser Welt Auswirkungen hatte. Mit Genugtuung sah ich, wie das Material nachgab, wenn ich einen Tritt genau in die Mitte landete und die Holzstäbe überspannten, wenn ich sie gegen Hekates Waffe schlug.

»Das war schon viel, viel besser als heute Morgen«, keuchte Hekate. »Ich bin am Verhungern. Es ist schon spät.«

Wir aßen zusammen in meinem Zimmer. Wir sprachen nicht viel miteinander, zu sehr darauf bedacht, unsere Mahlzeit zu verschlingen, die aus Brathähnchen und Karotten bestand.

»Ist eine der anderen Anwärterinnen je an einer Prüfung gescheitert?«, fragte ich und schluckte meinen letzten Bissen hinunter.

»Ja, jede Menge. Normalerweise gibt es neun Tribunale in drei Runden. Minthe hat fünf Punkte und ist auf dem ersten Platz.«

»Was meinst du mit normalerweise?«, fragte ich schnell. Die Erleichterung, dass ich nicht die Erste war, die versagt hatte, mischte sich mit Neugierde. »Besteht eine Chance, dass ich weniger als neun machen muss?«

»Ähm, nun ja. Einige der Kandidatinnen haben weniger gemacht«, sagte sie ausweichend.

»*Aber nur unter einer Bedingung*«, sagte Skop. Ich warf ihm ein bisschen Hühnchen zu und er sprang schwanzwedelnd auf.

»Skop, sag's ihr nicht!«, sagte Hekate.

»Bei Gott, wenn ich die Worte »Sag's ihr nicht« noch einmal höre, werde ich...«

Hekate unterbrach sie. »Bei den Göttern!«, sagte sie laut und seufzte. »Ich werde dich so lange korrigieren, bis du es in den Schädel kriegst. Es sind Götter, nicht ein Gott.«

»Was auch immer! Warum haben diese Mädchen weniger Prüfungen gemacht?«

Hekate ließ den Blick auf ihren leeren Teller sinken. »Sie sind gestorben.«

Ich blinzelte. »Gestorben? Während der Tribunale?« Ich legte mein Besteck weg und Hekate sprang auf und griff schnell nach den leeren Tellern.

»Ich gehe dann jetzt mal besser ins Bett. Hedone ist morgen wieder da und wird bei den Vorbereitungen für den Ball helfen.«

»Sie lassen Leute sterben?«, sagte ich atemlos und starrte sie an.

»Sie dürfen nicht eingreifen, Persy.«

Ich öffnete meinen Mund, um mich mit ihr zu streiten und ihr zu sagen, dass eine Stimme während der Tribunale zu mir sprach. Doch ich besann mich eines Besseren. Bisher schien es, als ob die Stimme versuchte, mir zu helfen. Wenn das gegen die Regeln verstieß, sollte ich wohl besser den Mund halten.

»Ich wusste, dass es gefährlich war, aber...«

»Trainier einfach weiter so, wie du es gerade getan hast, und tu, was Hedone sagt. Es wird schon alles gut werden.«

Meine rationale Stimme tönte durch meinen Hinterkopf. *Nichts von all dem ist ohnehin real. Wen kümmert es schon, wenn man an diesem erfundenen Ort stirbt?*

Aber ich glaubte der Stimme nicht mehr. Ich konnte es nicht, so sehr ich es auch wollte. Ich wusste, dass es nicht mehr war als ein letzter verzweifelter Versuch meines rationalen Bewusstseins, die verrückten Umstände zu erklären, in denen ich mich befand. Doch so wahnsinnig sie auch waren, in meinem Herzen wusste ich, dass sie real waren.

~

Ich hatte das Gefühl, dass ich noch nicht lange geschlafen hatte, als ich den schönen, ätherischen Garten wieder betrat. Das Plätschern des Wassers wurde vom Vogelgezwitscher durchbrochen und ich schaute zu den Bäumen hinauf.

»Du wirst sie nicht sehen. Es gibt so viel, dass du nicht sehen wirst, bis du diese Welt vollständig akzeptierst.« Die Stimme war tief und ruhig, genau wie zuvor.

»Bist du es, der während der Tribunale immer wieder mit mir spricht?«, fragte ich und ging auf den Atlasbrunnen zu.

»Ich kann nur im Schlaf mit dir sprechen, liebes Mädchen«, antwortete die Stimme. Ich blieb stehen, hockte mich an einem Blumenbeet nieder und fuhr mit den Fingerspitzen sanft über die Blütenblätter. Ein Schauer der Zufriedenheit durchströmte mich. Dieser Ort war perfekt. »Du hast also Höhenangst?«

Die Frage verdarb das gelöste Gefühl, das ich genossen hatte, und ich blickte finster drein.

»Eine Tatsache, die dir und dem gesamten Rest des Olymps jetzt bewusst ist«, sagte ich. »Wer bist du?«

»Es ist nicht wichtig, wer ich bin, Persephone, sondern wer *du* bist.« Ich stieß einen Seufzer aus, dann stand ich auf, ging zum nächsten Blumenbeet und atmete tief ein.

»Ich habe keine Ahnung, wer ich bin. Niemand will es mir sagen.«

»Das ist nicht wahr. Du weißt, dass du einmal mit Hades verheiratet warst.«

»Was ich nur sehr schwer glauben kann.« Ich sah umher, als hoffte ich, dass ich mein Gegenüber erspähen konnte. »Wenn du diesen unglaublichen Garten angelegt hast, dann musst du verstehen, dass ich nicht unter der Erde leben könnte. Ich könnte auch keinen Mann lieben, dessen Welt der Tod ist.« Ich schauderte bei meinen Worten.

»Nein. Deine Kräfte passen nicht zum Tod«, stimmte die Stimme zu.

»Genau. Alles, was ich möchte, ist, Dinge anzupflanzen, ihnen Leben zu geben, sie zu beobachten und zu pflegen, während sie wachsen«, sagte ich. Fröhlich fuhr ich mit den Fingern die Blütenblätter einer hohen Sonnenblume entlang. »Das ist das Gegenteil von Tod.«

»In der Tat.«

»Und überhaupt, ich habe keine Kräfte«, sagte ich.

»Persephone, du kannst alles tun, was du möchtest. Du hast keine Ahnung, wie groß dein Potential ist.«

Ich verdrehte die Augen. Mein ganzes Leben lang hatten meine Eltern über mein »Potential« geredet. Es war nichts als ein Wort, das von Eltern mit Kindern, aus denen nichts wurde, umhergeworfen wurde. Scham durchzog mich wieder. *Du bist ein Loser und alle wissen es.*

»Warum interessierst du dich für mich?«

»Dir ist Unrecht widerfahren, kleine Göttin.«

»Göttin?«

»Iss den Granatapfelkern, Persephone. Du wirst schon sehen.«

Der Garten um mich herum löste sich auf und meine Augen öffneten sich. Dies waren definitiv keine gewöhnlichen Träume, entschied ich und blinzelte zur sternenbedeckten Felsendecke hinauf. Es sah wirklich recht hübsch aus, dachte ich abwesend und versuchte, das Gespräch, das ich gerade geführt hatte, noch einmal zu wiederholen, bevor ich wieder einschlief.

War es Hades? Ich glaubte nicht daran. Die Stimme klang nicht nach ihm und ich konnte mir nicht vorstellen, dass er so einen Garten anlegen würde. *Zeus?* Zeus hasste mich. Und wäre nicht so sanft, da war ich mir sicher. *Wer dann?*

Am nächsten Morgen wachte ich früh auf und nahm ein langes Bad. Meine Muskeln schmerzten und das heiße Wasser fühlte sich gut an. Nachdem ich meine riesige Garderobe durchstöbert und es geschafft hatte, mir etwas zum Anziehen auszusuchen, das Skops Aufmerksamkeit nicht erregte, setzte ich mich vor den Spiegel, um eine der Frisuren auszuprobieren, die Hedone mir beigebracht hatte. Ich wollte, dass sie bei ihrer Ankunft beeindruckt war.

»Was, glaubst du, würde passieren, wenn ich meinen gewonnenen Granatapfelkern essen würde?«, fragte ich Skop.

»Warum würden Sie sich all die Mühe machen, einen Samenkern zu gewinnen, und ihn dann einfach essen?«, fragte er mich mit ungläubiger Stimme.

»Antworte mir einfach.«

»Ich weiß es nicht, Fräulein, aber ich bezweifle, dass ein Baum aus Ihrem Arsch sprießen würde«, sagte er.

Ich schüttelte den Kopf und verdrehte die Augen, konnte aber mein Lächeln nicht verbergen.

»Danke, das ist wirklich hilfreich«, sagte ich sarkastisch.

»Wenn Sie noch einen gewinnen, könnten Sie es vielleicht herausfinden, aber im Moment haben Sie nur einen.« Er hatte nicht unrecht, dachte ich. »Wie kommen Sie darauf, ihren Gewinn essen zu wollen?«

»Wir essen sie zu Hause«, sagte ich defensiv.

»Ihr esst Körner? Sterbliche sind schon seltsam«, sagte er.

»Warum bleiben die Götter eigentlich immer hier im Olymp, statt sich in meiner Welt aufzuhalten?«, fragte ich ihn.

»Keine Ahnung, Fräulein. Meistens ignoriere ich die Götter und konzentriere mich auf meinen eigenen Scheiß.«

Ich hob die Augenbrauen und fragte: »Und das wäre?« Ich versuchte eine Haarsträhne in meine Frisur einzuflechten.

»Ficken, hauptsächlich«, sagte er, mit wedelndem Schwanz und glänzenden Augen.

»Hätte ich mir denken können«, sagte ich und schüttelte den Kopf. »So siehst du zu niedlich aus, um so ekelhaft zu sein.«

»Sex ist nicht eklig.« Er hörte einen Moment auf mit dem Schwanz zu wedeln. »Wer es eklig findet, hat etwas falsch gemacht.«

»Genug«, sagte ich und wandte mich von ihm ab. Die Wahrheit war jedoch, dass ich nicht wusste, ob ich es ohne die Hilfe des notgeilen Kobolds überhaupt auf diese verfluchte Brücke geschafft hätte. Ich hatte ihn tatsächlich ein wenig lieb gewonnen.

~

Hedone traf kurze Zeit später ein und zu meiner Freude war sie sehr beeindruckt von meinen Bemühungen um meine Frisur und meine Schminke. Sie führte mich in einen großen Speisesaal, indem griechische Dekorationen dominierten, mit kannelierten Säulen und hohen, leuchtenden Decken. Ein langer, für zwanzig Personen gedeckter Tisch verlief durch die Mitte des Raumes. Sie führte mich durch die korrekte Reihenfolge, in der Messer, Gabeln, Löffel und kleine Schälchen zu benutzen waren. Ich versuchte, ihr von dem Film Pretty Woman zu erzählen, aber sie lächelte mich nur höflich an. Die nächste Stunde verbrachte ich damit, mein aufsteigende Gefühl von Heimweh zu unterdrücken und mich darauf zu konzentrieren, was sie mir beibrachte. Schließlich kündigte sie an, dass es Zeit für das Mittagessen sei und dass sie in ein paar Stunden zurückkommen würde.

»Und ich werde Morpheus mitbringen. Er sagt, dass er einen Ort kennt, der dir gefallen könnte.«

»Danke«, sagte ich. »Ich nehme an, dass ich nicht wieder zu einem ahnungslosen Hades geschickt werde und nichts zu essen bekomme«, scherzte ich ungeschickt.

»Äh, nein, das nicht. Aber deine Anwesenheit wurde von jemand anderem erbeten.« Sie schenkte mir ein unbehagliches Lächeln.

»Wem?«

»Zeus.«

SECHZEHN

Ich kreuzte die Beine unter dem Tisch immer wieder von Neuem und schaute mich wohl zum hundertsten Mal um. Die Opulenz war beeindruckend und gleichzeitig einschüchternd. Nur einen Sekundenbruchteil nachdem Hedone aufgehört hatte zu reden, hatte mich helles, weißes Licht verzehrt und mich in dieses große Esszimmer transportiert. Nur das Wort »Zimmer« war nicht wirklich zutreffend. Es gab weder Wände noch eine Decke und über und um mich herum wirbelten atemberaubende pastellfarbene Wolken umher. Eine sanfte Brise streichelte mein Haar und ich schloss die Augen. Es fühlte sich himmlisch an. Ich war draußen. Richtig draußen, wo die Luft sich bewegte und der Himmel sich endlos über mir ausdehnte.

Der Boden bestand aus demselben weißen Marmor, von dem ich in dieser Welt schon so viel gesehen hatte. Auch die Säulen, die den kreisförmigen Raum säumten, waren weiß, aber Goldranken mit winzig kleinen weißen Blüten wanden sich um sie herum. Ich war so nahe an den Rand des Raumes herangetreten, wie ich mich es getraut hatte, aber es stellte sich heraus, dass ich noch nicht über die letzte Erfahrung mit meiner Höhenangst hinweg war. Schwindelgefühl überkam mich noch bevor ich etwas sehen konnte. Stattdessen hatte ich mich also wieder an den Tisch gesetzt. Dampfend heißer Kaffee war für zwei Personen eingeschenkt worden und ich hob die Tasse vor mir an und schnupperte. Der Kaffee roch göttlich und ich nippte daran, ehe ich mich zurückhalten konnte. Ich stöhnte zufrieden auf.

»Ihr Menschen und euer Kaffee«, sagte eine Stimme, und Zeus materialisierte schimmernd auf dem Stuhl mir gegenüber. Er hatte wieder die Form eines blonden Surfers angenommen. Zorn erfüllte mich augenblicklich.

»Hallo«, sagte ich steif. »Ich habe mich mit dir unterhalten wollen und bin froh, dass du mich zum Mittagessen eingeladen hast.« Er lächelte mich an und mein Herz schlug wie wild. Er war geradezu obszön gutaussehend. *Er hat dich entführt. Er ist ein Arschloch.*

»Ich habe davon gehört. Schade um das gestrige Tribunal. Wenn ich es richtig verstehe, hast du ein Zimmer mit Fenster verspielt.« Ich sagte nichts, nippte nur an meinem Kaffee und ließ die Wut in mir brodeln. »Was hältst du von dieser Aussicht hier?« Ich senkte den Blick. Die Wut verwandelte sich schlagartig in Scham. Ich ärgerte mich sofort über mich selbst, weil man mir meine Gefühle ansehen konnte. »Aber natürlich«, sagte Zeus leise. »Du kannst nicht nah genug an den Rand heran gehen, um ihm zu genießen.«

»Als ob du das nicht schon gewusst hast«, raunte ich. »Wahrscheinlich hast du es absichtlich so eingerichtet, nur um mich zu verspotten.« Ich starrte ihn an und projizierte so viel Gift in meinen Blick, wie ich nur konnte.

»Unsere Beziehung hat nicht gut begonnen, Persephone«, sagte er leise.

»Ach so. Das ist eine interessante Interpretation einer Entführung!«

»Das war, als ich dachte, du wärst nur ein nutzloser kleiner sterblicher Mensch.« Er sah sie ruhig an. »Doch jetzt kann ich sehen, dass du deine Kräfte verloren haben magst, jedoch deinen Geist behalten hast.«

Ich sah ihn verwirrt an. »Das sagst du, nachdem es mir *nicht* gelungen ist, den Abgrund zu überqueren?« Ich hatte angenommen, dass dieses Fiasko seine negative Meinung von mir nur noch gefestigt hätte.

»Es war eindeutig, dass du Todesangst hattest, aber du hast es trotzdem versucht. Ich bewundere das.« Ich runzelte misstrauisch die Stirn. »Lass mich dir die Aussicht zeigen, Persephone. Dies ist vielleicht das einzige Mal, dass du dich für eine Weile nicht im Reich der Jungfrau aufhältst. Ich glaube, dass du die... Offenheit meines Reiches zu schätzen wissen wirst.«

»Deines Reiches? Wo sind wir hier?«

»Im Reich des Löwen. Himmelreich des Zeus, Zentrum des Olymps«, lächelte er. Ströme der Macht gingen von ihm aus und mein Zorn schmolz dahin. Vage fühlte ich, dass er es absichtlich tat, aber ich konnte mich nicht dagegen wehren oder darüber ärgern. »Wir befinden uns in meinen persönlichen Räumen auf dem Gipfel des Olymps. Die Bürger meines Reiches leben in Häusern, die im Wolkenkranz um den Berg oder weiter unten auf dem Berg selbst schweben. Und sie bewegen sich in Holzschiffen mit Segeln, die von Licht angetrieben werden.« Ich starrte ihn an. Seine Stimme war warm und verführerisch und ich konnte nicht leugnen, dass das, was er beschrieben hatte, wundervoll klang.

»Okay«, sagte ich und stand auf. Zeus stand ebenfalls auf, dann streckte er seine Hand zum Rand des Raumes aus. Aus dem Nichts tauchte eine Schicht Glas auf, die sich vom Marmorboden aus nach oben erstreckte.

»Du wirst nicht fallen. Ich schwöre es«, sagte er und ging zum Glas. Ich folgte ihm vorsichtig. Der erwartete Schwindel blieb aus, als ich näher herantrat und ich fragte mich, ob das an Zeus lag oder daran, dass ich wusste, dass ich nicht fallen konnte. So oder so trat ich nahe genug an den Rand, um darüber hinwegsehen zu können.

Und Zeus hatte Recht. Die Aussicht war spektakulär. Hätte ich Zweifel gehabt, dass diese Welt ein Fantasiegebilde meines Gehirns war, hätte dieser Ausblick diesen Gedanken sofort zerstreut - ich hätte das, was vor mir lag, nie und nimmer erfinden können.

Jenseits des kreisrunden Raumes lag ein dickes Band wilder schwarzer Wolken, die mit lilafarbener Elektrizität knisterten und zwischen ihnen lagen riesige Villen. Viele bestanden ganz aus Glas gebauten Wänden, vermutlich um den Blick auf den Berg, auf dem ich mich befand, zu genießen. Alle hatten kunstvoll gestaltete Innenhöfe voller Pflanzen. In der Lücke zwischen den Wolken und uns befanden sich fünf Schiffe, wie Zeus sie beschrieben hatte. Sie waren atemberaubend. Sie erinnerten mich an Piratenschiffe aus Filmen. Sie bestanden zwar aus verschiedenen Formen und Größen, aber alle hatten metallische Segel, die wie flüssiges Gold funkelten und schimmerten. Ich konnte nicht aufhören, sie anzustarren, während sich die Farben der Pastellwolken in der kräuselnden Oberfläche widerspiegelten.

»Sie sind wunderschön«, atmete ich.

»Ich weiß. Und man kann sich in ihnen zwischen den

Reichen bewegen. Meine Tochter Athene ist sehr gut darin, Dinge von Funktionalität und Schönheit zu erschaffen.«

»Athene hat sie erschaffen?«

»Ja. Zusammen mit eurer sterblichen Welt.«

Ich drehte ihm meine Gesicht zu. »Athene hat die Menschheit erschaffen?«

Zeus stieß ein bellendes Lachen hervor. »Nein, nein, nein, nein. Das waren ich und mein alter Freund

Prometheus. Athene schuf die Welt der Sterblichen, in der dein geliebtes New York liegt.« Er zuckte mit den Schultern »Als die Olympioniken das letzte Mal miteinander kämpften, überzeugte sie mich davon, dass es nicht fair war, dass die Menschen den Preis für unsere Meinungsverschiedenheiten zahlen sollten. Und ich erlaubte ihr, eure Welt zu erschaffen, um die meisten Sterblichen dorthin zu bringen. Du weißt schon, als Experiment.«

»Ein Experiment?«

»Ja, Menschen sind einfallsreicher, als ich erwartet hatte. Das letzte Mal haben sie es geschafft, die Grenze zu unserer Welt zu durchbrechen. Athene war sehr verärgert, als ich alles zerstörte und sie von vorne anfangen musste.«

Mein Mund fiel auf. Ich fing zu sprechen an, aber er winkte abweisend mit dem Arm. »Ich bin hungrig«, sagte er.

Mein Verstand versuchte noch immer zu verstehen, was er gerade gesagt hatte, und ich folgte ihm stumm zum Tisch. *Alles zerstört und von vorne angefangen?*

~

»Ich habe das Gefühl, dass du keine besonders positive Meinung von Menschen hast«, sagte ich.

»Sie haben ihren Nutzen. Und wir haben viele halbmenschliche Halbgötter hier im Olymp. Tatsächlich erlauben wir ihnen sogar an den Akademien ihre Kräfte zu entfalten.«

»Also können Menschen hier im Olymp leben?«

»Nur wenn sie hier geboren wurden. Was auf viele zutrifft.« Er zog eine Grimasse und schnipste mit den Fingern. Sofort erschien auf dem Tisch eine Fülle von Früchten auf silberglänzenden Tabletten.

»Wenn ich die Tribunale also gewinnen würde, könnte ich trotzdem nicht hier leben?«

»Wenn du gewinnen würdest, würdest du deinen vorherigen Status einer-« Er stockte und sah zu mir auf. Er beugte sich vor und griff nach einem Teller mit Wassermelone.

»Einer Göttin?«, fragte ich und dachte daran, was die Stimme im Garten gestern Nacht gesagt hatte.

»Hat Hekate es dir gesagt?«

Ich sagte nichts und der Gott zuckte mit den Schultern.

»Es ist also wahr. Ich war einmal eine Göttin.« Ein Schauer durchfuhr mich und ich tat mein Bestes, meine Gefühle nicht auf meinem Gesicht widerzuspiegeln.

»Es ist egal, ob du es weißt. Der Punkt ist, dass ich meine anfängliche Denkweise geändert habe.«

Ich hob eine Augenbraue und griff nach einer Schale mit Trauben.

»Der mächtige Zeus gibt zu, sich geirrt zu haben?«, sagte ich vorsichtig.

Er lachte und es klang glücklich. Ich fühlte mich

warm und sicher. »Nein. Alle Wesen, ob groß oder klein, neigen dazu, ihre Meinung zu ändern.«

»Was bedeutet das?«

»Das bedeutet, dass ich will, dass du gewinnst.«

»Jetzt bin ich wirklich verwirrt«, sagte ich. Mein Gehirn platzte vor Fragen. »Du hast mich hierher gebracht, um Hades zu verärgern. Das stimmt doch, oder? Weil er mich nicht hier haben will. Deshalb hast du mich entführt.« Ich hielt inne und starrte ihn an. »Was hast du dir davon erhofft?«

»Ehrlich gesagt, habe ich das alles nicht wirklich durchdacht.« Er zuckte mit den Achseln, ein schelmisches Funkeln in seinen Augen. »Ich hatte nicht einmal erwartet, dich zu finden.«

Ich seufzte und rieb mir die Stirn. »Wo ist Skop?«, fragte ich und merkte plötzlich, dass mein Wächter nicht an meiner Seite war.

»Oh, ich hatte nicht das Gefühl, dass er sich in unser Mittagessen einmischen sollte.«

Ein Verdacht erhärtete sich in meinem Gehirn. »Es hat nicht viel Sinn, einen Wächter zu haben, wenn er einfach so entlassen werden kann«, sagte ich.

»Ich bin der Herr der Götter. Dionysos Schoßhunde werden tun, was ich ihnen sage.«

Arroganz und Ärger standen ihm ins Gesicht geschrieben. Er begann die Früchte zu essen, die er auf seinem Teller angesammelt hatte. Ich erwiderte seinem Schweigen, während wir aßen, und dachte angestrengt nach. Er war in seinen Antworten mitteilsamer gewesen, als ich es erwartet hatte. Ich musste so viele Informationen wie möglich aus ihm herausholen. Und obwohl es schwierig war, meine Wut in Zaum zu halten, war mein

Misstrauen ihm gegenüber noch immer stark. Offensichtlich hatten seine Kräfte dieses Gefühl übersehen.

»Werde ich also meine Kräfte zurückbekommen, wenn ich gewinne?« Er nickte.

»Ich hatte das Gefühl, dass Poseidon kein Fan von mir war. Wird er etwas dagegen haben?«

Zeus stieß ein Geräusch aus, dass wie ein Wasserkessel klang.

»Poseidon ist ein übervorsichtiger alter Mann, der sich zu viele Sorgen um sich selbst macht. Hades unrechtmäßige Handlungen haben ihm eine Menge Ärger eingehandelt. Ignorier ihn einfach.«

»Warum hält er mich für gefährlich?«

Zeus sah mich an und plötzlich verschwanden die Früchte. Im Handumdrehen wurden sie durch Berge von Gebäck ersetzt. Es roch göttlich. Er griff nach etwas, das mit glänzender Schokolade überzogen war.

»Du weißt, dass ich darauf nicht antworten werde«, lächelte er. Ich nahm einen mit Puderzucker bedeckten Donut und biss hinein. Er schmeckte noch besser, als er roch. »Ich sehe dir gern beim Essen zu«, sagte Zeus. Ich sah ihn an. Energie ging von ihm aus. Sie sickerte in meinen Körper hinein. Etwas entfaltete sich in mir und durchströmte mich, wie die violetten Funken in seinen Augen.

»Ich sehe gerne einer schönen Frau zu, die ihre Sinne benutzt.« Seine Stimme war tief und heiser, und Hitze durchflutete mein Inneres.

Er hat dich entführt! Er ist ein Gott! Du kannst all diese Dinge doch nicht wirklich fühlen! Die Stimme in meinem Kopf schrie mich an und ich zwang mich, ihr zuzuhören.

»Gibt es eine Möglichkeit, meine Kräfte zurückzubekommen?«, platzte ich heraus.

»Nein«, sagte er einfach.

»Bitte? Hätte ich nicht eine bessere Chance zu gewinnen, wenn ich sie zurück hätte?« Als ich die Worte aussprach, fragte ich mich, warum mir so viel daran lag. Ich wollte nicht gewinnen. Ich wollte nach Hause.

»Nein.« Ich knurrte frustriert und Zeus lächelte.

»Du bist sehr, sehr schön«, sagte er.

»Kannst du mir zumindest sagen, worin meine Kräfte bestanden haben?« Ich ignorierte seine Bemerkungen und meine steigende Körpertemperatur, so gut ich konnte.

»Nein. Ich bin geneigt, deine Frustration noch weiter in die Länge zu ziehen. Ich denke, ich werde es genießen, dir zuzusehen-« Er hielt inne. Seine Augen bohrten sich in meine. »Wie du explodierst«, sagte er langsam und jeder Muskel in meinem Körper zog sich zusammen. »Ja, das würde ich auf jeden Fall genießen.«

»Schick mich zurück«, sagte ich schnell. »Ich möchte jetzt in mein Zimmer zurück.«

Er lehnte sich in seinem Stuhl zurück, ein träges Lächeln auf seinem schönen Gesicht.

»Nun gut. Ich danke dir für die Freude deiner Gesellschaft. Wir sehen uns bald wieder«, sagte er und weißes Licht blitzte auf.

SIEBZEHN

Nachdem ich in mein Zimmer zurückgekehrt war, hatte ich für eine lange Zeit das Gefühl, dass ich gerade ein Spiel verloren hatte. Es machte mich wütend, dass er meinen Körper auf diese Weise manipulieren konnte. Gott sei Dank war mein Gehirn schwerer zu überzeugen.

»Er meint ein großes Tier zu sein, aber das ist er nicht. Deshalb ist er so sauer«, schnappte Skop. Er war nicht glücklich darüber, zurückgelassen worden zu sein. Ich war überrascht, dass er seine Aufgabe, mich zu bewachen, so ernst nahm, um ehrlich zu sein.

»Was meinst du damit?«, fragte ich den Kobaloi.

»Oceanus ist zurück. Das bedeutet, Zeus ist nicht mehr das stärkste Wesen im Olymp«, sagte er gehässig.

»Oceanus ist stärker als Zeus?«, fragte ich verwirrt. »Was meinst du damit, dass er ist wieder da? Wo war er?«

»Götter, Ihr seid vielleicht ahnungslos«, seufzte er und stütze sich auf seine Vorderpfoten auf. *»Die Olympioniken zogen gegen die Titanen in den Krieg«*, sagte er, und ich nickte.

»Ich erinnere mich daran, etwas darüber gelernt zu haben. Cronos wurde hervorgesagt, dass sein eigener Sohn ihn stürzen würde, also aß er all seine Kinder auf.«

»Korrekt. Verdammter Spinner. Aber seine Frau Rhea versteckte ihren siebten Sohn, Zeus. Er wuchs auf, rettete seine aufgefressenen Geschwister, dann begann der Krieg.« Ich öffnete meinen Mund, um zu fragen, wie er jemanden retten konnte, der gefressen worden war, entschied mich aber dagegen. Ich war mir nicht sicher, ob ich die Antwort hören wollte. »Die Olympioniken gewannen und warfen die meisten Titanen in den Tartarus, eine Grube endloser Folter. Aber einige Titanen haben nicht

gekämpft. Unter ihnen waren Oceanus und Prometheus, zwei der mächtigsten Wesen, die jemals gelebt hatten. Die Titanen sind die ursprünglichen Götter. Sie sind wahnsinnig stark«.

»Oh«, sagte ich.

»Die Titanen, die nicht gekämpft hatten, durften im Olymp leben, solange sie unter sich blieben. Das taten sie auch, aber jeder wusste, dass Zeus sie fürchtete und hasste. Man sah sie immer seltener und schließlich verschwanden sie. Bis Oceanus vor Kurzem zurückkehrte.«

»Warum ist er zurückgekommen?«

»Was ich gehört habe war, dass ein Nachkomme von ihm ihn aufgeweckt hatte. Aber er war damals ein guter Kumpel von Hades und sie haben sich ziemlich schnell wieder zusammengetan.«

»Ist Zeus deshalb so wütend? Weil er Angst hat?«

»Ich würde es ihm nicht ins Gesicht sagen, aber ja, das ist es, was ich denke.«

»Woher weißt du all diese Dinge?«, fragte ich ihn.

»Partys. Alles, was man wissen will, erfährt man auf

Partys. Sie sind die Orte, an denen die gesamte Politik des Olymps entschieden wird.«

Ich dachte an den Ball, der angeblich meine bisher größte Prüfung darstellen würde. »Das ist es, was Hedone gesagt hat.«

»Sie hat recht. Und sie ist verdammt heiß«, sagte Skop. Ich verdrehte die Augen, obwohl ich ihm zustimmte.

»Der Maskenball kann nicht so schlimm sein wie der Abgrund«, behauptete ich energisch.

»Da wäre ich mir nicht so sicher«, antwortete Skop.

Kurze Zeit später klopfte es erneut an meiner Tür und ich sprang zu Füßen, um sie zu öffnen. Mir war langweilig und ich war voller angestauter Energie; angsterfüllte Unruhe durchzog mich wie Strom. Die frische Luft in Zeus Reich hatte mich daran erinnert, dass ich hier unter der Erde gefangen war und ich spürte, wie ich von Minute zu Minute hibbeliger wurde.

»Hallo, Persephone«, sagte Hedone, aber ich schaute direkt an ihr vorbei zu dem Mann hinter ihr, der über ihre Schulter ragte. Er musste mindestens zwei Meter groß sein und genau wie ich hatte er einen Schopf weißen Haares. Dazu hatte er imposante weiße Augenbrauen über strahlend blauen Augen und seine Haut war von blassblauer Farbe. Glitzernder Staub schien auf seinem Gesicht zu funkeln. Ich starrte ihn an und er lächelte. Es war ein breites Lächeln, das seine unglaublichen Augen noch mehr zum Leuchten brachte.

»Ich freue mich, dich kennenzulernen, Persephone. Ich bin Morpheus, Gott der Träume und ständiger

Bewohner der Unterwelt«, sagte er und streckte mir seinen Arm an Hedone vorbei entgegen.

»Hallo«, sagte ich und schüttelte sie. Seine Haut war eiskalt und glatt und er trug ein Gewand, wie das eines Magiers. Ein weiter Ärmel enthüllte tiefblaue, wirbelnde Tätowierungen, die sich seinen muskulösen Arm hinauf schlängelten.

»Die liebe Hedone sagte mir, dass du deinen Garten vermisst.«

Alarmglocken begannen in meinem Kopf zu läuten. Dieser Mann war der Gott der Träume und er wusste, dass mir Gärten fehlten. Gehörte ihm die Stimme im Garten meiner Träume?

»Das stimmt«, sagte ich.

»Nun, ich habe den Chef nicht um Erlaubnis gebeten, aber ich glaube, ich kenne einen Ort, der dir gefallen könnte«, sagte er mit einem noch breiteren Lächeln. Seine Stimme klang nicht wie die, in meinen Träumen.

»Danke«, sagte ich. »Ist es möglich dorthin zu gehen, statt uns von Blitzen transportieren zu lassen?«

Er lachte und seine Haut schien noch heller zu leuchten.

»Natürlich.«

Wir liefen für eine Ewigkeit und ich fragte Skop, ob er darauf achtete, wohin wir gingen. Ich konnte den Gedanken, mich in diesem unterirdischen Labyrinth zu verirren, nicht ertragen. Hedone hatte ihre Hand mit der von Morpheus verschlungen und sie tauschten immer wieder glückliche Blicke aus.

»Seid ihr beide, ähm, ein Paar?«, fragte ich ungeschickt.

»Ja«, strahlte Hedone mich an. Die Göttin der Lust

mit dem Gott der Träume. Ich wette, sie hatten epischen Sex.

»Morpheus, kontrollierst du die Träume aller?«

»Oh nein. Nein, ich schaffe Themenbereiche für die Träume der Leute und dann weise ich sie nach Bedarf zu.«

»Themen?«

»Ja, wie Angst, Selbstreflexion, Schuld oder Humor. Jeder Mensch interpretiert diese Themen im Schlaf anders. Das Unterbewusstsein ist eine mächtige Kraft und es diktiert den größten Teil meiner Arbeit.«

»Kannst du ... kannst du mit Menschen in ihren Träumen sprechen?«

»Oh ja. Aber ich darf das nur auf Hades Befehl hin tun.«

»Oh. Kann Hades das auch?«

»Alle Olympioniken können das. Sie können so ziemlich alles tun, was sie wollen«, sagte er mit hochgezogener Augenbraue. »Hast du im Schlaf Besuch bekommen?«

»Nein, nein, ich bin sicher, dass es nur meine überaktive Fantasie ist«, sagte ich schnell und Morpheus Lippen zogen sich zu einem Lächeln zusammen.

»Nun, was auch immer es ist, es hat nichts mit mir zu tun, das kann ich dir versichern«, sagte er.

»Wirst du am Ball teilnehmen?«

»Natürlich. Bist du bereit dafür? Ich habe gehört, dass diese Tribunale sehr aufregend werden«, sagte er.

»Was hast du gehört?«, fragte Hedone aufgeregt. »Du musst es mit uns teilen!«

»Das wäre Betrug! Ich könnte meinen Job verlieren«, sagte er neckisch. Er beugte sich vor und küsste sie schnell. »Entschuldige, meine Liebe.« Ich fühlte einen Stich von Eifersucht in mir und unterdrückte ihn schuldbewusst. Hedone war nett. Warum sollte ich ihr dieses Glück missgönnen?

»Persephone muss sich noch ein wenig mehr vorbereiten. Aber jetzt geht es hauptsächlich noch um die Gesprächsetikette«, sagte Hedone. »Sie wird es großartig machen.« Ich lächelte sie herzlich an.

»Wenn ich ehrlich bin, wüsste ich nicht, was schlimmer sein könnte als der Abgrund«, sagte ich leise. Weder Hedone noch Morpheus antworteten.

»*Hab ich's doch gesagt*«, sagte Skop in meinem Kopf.

Wir gingen den Rest des Weges schweigend. Der Flur führte aufwärts. Treppenstufen unterbrachen in regelmäßigen Abständen die mit blauen Fackeln beleuchteten Korridore. Wir müssen an hundert Türen vorbeigekommen sein, bis wir schließlich vor einer stehen blieben.

»Dieser Raum wird, soweit ich weiß, nicht mehr benutzt«, sagte Morpheus. »Aber Hades hat ihn früher oft benutzt. Ein wenig seiner Magie ist in den Raum eingeflossen und einige der Pflanzen haben überlebt, obwohl seit Ewigkeiten niemand mehr hier war.«

»Pflanzen?« Mein Herz setzte einen Schlag aus. »Es gibt wirklich Pflanzen an diesem Ort?«

»Ein paar, ja. Wir nennen dies den Wintergarten.« Er zog an der Klinke und hielt die Tür für mich auf. Mit seiner freien Hand deutete er in den Raum. Ich trat zögernd ein.

Etwas in mir erwachte zum Leben, als ich mir den heruntergekommenen Raum ansah. Es sah genauso aus, wie ich es erwarten würde, wenn man einen Wintergarten fünfzig Jahre lang vernachlässigte. Die Wände und die gewölbte Decke waren aus Glas; vermutlich, um das dämmerige Licht hineinzulassen. Schöne, einst weiße schmiedeeiserne Gitterstäbe bogen sich hinauf und bildeten einen Rahmen um die gesamte Struktur. Doch meine Aufmerksamkeit wurde auf die eine Farbe gelenkt, die ich nur selten gesehen hatte, seit ich in die Unterwelt gekommen war. Die eine Farbe, zu der ich mich immer am meisten hingezogen fühlte: *grün*. Fünf Meter entfernt stand eine riesige Yucca-Pflanze, die sich vollkommen außer Kontrolle ausbreitete. Ihre langen Blätter hingen träge hinab, obwohl sie stark und steif sein sollten, doch sie waren noch immer voller Farbe. Ich ging schnell weiter in den Raum hinein und suchte nach weiteren Zeichen von Leben. Ich fand zwei weitere Yuccas, einige wenige Sukkulenten in schimmeliger Erde und zu meiner Freude stand ganz hinten, der schwachen Sonne zugewandt eine einzige Orchidee.

»Wie in aller Welt hast du nur überlebt?«, murmelte ich. Ich hockte mich hin und inspizierte sie genau.

»Es hat nichts mit der Erde zu tun, das versichere ich dir«, sagte eine schlüpfrige Stimme und ich sprang auf. Mein Magen zog sich zusammen.

»Hades!«, hörte ich Morpheus sagen. Seine Stimme war voller Überraschung. Ich drehte mich um und sah, wie er zu mir eilte. Eine Rauchwolke baute sich vor ihm auf. »Es tut mir leid, Chef, ich wusste nicht, dass Sie hier sein würden.« Er sprach schnell, sein sanftes Auftreten und sein selbstbewusstes Grinsen waren verschwunden.

»Und warum genau bist *du* hier?« Hades Stimme bereitete mir Gänsehaut als würde etwas Kaltes über mich hinweggleiten.

»Persephone hat ihre Pflanzen vermisst. Ich dachte, dieser Ort könnte sie aufheitern.«

Der Rauch nahm jetzt eine humanoide Form an.

Doch es waren noch immer keine Gesichtszüge erkennbar. Hades sagte nichts und ich sah mich nach Hedone um. Sie war nirgendwo zu sehen.

»Und wann hast du dich mit diesem Menschen angefreundet, Morpheus?«, fragte Hades schließlich.

Morpheus senkte seinen Blick zum schmutzigen Boden.

»Ich habe nur jemandem einen Gefallen getan. Ich dachte nicht, dass es schaden könnte. Es tut mir leid, Chef.«

»Geh«, sagte Hades. Morpheus drehte sich um und ich eilte auf ihn zu. Ich versuchte einen großen Bogen um Hades zu schlagen. »Nicht du, Persephone«, sagte er jedoch, gerade als ich mich auf gleicher Höhe mit ihm befand. Furcht und etwas anderes, das ich nicht identifizieren konnte, zuckten durch mich hindurch. Über seine Schulter warf mir Morpheus einen entschuldigenden Blick zu und verschwand dann durch die offene Tür. Ich schluckte. »Wie ich höre, hast du mit meinem kleinen Bruder zu Mittag gegessen«, sagte Hades. *Oh Gott. Das konnte unangenehm werden.*

»Nicht freiwillig«, antwortete ich und versuchte, das Zittern aus meiner Stimme herauszuhalten. Stille breitete sich zwischen uns aus.

»Hat es dir gefallen?« Meine Augenbrauen schossen überrascht in die Höhe. Nicht nur hatte ich die Frage nicht erwartet, sondern auch der Ton seiner Stimme hatte sich verändert. Die Eiseskälte war verschwunden und er klang fast nervös.

»Es war schön, eine Brise auf meiner Haut zu spüren«, gab ich zu. »Aber ich mag Zeus ganz und gar nicht. Also nein.«

Zu meinem Erstaunen kicherte Hades. »Gut. Ich kann ihn auch nicht ausstehen.«

»Ich habe davon gehört«, sagte ich vorsichtig.

»Ich...«, begann Hades, doch brach ab. »Ich hätte nicht gedacht, dich jemals wieder in diesem Raum zu sehen«, sagte er schließlich leise. Das Zischen war ganz aus seiner Stimme gewichen. Sie war sanft und tief, wie ganz zum Schluss unseres letzten Gesprächs. Was hatte sich verändert? Ich war von Misstrauen erfüllt, doch trotz meiner Bemühungen, es zu unterdrücken, verspürte ich auch Hoffnung.

»Es überrascht mich nicht, dass ich schon einmal hier war«, sagte ich. »Etwas an diesem Raum fühlt sich intensiv an. Aber vielleicht ist es einfach nur, weil ich so glücklich bin, etwas wachsen zu sehen.«

Hades schnaubte. »Ich würde nicht sagen, dass es wächst. Was es besser beschreibt, ist, dass es *nicht stirbt*. Es kostet mich all meine Kraft, nur diese eine verdammte Blume am Leben zu erhalten«, sagte er und ein rauchiger Arm deutete auf die Orchidee. »Die anderen Pflanzen ernähren sich von den magischen Überresten in diesem Raum, glaube ich.«

Er hielt die Orchidee am Leben? Damit hatte ich definitiv nicht gerechnet.

»Sie ist wunderschön«, sagte ich vorsichtig und ging auf die Orchidee zu. Das war sie wirklich. Es war eine Frauenschuh-Orchidee mit einer runden und sinnlichen Form. Die Blütenblätter hatten eine lebhafte violette Farbe, mit gelben Akzenten.

»Du hast sie angepflanzt«, sagte er. Seine Worte waren kaum hörbar. Etwas in meinem Inneren bebte. Ich fühlte für einen kurzen Moment etwas so Starkes, dass mir der

Atem stockte. Es war der verzweifelte Wunsch, irgendwo zu sein, aber ich wusste nicht, wo. Das Gefühl verflüchtigte sich allerdings schnell und wurde durch das erdrückende Gefühl des Gefangenseins ersetzt. Nicht physisch gefangen hier in der Unterwelt, sondern irgendwo viel tiefer und unendlich schmerzhafter. Ich fühlte mich, als sei ich von meinen eigenen Gefühlen getrennt und ich wusste, dass mir etwas verheimlicht wurde, das wichtiger war als alles andere, was ich kannte. War er es?

»Warum hast du mich weggeschickt? Was ist zwischen uns geschehen?«, fragte ich schnell. »Es bringt mich fast um, es nicht zu wissen.« Ich schaute flehend auf die Stelle, an der ich wusste, dass sein Gesicht war und silberne Blitze zuckten durch den dunklen Rauch.

»Es ist nichts zwischen uns passiert«, antwortete er mit trauriger Stimme. »Umstände, die sich meiner Kontrolle entzogen, sind geschehen und du musstest gehen.«

Er hasste mich nicht. Erleichterung und Freude erfüllten mich. Der rationale Teil meines Gehirn schrie mich an. *Warum interessiert dich das? Du kennst diesen Mann nicht und er besteht aus verdammtem Rauch und Tod!* Aber rationale Gedanken nutzen mir in dieser Situation nicht. Wenn ich nicht in der Nähe Hades war, war der Gedanke unerträglich, jemals mit ihm zusammen zu sein. Doch sobald ich in seiner Gegenwart war...

»Hades, ich muss wissen, was passiert ist. Bitte, gib mir meine Erinnerungen zurück.«

»Ich kann nicht. Es ist zu gefährlich.« Verzweiflung erfüllte mich und ich ballte meine Hände zu Fäusten. »Aber wenn es dir hilft, höre ich auf, dir das Leben schwer zu machen«, sagte er sanft. Ich hob meine Augenbrauen. Ich wusste nicht einmal, dass er mit sanfter Stimme sprechen konnte.

»Wie das?«

»Zunächst einmal tut es mir leid, dass ich mich über dich geärgert habe. Hekate hat mich überrascht. Ich war noch nicht bereit, dich allein zu sehen. Normalerweise kann ich meine Gefühle sehr gut kontrollieren, aber du bist...« Ich wartete mit angehaltenem Atem. Er schüttelte seinen rauchigen Kopf und sprach weiter. »Du bist das Einzige, wovon mein Arschloch von Bruder wusste, dass es mir wehtun würde.«

»Dir wehtun? Das tut mir leid«, flüsterte ich. Und das tat es, obwohl ich mir nicht sicher war, warum.

»Nein, mir tut es leid. Du hast dir all das hier nicht ausgesucht. Es ist meine Schuld. Und um mich zu entschuldigen, möchte ich, dass du dieses Zimmer bekommst.«

»Wirklich?«

»Ja. Nur bis du die Tribunale verlierst und nach Hause kannst. Du musst verstehen, wie wichtig es ist, dass du nicht hier bleibst.«

Ein Flackern der Entrüstung entzündete sich in mir und ich sprach, bevor ich meine Worte durchdenken konnte. »Wenn was du sagst, wahr ist, warum willst du mich dann nicht zur Ehefrau?« Das Wort »Ehefrau« laut auszusprechen, fühlte sich seltsam an und ich bedauerte es sofort.

»Persephone, bitte. Das kann ich nicht beantworten.« Seine Stimme war angespannt und ich fühlte mich ein wenig schuldig, ihn so zu drängten, wenn er sich solche Mühe gab, ruhig zu bleiben.

»Okay«, murmelte ich.

»Gut. In der Zwischenzeit kümmere dich um diese

verdammte Blume, damit ich es nicht tun muss.« Mein Blick zuckte zwischen der Orchidee und ihm hin und her und ich konnte nicht anders, als ihn anzugrinsen.

»Warum bist du plötzlich nett zu mir?«

Hades stieß einen Seufzer aus. Der Rauch um sein Gesicht kräuselte sich.

»Dich hier zu sehen, in diesem Raum... Es ist unmöglich, nicht nett zu dir zu sein. Und wenn du nur für eine kurze Weile hier bist, dann sollst du es auch genießen.«

»Danke, Hades«, sagte ich aufrichtig.

Dieses Mal sah ich mehr als nur ein silbernes Blitzen. Hades nahm seine menschliche Form an und ich schwöre, meine Knie wurden schwach, wie in einem kitschigen Liebesroman.

Er war *mehr als* gutaussehend. In seine Augen wirbelte flüssiges Silber und die Emotionen, die von ihnen ausgingen, standen ihm geradezu ins Gesicht geschrieben. Pechschwarzes Haar fiel ihm in Locken um seine Ohren. Dunkle Stoppeln breiteten sich über seinen gemeißelten Kiefer aus. Seine Lippen waren weich und voll und leicht geöffnet. Meine Augen fuhren seinen Körper hinab und nahmen das schwarze Hemd auf, das eng über die massiven Schultern gespannt und bis zu seiner Brust aufgeknöpft war. Ich sah ein wenig von seinem lockigen Brusthaar und er trug zerrissene dunkelblaue Jeans mit einem strapazierfähigen Ledergürtel.

Ich weiß nicht, was ich erwartet hatte, wie Hades unter dem Rauch aussehen würde, aber bei den Göttern, nicht so.

»Es tut mir leid«, sagte er leise und ich sah, wie sich die Worte auf seinen Lippen formten. Doch dann verschwand er wieder hinter schwarzem Rauch. »Ich habe Mühe, mich zu beherrschen, wenn du in meiner Nähe bist.«

»Bitte«, quietschte ich halb. »Bitte, bleib so. Versteck dich nicht.«

»Nein. Ich muss gehen.«

»Warte. Bevor du gehst«, begann ich schnell. Mein Herz raste. »Hast du mit mir geredet? In meinem Kopf?«

Der Rauch flackerte auf. »Ich will, dass du die Tribunale verlierst, aber ich will nicht, dass du dabei zu Tode kommst«, antwortete er schließlich.

»Ist das ein Ja?«

»Auf Wiedersehen, Persephone. Viel Spaß im Wintergarten.« Der Rauch verschwand.

ACHTZEHN

Für eine lange Zeit konnte ich meinen Blick nicht von der Stelle losreißen, an der Hades verschwunden war. Emotionen schwirrten in meinem Kopf umher. Das Gefühl, von etwas getrennt zu sein, stieg immer wieder in mir auf. Ich gab mein Bestes, es zu unterdrücken. Es spielte keine Rolle, was Athene gesagt hatte; ich konnte meine Vergangenheit nicht ignorieren. Nicht jetzt, da ich anscheinend wieder in ihr lebte. Ich wünschte mir fast, ich hätte Hades nicht unter dem Rauch gesehen, denn jetzt, da ich es getan hatte, wurde ich sein Bild nicht mehr los. Die hohen Wangenknochen, die sinnlichen Lippen, seine pralle Brust... Jeder andere Mann, den ich je gesehen hatte, verblasste neben ihm. Und es war mehr als nur körperliche Anziehung. Ich kannte ihn. Ich kannte seinen Humor und den sanften Ton in seiner Stimme.

Er hat die Orchidee für dich am Leben erhalten. Das war alles, was er noch hatte.

Ich wusste, dass es das war, was die Blume bedeutete. Was dieser Raum bedeutete. Und er hatte es gespürt, als ich ihn heute betreten hatte. *Er hat noch immer Gefühle für mich.* Warum wollte er dann, dass ich verliere? Wenn er die Chance hatte, mit der Frau zusammen zu sein, die er gar nicht verlassen wollte, würde er das nicht willkommen heißen?

Was war geschehen? Warum hatte man mich gezwungen zu gehen? Frustration stieg in mir auf.

Es würde nicht funktionieren. Ich wollte nicht unter der Erde leben, an einem Ort, an dem es kein Draußen gab und der einzige Garten, zu dem ich Zugang hatte, ein gläserner Wintergarten war. Ich wollte nicht an einen Mann gebunden sein, der über den Tod herrschte. Ich wollte nicht in einer Welt ohne Fenster leben, um Himmels willen. Er mochte gut aussehen und ich mochte eine Verbindung zu ihm haben, aber wer auch immer ich gewesen war, als dies mein Zuhause war, ich war diese Person nicht mehr.

Hades hatte Recht. Ich sollte versuchen, die Zeit, die ich hier hatte, so gut es ging zu genießen. Ich sah mich in dem Raum um und suchte nach einer Kelle. Ich entdeckte gegen das Glas lehnende Werkzeuge. Ein verrosteter Wasserhahn steckte am Ende eines Kupferrohrs aus dem Boden. Gut. Ich hatte alles, was ich brauchte, um mich in ein paar Stunden in Gartenarbeit zu vertiefen und dabei zu versuchen, diese verrückte Verliebtheit zu vergessen.

Skop versuchte ein paar Mal mit mir zu reden, während ich arbeitete, doch ich spieß ihn mit nur kurzen Antworten ab. Schnell hatte ich es geschafft, mich in der Erde zu verlieren und die Stunden vergingen wie im Flug. Viel zu früh kam Hekate in den Raum und sagte, es sei an der Zeit zu trainieren. Widerwillig verließ ich den Wintergarten. Ich hörte ihr auch nur mit einem Ohr zu, wie sie mich beschimpfte, weil ich meine schönen Kleider »mit Scheiße verdreckt« hatte. Der Großteil meiner Energie ging dafür drauf, Hades Gesicht davon abzuhalten, in meinen Kopf einzudringen.

~

»Ich habe Hades heute gesehen«, erzählte ich ihr, nachdem wir uns eine anstrengende Stunde lang gegenseitig verprügelt hatten. Wir saßen in meinem Zimmer und aßen himmlisches gebratenes Rindfleisch.

»Oh?«

»Und ich meine, ich habe ihn gesehen. Unter dem Rauch.«

»Ohhhhhh.« Sie sah mich an. Ein frevelhaftes Glitzern schimmerte in ihren Augen. »Ich wusste, dass er weich werden würde, wenn er nur Zeit mit dir verbringen würde.«

»Ist das also seine wahre Form?«

»Nein, wenn ein Gott dir seine wahre Form zeigen würde, würdest du sterben. Du bist ein Mensch. Aber es ist die nicht-tödliche Version davon.«

»Oh. Wie sieht seine wahre Gestalt aus?«

»Ähm, glühend. Und irgendwie furchteinflößend.«

»Ach so. Richtig. Siehst du den rauchigen Hades, oder...« Ich hielt inne, um darüber nachzudenken, wie ich den nicht-rauchigen Hades nennen sollte.

»Den heißen Hades?«, bot Hekate an.

Das traf es, dachte ich und nickte.

»Ich sehe den heißen Hades. Jeder, der in der Unterwelt lebt oder arbeitet, tut es. Aber das Reich der Jungfrau ist eines der vier verbotenen Reiche. Hades ist bei

Weitem der geheimnisvollste der Götter und lebt sehr zurückgezogen.«

»Dann hält er wohl nichts von all der Aufmerksamkeit, die die Tribunale auf ihn ziehen?«

»Nein, ganz bestimmt nicht. Die Götter veranstalteten vor einer Weile ein Unsterblichkeits-Tribunal, und jeder Gott veranstaltete eine der Prüfungen. Hades hatte versucht, es abzulehnen, dass sein Tribunal im Reich der Jungfrau abgehalten wurde. Aber Zeus zwang ihn. Und ich glaube, das ist auch der Grund, warum Zeus ihn die Tribunale für seine Ehefrau hier abhalten lässt. Weil Hades es deutlich gemacht hatte, dass er es wirklich nicht wollte.«

»Zeus ist wirklich ein Arsch«, sagte ich.

Hekate stimmte zu.

»Warum mag er Hades nicht?«

»Das ist eine schwierige Frage. Und eine, die Hades besser selbst beantworten sollte.«

»Hm. Vielleicht kannst du ein weiteres Date einfädeln«, sagte ich neckisch. Ein Teil von mir hoffte, dass sie ja sagen würde. Ich sehnte mich danach, ihn wiederzusehen, obwohl ich wusste, dass es keine gute Idee war.

»Auf keinen Fall. Der Ball ist schon morgen Abend. Du brauchst keine weiteren Ablenkungen.«

»Gut«, sagte ich und seufzte.

»Hedone lässt extra ein Kleid und eine Maske für dich anfertigen. Sie werden morgen geliefert.«

»Okay.«

»Und sieh zu, dass du deinen Dolch mitnimmst. Es ist die einzige Waffe, die auch gegen Götter wirkt, vergiss das nicht.«

»Warum sollte ich einem Gott Schaden zufügen müssen?«, fragte ich sie alarmiert.

»Persy, hast du gar nichts gelernt? Du musst immer auf das Schlimmste vorbereitet sein.«

~

Ich schlief in dieser Nacht schlecht und zum ersten Mal besuchte ich den schönen Garten mit dem Atlasbrunnen nicht. Ein Teil von mir wünschte sich, dass ich es getan hätte. Sein beruhigender Frieden war genau das, was ich brauchte. Auch wenn ich nicht wusste, wer mich dorthin brachte. Ich seufzte, als ich aus dem Bett rollte. Tageslicht schien von der Decke herab und sagte mir, dass es Morgen war. Die letzten drei oder vier Male, an denen ich aufgewacht war, hatten noch die Sterne gefunkelt.

»Wie sieht also der Plan für heute aus?«, fragte Skop gähnend.

»Wir müssen das Menü für das Festessen fertigstellen und die Begrüßungen und Gesprächsetikette durchgehen«, sagte ich ihm mit einem finsteren Blick. Meine Vorstellung eines Alptraums. Wenn es nach mir ginge, würde es Rindfleisch-Burger und eine herzliche Umarmung geben, aber anscheinend reichte das nicht aus, wenn man sich um die Rolle der Königin der Unterwelt bewarb. »Ich hasse diesen Ort«, murmelte ich, stampfte ins Bad und ließ das Wasser in der Dusche laufen.

»So schlimm ist es nicht. Ich habe mir überlegt, wie Sie den Dolch, den Hekate für Sie geschaffen hat, nennen sollten.« Ich warf ihm einen Blick von der Badezimmertür aus zu, bevor ich sie schloss und das lange Seidenmieder auszog, in dem ich geschlafen hatte.

»Wieso?«, fragte ich ihn im Geiste und trat unter den Wasserstrahl. Ich fühlte mich sofort weniger übellaunig und meine Müdigkeit löste sich im Wasser auf.

»*Alle Waffen funktionieren besser, wenn sie Namen haben. Hekate hat diese Klinge für Sie erschaffen, sie ist einzigartig. Und wahrscheinlich magisch. Vielleicht können Sie sich mit ihr verbinden, wenn sie einen Namen hat.*«

»Oh. Okay. Wie soll ich den Dolch nennen?«

»*Benennen Sie es nach etwas, das Sie lieben, Fräulein. Oder vermissen.*«

»Licht«, sagte ich sofort, ohne darüber nachzudenken. »Ich habe es satt, unter der Erde zu sein.«

»*Draußen hat es Ihnen das letzte Mal nicht viel besser gefallen*«, erwiderte Skop.

»Das zählt nicht. Zeus Reich hat ein richtiges Draußen. Wo auch immer dieser Abgrund liegt...« Ich versuchte, einen Begriff zu finden, der dieser stillen, temperaturlosen, beigefarbenen Leere gerecht wurde. Aber ich gab auf.

»*Hier unten ist es sehr hell.*«

»Es ist kein richtiges Licht.«

»*Gut. Wie wär's mit... Faesforos?*«

»Was bedeutet das?«, fragte ich und wiederholte das Wort laut. Ich mochte seinen Klang.

»*Es bedeutet Lichtbringer*«, antwortete Skop. Mir lief ein Schauer über den Rücken, obwohl das Wasser angenehm warm war. Lichtbringer.

»*Vielleicht können Sie richtiges Licht in die Unterwelt bringen*«, sagte er.

»Glaubst du, dass ich gewinnen kann, Skop?«, fragte ich ihn langsam.

Eine lange Stille dehnte sich zwischen uns aus.

»*Ich weiß, dass in Ihnen mehr Potenzial steckt, als Sie für möglich halten*«, sagte er schließlich.

Da war wieder dieses verdammte Wort. Ich hasste es

so sehr. Potential. Immer so viel Potential, das aber niemals erfüllt wurde.

»Ich dachte, deine Aufgabe wäre mir komödiantische Erleichterung zu bieten«, seufzte ich. »Keine tiefen und bedeutungsschwangeren Reden.«

»Ihr Wunsch ist mir Befehl. Habe ich Ihnen erzählt, wie Dionysos Poseidon einmal mit einem Trick dazu gebracht hat, Sex mit einem Baum zu haben?«

Den Rest des Tages verbrachte ich mit Hedone und die Zeit verging wie im Flug. Der Ball würde um acht Uhr beginnen und sie hatte den Tag mit letzten Vorbereitungen gefüllt. Zu meiner Freude hatte sie beschlossen, mein menschliches, sterbliches Erbe zu feiern. So bestand das Festmahl aus Speisen aus meiner eigenen Welt, insbesondere aus New York: Hot Dogs, Pastrami-Sandwiches, Räucherlachs-Bagels, Zimtbrötchen, Donuts mit Puderzucker und vieles mehr standen auf der Speisekarte und zum ersten Mal begann ich mich tatsächlich ein wenig auf das Fest zu freuen.

Das war, bis ich anfangen musste zu üben, wie man Leute begrüßte. Hedone hatte Morpheus überredet, mir zu assistieren, und er trat eine Stunde lang immer wieder durch die großen Türen eines leeren Speisesaals und sah jedes Mal überrascht und erfreut aus, mich zu sehen. Mein schauspielerisches Können war dem seinen jedoch nicht ebenbürtig und mein unbeholfenes Händeschütteln und mein unbehagliches Lächeln entsprachen Hedones Ansprüchen nicht im Geringsten.

»Sieh mir zu, wie ich es mache, Liebling«, sagte sie geduldig. Morpheus verließ den Raum und trat mit einem übermütigen Ausdruck auf seinem hübschen Gesicht wieder ein.

»Morpheus, wie wundervoll, Sie zu sehen«, schwärmte Hedone, trat ihm entgegen und reichte ihm die Hand. Er nahm sie anmutig in die seine, verbeugte sich und küsste sie.

»Ich fühle mich geehrt, eingeladen worden zu sein«, sagte er.

»Aber natürlich waren Sie das! Und darf ich sagen, Sie sehen großartig aus. Wie geht es Ihrer Familie?« Es gelang ihr, ihrer Stimme einen aufrichtigen und erotischen Tonfall zu verleihen. Ihre Augen waren die ganze Zeit auf seine gerichtet.

Sie drehte sich zu mir um. »Siehst du, Persephone? Du darfst weder gelangweilt noch zu überreizt klingen. Versuch einfach, elegant und königlich zu wirken. Statt Hände zu schütteln, streckst du deine aus und lässt sie küssen. Du musst dich verhalten als seiest du wichtiger als jeder Gast.«

Ich runzelte die Stirn. Das war überhaupt nicht mein Ding. Nicht einmal annähernd. Aber es war nur ein Abend, dann würde es vorbei sein. Ich konnte das für eine Nacht durchziehen.

»Ja, richtig«, sagte ich.

»Frag immer nach ihrer Familie und vergiss nie, Schmeicheleien funktionieren im Olymp immer.« Sie lächelte. »Sieh nur zu, jedem Gast Komplimente zu machen, die auch zu ihnen passen.«

»Okay.« Ich nickte. »Lass es mich noch einmal versuchen.«

Schließlich entschied Hedone, dass sie mit meinem Grad an Enthusiasmus und Raffinesse zufrieden war. Ich fühlte mich wie ein Schwindler, aber sie sagte, mein sorgfältig aufgesetztes Lächeln sei annehmbar und ich war bereit zu akzeptieren, dass sie es am besten wusste. Wir aßen ein leichtes Mittagessen, das hauptsächlich aus Obst bestand, »um Platz für das Festmahl zu machen.« Danach gingen wir noch einmal die Tischmanieren durch, gefolgt von sozial akzeptablen Maßen an Kraftausdrücken. Offenbar waren die Götter von diesen Regeln völlig ausgenommen, aber von uns anderen wurde erwartet, dass wir uns an sie hielten.

»Es gibt noch eine weitere Sache, über die ich mit dir besprechen will«, sagte Hedone, als wir zurück in mein Zimmer gingen.

»Sicher«, sagte ich.

»Es geht um… na ja, es geht um Sex.« Ich stolperte und sah sie alarmiert an.

»Man erwartet doch nicht, dass ich…«, begann ich, aber sie winkte ab.

»Nein, nein, natürlich nicht. Aber du musst dir bewusst sein, dass Sex wahrscheinlich unvermeidlich ist, wenn so viele Wesen mit Kräften sich gemeinsam verkleiden und betrinken. Und ich glaube nicht, dass die Einstellung dazu hier ganz so ist, wie du es gewohnt bist.«

»Bitte sag mir, dass ich nicht an einer Orgie teilnehmen muss«, stöhnte ich.

Hedone lachte laut auf. »Nein. Obwohl Orgien ziemlich häufig vorkommen. Aber Götter, und auch Halbgötter, sind gut darin, für eine kurze Zeit zu verschwinden und dann später wieder aufzutauchen.«

»Du willst mir also sagen, wenn jemand für eine

Weile verschwindet, treibt er es wahrscheinlich irgendwo mit jemandem?«

»Ja, ein Teil des Spiels auf diesen Partys ist, darauf zu achten, wer zur gleichen Zeit verschwindet.«

»Das klingt wie schlechtes Reality-TV«, murmelte ich.

Hedone runzelte die Stirn und fuhr dann fort. »Zeus und Apollo sind normalerweise ganz vorne mit dabei und wenn Hera anwesend ist, kann es schnell dazu kommen, dass die Funken fliegen. Eine der Aufgaben der Gastgeberin ist es, Leute zu decken, die wütende oder besorgte Partner haben.«

Mir fiel die Kinnlade herunter. »Ich muss Leute decken, die ihre Partner betrügen? Nein!«

»Ich fürchte, das ist Teil der Politik im Olymp. Und wenn Aphrodite ihre Finger im Spiel hat, ist sowieso niemand wirklich verantwortlich für seine Taten.«

Ich dachte darüber nach, wie Zeus am Vortag seine Kräfte auf mich hatte wirken lassen und an den Wunsch, den mein verräterischer Körper empfunden hatte. Tat Aphrodite dasselbe?

»Können die Götter jemanden dazu bringen, Sex mit ihnen zu haben, wenn sie es nicht wollen?«, fragte ich in dem Bewusstsein, dass meine Stimme meine Angst verriet. Das war wirklich nicht in Ordnung.

»Technisch gesehen können sie es. Aber es ist strengstens verboten.« Erleichterung durchströmte mich. »Du darfst nicht vergessen, dass Götter besitzen enorme Egos. Die meisten werden versuchen, dich für sich zu gewinnen. Es liegt keine Genugtuung darin, sich etwas zu nehmen, das sie nicht gewonnen haben.«

»Was meintest du damit, dass Aphrodite ihre Finger im Spiel haben könnte?«

»Ah, sie würde niemals jemanden dazu bringen, etwas gegen seinen Willen zu tun«, sagte Hedone mit einem Lächeln. »Ganz im Gegenteil. Ihre Anwesenheit führt dazu, dass alle Wünsche sich verstärken. Jeder Schwarm oder unschuldige Neugierde wird verstärkt. Folglich wandernden die Augen und Hände freier.«

Auf mich klang das verdammt fragwürdig, aber ich sagte nichts.

»Du wirst dich sicher an unsere Gepflogenheiten gewöhnen«, sagte Hedone, als wir an meiner Tür ankamen. »Mach dir keine Sorgen und versuche es zu genießen.« Sie legte mir eine Hand auf die Schulter und ich spürte eine Welle der Dankbarkeit ihr gegenüber.

»Vielen Dank für all deine Hilfe. Du hättest mir wirklich nicht so viel von deiner Zeit widmen müssen«, sagte ich.

Ein seltsam bitterer Blick huschte über das Gesicht der schönen Frau. »Zeit ist eine komische Sache«, sagte sie leise. »Viel Glück.« Sie legte wieder ihr Lächeln auf. »Bis heute Abend, Persephone.«

NEUNZEHN

»Du packst das«, flüsterte ich mir selbst zu und glättete zum hundertsten Mal meinen Rock. Ich stand vor einem riesigen steinernen Torbogen, der mit tiefvioletten Vorhängen verhangen war, und gab mir alle Mühe, meine Nervosität zu verbergen. Die Erinnerung daran, wie ich mich an die Brücke geklammert hatte, schluchzend und zitternd, machte es schwierig, Selbstvertrauen auszustrahlen. Je länger ich wartete, dass die Gäste eintrafen, desto nervöser wurde ich.

Der einzige Grund, weshalb ich nicht ein vollkommenes Wrack war, war mein absolut unglaubliches Outfit. Hedone hatte sich selbst übertroffen und ich hatte noch nie so gut ausgesehen. Um ehrlich zu sein, würde ich wahrscheinlich nie wieder so gut aussehen und ich war entschlossen, es zu genießen, solange ich konnte. Das Kleid war ein enganliegender Neckholder, dieses Mal jedoch ohne den tiefen Ausschnitt und vollkommen rückenfrei. Der Stoff des Rocks drapierte sich perfekt über meinen Hintern und fiel bis auf den Boden. Der Rock bestand aus hunderten fast transparenten Chiffonbändern, die sich überlappten und Haut verführerisch hindurchblitzen ließen, wenn ich mich bewegte. Meine Beine sahen großartig und einen Kilometer lang aus. Aber am besten gefiel mir die Farbe. Jedes der Bänder war in einem anderen Grünton gehalten. Der tiefste Grünton erinnerte mich an weihnachtliches Immergrün und der hellste war ein leuchtendes Aquamarin. Beim Gehen vermischten und verschmolzen die Farben miteinander, so dass es aussah, als ob das Kleid lebendig wäre. Das Mieder war weiß und winzige grüne Blumen schlangen sich um meine Rippen und akzentuierten die Form meiner Brüste. Lange, unnatürlich weiche weiße Handschuhe bedeckten meine Arme und reichten weit über meine Ellbogen hinaus. Sie gaben mir das Gefühl, so glamourös wie Marilyn Monroe zu sein.

Ich hatte meine Haare zu einer aufwendigen Frisur aus Locken und Flechtzöpfen hochgesteckt. Die weißen Haarkringeln, die über mein Gesicht und über meine Schultern fielen, ließen die schwarze Maske um meine Augen noch mehr hervorstechen. Es war aufregend, etwas so Zartes und doch Wildes zu tragen. Die Maske sah aus und fühlte sich an, als wäre sie aus Spitze gemacht und Magie hielt sie am rechten Fleck auf meinem Gesicht. Das Spitzenmuster bestand aus eng verflochtenen Ranken und eine beeindruckend aussehende grüne Feder war auf der rechten Seite der Maske abgebildet.

Ich liebte alles an meinem Aussehen in dieser Nacht. Auch hatte ich mir *Faesforos* an den Oberschenkel geschnallt, wie Hekate es mir aufgetragen hatte. Mir wäre es lieber gewesen, wenn er an meinem Knöchel befestigt gewesen wäre, aber ich trug goldene Sandalen mit Absätzen, deren Bänder sich an meinen Waden kreuzten. Es war nicht besonders angenehm, eine Klinge so nahe an empfindlichen Körperteilen zu tragen, aber ich vertraute Hekate, wenn sie meinte, dass ich es riskieren musste.

»Ich glaube, es ist so weit«, sagte Skop, der neben mir auf dem Boden saß. Die Vorhänge raschelten. Mein Herzschlag beschleunigte sich und meine Handflächen wurden feucht. Skop hatte recht, die Vorhänge öffneten sich.

»Bürger des Olymps! Bitte begrüßen Sie mit mir Ihre Gastgeberin für den Abend: Persephone!« Die restlichen Worte des Kommentators entgingen mir, als ich den ersten Blick auf den Raum hinter dem Vorhang warf. Hedone hatte mir zwar verraten, was sie geplant hatte, aber ich hätte mir nie etwas so Überwältigendes vorstellen können. Der Raum sah nicht aus, wie einer der anderen, die ich bisher in der Unterwelt gesehen hatte. Die gewölbte Decke war übersät mit funkelnden Sternen und der riesige Raum war mit griechischen Säulen gesäumt. Allerdings gab es keine Fenster und die Wände waren wie die Decke in tiefem Marineblau gehalten und Sterne glitzerten von allen Seiten. Es war, als würde der Boden im Nachthimmel schweben. Doch man hätte den Raum nicht als düster bezeichnen können. Auf den Säulen türmten sich Flammen, die in verschiedenen Farben brannten und das Geschehen in ihr sanftes Licht tauchten. Sie blieben wie von Zauberhand an Ort und Stelle. Von dem Torbogen, in dem ich stand, verlief ein langer roter Teppich quer durch den Raum, der an einem Podest endete. Die Thronsessel der Götter waren zwar dort aufgereiht, doch in diesem Moment waren sie alle leer. Der Raum selbst jedoch war alles andere als leer. Es wimmelte von Menschen und Kreaturen, die alle in schöne, prächtige Kleider gekleidet waren. Jedes einzelne ihrer imposanten, maskierten Gesichter war auf mich gerichtet.

Scheiße! Ich machte schnell einen Knicks und leiser Applaus plätscherte durch die Menge. Zögerlich trat ich den Raum.

»*Genießen Sie diesen Moment, Fräulein*«, sagte Skops Stimme in meinem Kopf. Ich hob mein Kinn an und machte einen weiteren Schritt auf dem roten Teppich. Wenn ich schon über einen roten Teppich lief, sollte er genau so aussehen, dachte ich. Mein Selbstbewusstsein wuchs, je weiter ich in den atemberaubenden Raum trat. Die Flammen erleuchteten den Raum genug, um gut sehen zu können, aber kaschierten alle kleinen Makel. Die Säulen waren von zarten goldenen Ranken umgeben, mit kleinen Knospen, die wie Diamanten glitzerten. Sie erinnerten mich an Zeus Esszimmer. Sie waren perfekt dazu geeignet, den großen Raum abzugrenzen, so dass Paare sich dahinter verstecken konnten, dachte ich mit einem Grinsen. Satyre und winzige Frauen, von denen ich annahm, dass sie Nymphen waren, mischten sich mit Tabletts gefüllt mit Getränken und kleinen Häppchen zwischen die Gäste, und der Raum roch göttlich. Wie Erdbeeren mit einem Hauch von Moschus. Aufgeregte Energie schwirrte durch die Luft; eine Vorfreude, die fast greifbar war. Etwa in der Mitte des langen Teppichs hielt ich inne, drehte mich langsam auf der Stelle und machte eine Show daraus, jeden Einzelnen im Raum anzusehen. Ich unterdrückte meine Erleichterung, Hedone und Morpheus zu erblicken.

Verkörpere, was Hedone dir beigebracht hat, erinnerte ich mich. *Ein bisschen Arroganz, ganz viel Anmut.*

»Ich danke Ihnen allen, dass Sie heute Abend gekommen sind«, sagte ich laut und ein wenig distanziert. »Ich fühle mich geehrt, dass Sie alle die Zeit gefunden haben. Sobald ich etwas getrunken habe, freue ich mich darauf, Sie zu empfangen.« Aus dem Nichts tauchte ein Satyr auf und hielt ein untertellerförmiges Stielglas gefüllt mit klarer Flüssigkeit in die Höhe.

»Oh«, sagte ich und vergaß meine formelle Art für einen Moment. »Danke.«

Er grinste mich an und schoss dann in den hinteren Teil des Raumes. Ich sah ihm nach, wie er sich zwischen den Beinen der schweigenden Menge verlor. Dankbar nahm ich einen Schluck des kühlen Getränks. Ein köstliches Sprudeln verweilte auf meiner Zunge.

Ich würde das hinkriegen.

Einer nach dem anderen kamen die Gäste auf mich zu und schon bald war ich dankbar für meine Handschuhe. Es gab nur wenige Menschen, von denen ich mir die Haut küssen lassen wollte und einige der Gäste sahen geradezu gruselig aus. Ich hatte keine Ahnung, was sie waren, aber viele schienen Hybride verschiedener Tiere zu sein und einige wenige hatten sogar Flügel. Die meisten sahen aber menschlich aus. Ich strahlte mein eingeübtes Lächeln und machte den meisten Komplimente zu ihren Masken. Sie waren alle so auffällig, dass es mir schwer fiel, meine Aufmerksamkeit auf etwas anderes zu lenken. Ich versuchte, mir die Namen aller Anwesenden zu merken, als sie sich mir vorstellten. Aber es war unmöglich, sie alle auseinander zu halten.

»Kannst du dich an all diese Namen erinnern?«,

fragte ich Skop, ohne die Lippen zu bewegen und leerte mein Glas. Ein Satyr erschien sofort mit einem neuen.

»Die meisten dieser Trottel kenne ich schon«, murmelte er. *»Aber keiner von ihnen hat mich erkannt.«* Sein schelmischer Ton verunsicherte mich. Ich sah ihn warnend an.

»Versau mir das nicht, Skop. Es ist ernst.«

»Ich bin froh, dass Sie das eingesehen haben«, antwortete er.

Nach fünfzehn Minuten der Bekanntmachungen ertönte ein Gong und ein Schweigen senkte sich über den Raum.

»Ehrengäste, Bürger des Olymp, bitte heißen Sie Ihre Götter willkommen«, sang die Stimme des Kommentators melodisch und weißes Licht blitzte über das Podium und zog die Aufmerksamkeit aller auf sich. Der ganze Raum fiel auf die Knie und ich machte es ihnen schnell nach. Ich hielt nur eine Sekunde durch, bevor ich den Kopf hob und meine Augen nach dem Gott suchten, den ich so dringend sehen wollte.

Hades war in seiner Rauchform, aber wie alle anderen trug er eine Maske. *Und seine Augen schienen durch sie hindurch.* Sie fixierten sich sofort an den meinen und mein Atem stockte. Meine Emotionen reagierten automatisch. Etwas Tiefes, Wahres und fast Schmerzhaftes durchströmte mich, doch ich hätte es nicht in Worte fassen können. Zu schnell bewegten seine Augen sich weg und ich atmete aus. Dann fiel mir auf, dass seine Maske der meinen unglaublich ähnlich war. Die Maske war tiefschwarz und hatte dieselbe Form, aber ich glaubte nicht, dass das Muster aus Ranken bestand. Ich war zu weit weg, um es erkennen zu können. Hatte

Hekate das absichtlich getan? Wo war sie? Ich sah mir die anderen Götter an, die auf die versammelte Menge blickten. Aphrodite stach am meisten hervor. Sie trug ein durchsichtiges Gewand. Der Stoff war blassrosa und ihre Haut war kreidebleich. Ihr Haar und ihre Lippen leuchteten rot. Hera war weitaus konservativer gekleidet. Sie trug eine Toga, die ihre dunkle Haut betonte, aber ihre Maske war die aufwendigste aller Götter. Es handelte sich um eine riesige Pfauenfeder, die sich auffächerte und über ihre aufgetürmte Hochsteckfrisur türmte. Zeus hatte heute ein älteres Aussehen angenommen, mit dunklem Haar, das mit grau durchzogen war. Eine traditionelle Toga stellte seine breite, muskulöse Brust zur Schau.

»Vielen Dank für euer zahlreiches Erscheinen. Wir kündigen jetzt den ersten Test des Abends an«, sagte Hades. Seine Stimme klang zischend. Meine Haut begann zu brennen und ich sah verwirrt nach oben. Dann erregte ein lautes Geräusch hinter mir meine Aufmerksamkeit. Mit einem knirschenden Geräusch erschien eine riesige Sanduhr aus dem Nichts. Die obere Hälfte war mit Sand gefüllt, doch er fiel nicht herunter. Besorgnis durchströmte meine Adern.

»Heute Abend stehen Persephone drei Prüfungen bevor«, dröhnte der Kommentator und ich merkte sofort, dass der fröhliche blonde Mann nur wenige Meter von der Sanduhr entfernt stand. »Und die Richter werden entscheiden, ob sie keine, einen oder zwei Punkte bekommen wird.«

Zwei? Die Titelverteidigerin hatte nur fünf Punkte und ich hatte bereits einen. Warte, warum verspürte ich freudige Aufregung? Ich wollte nicht gewinnen, ermahnte ich mich. Ich sollte verlieren, aber nicht sterben. Das hatte Hades gesagt. Bisher fühlte sich dieser Ball nicht besonders tödlich an.

»Es gibt ein paar Regeln, die für den ganzen Abend gelten, also lassen Sie mich Folgendes bitte klarstellen.« Er sah mich eindringlich an. »Sie dürfen bei keiner der Prüfungen direkt um Hilfe bitten. Wenn Sie Informationen benötigen, müssen Sie sich diese in einem natürlichen Gespräch beschaffen, sonst ist der Test ungültig.« Ich nickte. »Sie dürfen den Ball nicht verlassen.« Ich nickte erneut. »Und Sie dürfen keine Ihrer Pflichten als Gastgeberin vernachlässigen. Sollten Sie sich unangemessen verhalten, wird der Test für ungültig erklärt.«

»Verstanden«, sagte ich.

»Der erste Test ist eine Schnitzeljagd«, strahlte er. Er sah sich im Raum um und erhielt ein wenig Applaus. Aufgeregtes Geplapper ertönte. Ich schloss argwöhnisch die Augen. Als Kind war ich ziemlich gut in diesen Spielen gewesen.

»Persephone wird vier Hinweise finden müssen, die zu einem Schlüssel führen, mit dem man die Sanduhr aufschließen kann. Wenn die Sanduhr sich geleert hat, ist dieser Test vorbei und verloren.« Warum sollte ich eine Sanduhr aufschließen wollen? Eine düstere Vorahnung breitete sich in meinem Magen aus, und mein Atem wurde flach. Etwas im Inneren der großen Sanduhr begann zu schimmern. Nein... Sie würden doch nicht... Zu meinem Entsetzen hörte das Schimmern auf und ein Mann erschien in der unteren Hälfte der Sanduhr. Er trug eine einfache Toga und sah nicht viel älter aus als ich. Seine Augen waren geschlossen und er schien zu schlafen. Ein Sandkorn fiel von der oberen Hälfte des Zeitmessers herab. Es fiel von seinem dunklen Haar, in dem es gelandet war, zum Boden der Sanduhr.

»Hier ist Ihr erster Hinweis«, sagte der Kommentator und in meiner Hand erschien eine kleine Schriftrolle.

»Das könnt ihr nicht tun!«, sagte ich. Ich ignorierte die Schriftrolle und wandte mich den Göttern zu. »Was wird mit ihm geschehen, wenn ich versage?«

»Was glaubst du? Könntest du atmen, wenn du von Sand umgeben wärest?«, antwortete Zeus mit einer Gegenfrage. Galle stieg mir in die Kehle und mein Kopf begann zu schwimmen. Nein, das war unfair.

»Die Tribunale sollen mich gefährden, nicht Menschen, die ich noch nie getroffen habe!«, rief ich aus. »Lasst ihn gehen!« Ich hörte Keuchen um mich herum, und Athene stand auf. Sie sah genauso aus wie damals, als ich sie zum ersten Mal gesehen hatte.

»Persephone, die Gepflogenheiten des Olymps sind neu für dich, aber du kannst sie nicht ändern. Die einzige Möglichkeit diesen Mann zu retten, ist, die Prüfung zu bestehen. Du verschwendest deine Zeit. Und seine.«

Ich starrte sie an.

»*Sie hat recht. Fangen Sie schon an, Fräulein*«, sagte Skop in meinem Kopf.

»Dein kleines Haustier darf dir bei dieser Prüfung nicht helfen«, sagte Poseidon plötzlich und Skop kläffte schmerzverzehrt auf.

»Lass ihn in Frieden!«, rief ich empört.

»Ja, lass ihn«, sagte Dionysos verärgert. Mit einem kleinen Blitz verschwand Skop und tauchte an der Seite von Dionysos wieder auf. Ich fühlte mich erleichtert. Der Gott des Weines würde sich um ihn kümmern.

Aber nun war ich auf mich allein gestellt und das Leben eines Mannes hing von mir ab.

ZWANZIG

Meine Hände zitterten und ich reichte mein Glas einem kleinen Satyr. Dann rollte ich das Pergament auf, das aus dem Nichts in meiner Hand aufgetaucht war. Es waren zwei Zeilen darauf geschrieben.

Mit einer blauen Feder geschmückt und weißer Spitze gefüttert.

Welch wunderbare Weise, das wahre Gesicht zu verbergen.

Ich las den Text zwei Mal. Das Rätsel musste sich auf eine Masken beziehen, oder? Ich musste also nur eine finden, die der Beschreibung entsprach. Eine mit einer blauen Feder und weißer Spitze. Ich sah mich im Raum um, die Augen aller starrten mich an. Es ertönte ein lautes Husten und ich bemerkte Hedone, die mich bedeutungsschwanger ansah. *Sie dürfen keine Ihrer Pflichten als Gastgeberin vernachlässigen, sonst wird der Test für ungültig erklärt.* Die Worte des Kommentators gingen mir durch den Kopf und ich versuchte mich daran zu erinnern, was ich tun sollte, wenn alle Gäste eingetroffen waren.

»In einer Stunde werden wir zum Festmahl Platz nehmen!« sagte ich triumphierend, als ich mich an das erinnerte, was ich gelernt hatte. »Möge die Musik beginnen!«

Der melodische Klang einer Harfe erfüllte den Raum und ich drehte mich überrascht um. Die Throne waren von der Bühne verschwunden und nun zupfte eine schöne Frau mit silbernen Haaren die Saiten einer Harfe, die doppelt so groß war wie sie selbst und entlockte ihr eine wundervoll, zarte Melodie. Leider trug sie keine Maske mit einer blauen Feder und weißer Spitze und ich zwang mich, meine Aufmerksamkeit von ihr wegzubewegen. Stattdessen fiel mein Blick, wie von einer unsichtbaren Kraft dorthin gezogen, auf den bewusstlosen Mann in der Sanduhr. Sand begann sich zu seinen Füßen anzusammeln. Ich bewegte mich auf Hedone zu.

»Guten Abend, Persephone«, sagte sie förmlich, als ich sie erreichte.

»Guten Abend«, antwortete ich.

»Hast du alle Gäste begrüßt, bevor die Götter eingetroffen sind?«

»Nein, nicht einmal die Hälfte. Aber ich werde jetzt mit den anderen Gästen sprechen«, sagte ich lächelnd. Leute drängten sich um mich. Ich drehte mich um, mit meinem Lächeln fest auf dem Gesicht verschraubt. Ich sah mir ihre Masken an und versuchte, meinen Puls unter Kontrolle zu bringen. Keine blauen Federn. *Scheiße!* Ich streckte jedem der Anwesenden der Reihe nach meine Hand entgegen und dankte ihnen für ihr Erscheinen. Ich ließ ihre Namen zu einem Ohr hinein und zum anderen hinaus rieseln, bevor ich weiter eilte. Es gelang mir, ein paar blaue Federn zu entdecken, aber keine der Masken war mit weißer Spitze versehen. Es klang nach einer femininen Maske, also versuchte ich, besonders auf Frauen zuzugehen. Skop hätte mir hier wirklich helfen können, dachte ich reumütig.

Gerade als ich eine Dame in einem bauschigen rosa Kleid erblickte, mit der ich noch nicht gesprochen hatte, fühlte ich eine Gänsehaut auf meiner nackten Haut aufsteigen. Ich drehte mich langsam um und wusste bereits, warum die Temperatur gesunken war.

»Hades«, sagte ich und seine rauchige Gestalt erschien neben mir.

»Persephone«, antwortete er, seine silbernen Augen glühten.

Meine rationalen Gedanken zerstreuten sich. »Du siehst...« Ich brach ab und biss mir auf die Lippe. Ich versuchte ein Wort zu finden, um das obligatorische Kompliment zu beenden.

»Rauchig?«, bot er an.

Mein Mund verzog sich zu einem wahren Lächeln. »Ja. Rauchig.« Ich spürte, wie sich meine Schultern ein wenig entspannten.

»Wenn nicht die Augen des gesamten Olymps auf uns liegen würden, würde ich weniger Rauch benötigen.« Es lag keinerlei Eis in seiner Stimme.

»Warum lässt du sie nicht sehen, wie du aussiehst?«

»Der König der Unterwelt ist nicht besonders beliebt. Sie erwarten ein Monster, also gebe ich ihnen eins.« Seine wirbelnden Schultern zuckten.

»Aber... du bist nicht wirklich ein Monster?«, fragte ich zögernd, *hoffnungsvoll*.

Hades machte eine Pause. »Ich bin genau das Monster, für das sie mich halten.«

Ein Teil von mir wollte ihm nicht glauben, aber die Erinnerung an unsere erste Begegnung, die Schreie, die brennenden Körper und das Blut drangen in mein Gedächtnis. Er war der Herr der Toten. Sicherlich war das Monster ein Teil von ihm. Diese Götter setzen das Leben unschuldiger Menschen aufs Spiel nur zu ihrer Unterhaltung, dachte ich und sah wieder zu dem Mann in der schrecklichen Sanduhr an der gegenüberliegenden Wand. Vor ihm hatten Paare begonnen, zu der Harfenmusik zu tanzen, als ob er nur ein Teil der Dekoration war. Ich schauderte.

»Ich... muss die Gäste begrüßen«, sagte ich. Ich wollte Hades fragen, ob er eine Maske mit einer blauen Feder und weißer Spitze gesehen hatte, aber ich war mir ziemlich sicher, dass mir das eine Disqualifikation einbringen und das Todesurteil des armen Mannes bedeuten würde.

»Natürlich«, sagte er und neigte den Kopf. »Du-«, er stockte. »Du siehst unglaublich aus.«

»Oh. Danke«, sagte ich, unfähig, das Glücksgefühl einzudämmen, das sich in mir ausbreitete. *Ein völlig unangemessenes Glücksgefühl*, schimpfte ich mit mir selbst. *Du musst Prioritäten setzen!* Ich wandte mich mit Mühe von ihm ab und suchte nach der Dame im rosafarbenen Kleid. Ich entdeckte sie, doch als ich mich vorstellte, sah ich, dass die Maske, die sie um ihre strahlend blauen Augen trug, ebenfalls rosa war.

»Hallo«, sagte eine Frauenstimme und ein schöner Mann mit braungebrannter Haut und kurzen Dreadlocks, der offenbar Theseus genannt wurde, nahm meine Hand. Ich nickte ihm höflich zu und wandte mich an die Dame. Rote Maske. *Verdammt!*

»Guten Abend«, sagte ich lächelnd. Sie trug ein hautenges scharlachrotes Kleid. Sie hatte tintenschwarzes Haar und war wunderschön. »Danke, dass Sie heute Abend gekommen sind. Ihr Kleid ist wunderschön«, sagte ich.

»Es ist ja nicht so, als hätte ich die Wahl, nicht zu kommen«, sagte sie mit einem Lächeln, das aufhörte, noch bevor es ihre Wangen erreichte. »Ich bin Minthe.«

»Oh!« *Minthe, die gegenwärtige Titelverteidigerin für die Rolle der Königin der Unterwelt?* Warum zum Teufel hatte man sie eingeladen?

»Anscheinend muss ich mich hier blicken lassen. Und um ehrlich zu sein, wollte ich herausfinden, was die ganze Aufregung sollte«, sagte sie und sah mich mit einem spöttischen Grinsen an. All meine Warnglocken läuteten gleichzeitig in meinem Kopf. Ich stand einer Tyrannin gegenüber, da war ich mir sicher. Instinktiv zogen sich meine Schultern zusammen und mein Blick fiel zu Boden. Dabei erhaschte ich einen Blick auf meine glänzenden goldenen Sandalen und die flüssigen Bewegungen meines Rocks. Ich sah verdammt gut aus, ich erinnerte mich. Und das war meine gottverdammte Party.

»Und wie ich erwartet hatte, kann ich nicht verstehen, warum Leute überhaupt über dich reden«, sagte Minthe mit gelangweilter Stimme.

Ich hob mein Kinn langsam an und zwang meine Schultern zurück. Der treue Satyr erschien genau im richtigen Moment an meiner Seite und ich nahm ein Glas von seinem Tablett.

»Dito«, sagte ich kühl und nahm dann einen langen Schluck. »Genießen Sie Ihren Abend.« Ich ließ sie stehen und sah aus den Augenwinkeln, wie ihr gelangweilter

Gesichtsausdruck sich in einen finsteren Blick verwandelte.

Ich wünschte mir verzweifelt, dass Hekate hier wäre, um mir ein High Five zu geben oder zumindest Skop, um zu hören, welche Beleidigung er für Minthe bereithielt. Die Welle des Stolzes, die ich fühlte, würde für den Moment reichen müssen. Ich kannte ihre Sorte. Und statt zu kauern, hatte ich mich behauptet. Ich würde diesen Abend meistern.

Als ich schließlich eine Frau in einer Maske mit blauer Feder und weißer Spitze erblickte, waren weitere zehn Minuten vergangen und der Sand reichte dem bewusstlosen Mann schon bis zu den Oberschenkeln. Ich plapperte mich durch die Begrüßung der zierlichen Brünetten, die anscheinend Selene hieß und nahm ihre Maske genau unter die Lupe. Aus der linken Seite ihrer Maske ging eine tiefblaue Feder hervor, die weit über ihren Kopf hinausragte. Eine komplexe Bordüre aus weißer Spitze umgab die Maske selbst. Sie war sehr hübsch, aber mir wurde mit einem Ruck klar, dass ich keine Ahnung hatte, was ich jetzt, da ich sie gefunden hatte, tun sollte. *Frag sie einfach! Frag sie nach dem nächsten Hinweis!* Aber was, wenn ich das nicht durfte und disqualifiziert wurde? Das Risiko konnte ich nicht eingehen, wenn das Leben eines anderen Menschen auf dem Spiel stand.

»Das ist ein zauberhafter Ring«, sagte ich abgelenkt und zeigte auf einen riesigen milchig-weißen Edelstein an ihrem zarten Finger, während ich darüber nachdachte, was ich als Nächstes tun sollte.

»Vielen Dank.« Sie strahlte mich an. »Das ist ein Mondstein.«

»Wie schön«, antwortete ich. War der Hinweis in ihren Worten versteckt?

»Hier, warum probieren Sie ihn nicht an?« Sie zog den Ring ab.

Ich begann zu sagen, dass er nicht auf meinen Finger passen würde, als ich den intensiven Ausdruck auf ihrem Gesicht bemerkte.

»Danke«, sagte ich stattdessen und streckte meine Hand aus. Mit einem kleinen Schwups verwandelte sich der Ring in eine weitere Schriftrolle, sobald sie ihn mir in die Handfläche legte.

»Gern geschehen«, lächelte sie und wandte sich dann ab, um mit ihrem hübschen Partner zu sprechen. Ich rollte die Schriftrolle eilig auf.

Herausragend in einem Raum voller regelmäßiger Formen.

Dieses ungewöhnliche Gefäß enthält, was aus Trauben gefertigt ist.

Aus Trauben gemacht muss Wein bedeuten, dachte ich. Und das Gefäß musste ein Kelch oder Glas sein. Suchte ich also nach einem ungewöhnlich geformten Weinglas? Instinktiv schaute ich, zu Dionysos hinüber, der von hochgewachsenen Frauen umgeben war. Sein schwarzes paillettenbesetztes Hemd glitzerte im Fackelschein. Nicht ein einziger Knopf hielt es zusammen. Ich konnte ein kleines Lächeln nicht unterdrücken. Skop lag ihm zu Füßen und von wo ich stand, sah es so aus, als schaue er einer hübschen Dryade unter den Rock. Ich verdrehte die Augen und sah mir die Gläser in ihren Händen an. Sie sahen alle normal aus.

Ich schlenderte beiläufig zwischen den Gästen umher, lächelte und versuchte, mich vage an ihre Namen zu erinnern, während ich mir die Gläser in ihren Händen anschaute. Hatte ich an diesem Abend bereits ein Glas mit einer seltsamen Form gesehen? Mit einem nervösen Blick auf die Sanduhr dachte ich angestrengt nach. Wo würde ich die meisten Weingläser finden? In der Küche?

Ich brauchte einige Augenblicke, um herauszufinden, woher genau die Satyrn und Nymphen mit ihren beladenen Tabletten auftauchten. Ich bemerkte, dass der untere Teil einer der Wände keine funkelten Sterne aufwies. Es war unmöglich, Details zu erkennen. Da die Masse an Schatten alles verdunkelte. Ich näherte mich der Wand langsam und zu meiner Faszination konnte ich immer weniger erkennen, je näher ich dem Schatten kam.

»Licht und Schatten sind meine Spezialität«, sagte eine seidenweiche Stimme und ein Hüne trat aus der Dunkelheit hervor. Er war mindestens zwei Meter groß und unglaublich schlank. Seine Haut war schwarz wie Onyx, und er hatte eine Glatze und trug ein langes schwarzes Gewand.

»Wie ich sehe, steht Ihnen die Farbe Schwarz besonders gut«, sagte ich höflich.

Er neigte den Kopf. »Kann ich Ihnen helfen?«, fragte er.

»Oh, ich, ähm, wollte nach dem Bedienungspersonal sehen.« Er neigte seinen Kopf zur anderen Seite und seine dunklen Augen durchdrangen mich fragend. Sein Auftreten verunsicherte mich. »Als gute Gastgeberin möchte ich mich vergewissern, dass alles glatt läuft.« Ich lächelte mechanisch. »Ich glaube nicht, dass wir das Vergnügen hatten, einander vorgestellt worden zu sein?«

»Ich bin Erebus«, sagte er.

»Persephone«, antwortete ich und streckte meine Hand aus. Er nahm sie nicht und ich zog sie unbeholfen zurück.

»Erebus«, wiederholte ich und durchkämmte mein Gedächtnis. »Ich bin neu im Olymp, verzeihen Sie mir also bitte, wenn ich mich irre, aber sind Sie der Gott der Finsternis?«

»Und der Schatten, in der Tat«, sagte er.

»Leben Sie in der Unterwelt?«

»Ja, das tue ich. Hades ist mein Meister.«

»In dem Fall müssen Sie diesen Wettbewerb sehr aufmerksam verfolgen«, sagte ich mit einem Lächeln.

»Der gesamte Olymp verfolgt diesen Wettbewerb mit großer Aufmerksamkeit. Sie dürsten nach Unterhaltung.« Sein Tonfall war trocken und sarkastisch und ich trat zurück.

»Nun, ich muss weiter. Ich muss sehen, wie das Personal zurechtkommt. Es war mir ein Vergnügen, Sie kennenzulernen.«

»Sie werden eine Erlaubnis brauchen, um die Schatten zu durchqueren.«

»Oh. Und wer würde mir diese Erlaubnis erteilen?«, fragte ich mit harter Stimme, da ich die Antwort bereits erahnen konnte und die Irritation stieg in mir auf.

Er schenkte mir ein unheimliches Lächeln. »Das wäre wohl ich.«

Hinter mir war ein Mann, der in verdammten Sand ertrank und dieser Idiot wollte Spielchen spielen? Ich klebte mir ein einschmeichelndes Lächeln aufs Gesicht.

»Darf ich bitte die Schatten durchqueren? Ich möchte das Festmahl und den Weinvorrat überprüfen.«

»Aber natürlich dürfen Sie das«, gestikulierte er.

»Sie haben meine Dankbarkeit«, log ich und trat in die Dunkelheit.

Ich blinzelte. Das Licht hier schien hell, nach dem sanften Ambiente des Ballsaals und der pechschwarzen Dunkelheit der Schatten. Ganz wie in meiner Welt standen in der Küche lange Edelstahltische mit Schüsseln und Tellern bedeckt und überall, wohin ich blickte, herrschte Aktivität. Sowohl Nymphen als auch Menschen in weißen Schürzen richteten Essen an und eilten zwischen den Arbeitsflächen und einem riesigen Tresen mit Lehmöfen im hinteren Teil des Raumes hin und her. Sie riefen sich über das Klirren und das laute Geplapper der anderen hinweg Anweisungen zu. Ich atmete tief ein und zu meiner Freude roch ich Hot Dogs. Zu meiner Rechten sah ich reihenweise verschiedene Gläser, die die Nymphen geschickt mit verschiedenen Getränken füllten. Die Kellner füllten ihre Tabletts und ich bewegte mich schnell in ihre Richtung. Meine Absätze machten laute Geräusche auf den gefliesten Boden.

»Entschuldige«, sagte ich und die rothäutige

Nymphe, die ich ansprach, blickte vom Einschenken auf und quietschte.

»Ich wollte dich nicht erschrecken«, sagte ich schnell, als sie etwas Blausprudelndes auf dem Tresen verschüttete.

»Was benötigen Sie, meine Dame?«, sagte sie und wich meinem Blick aus. Mit schnellen Bewegungen wischte sie die Flüssigkeit wieder auf.

»Es ist eine seltsame Frage, fürchte ich, aber haben Sie auch Weingläser mit seltsamen Formen?«

Ihre Augen schossen hoch. »Tatsächlich, ja. Es wurde vor etwa einer halben Stunde hierher gebracht. Wir dachten, es muss jemandem hier gehören, da es keines von unseren ist.«

»Darf ich es bitte sehen?«

»Natürlich, meine Dame.« Sie eilte zwischen hohen Metallschränken davon und kehrte weniger als eine Minute später mit einem quadratischen Weinglas zurück. Der Sockel, der Stiel und das Glas hatten alle perfekte rechte Winkel.

»Wie seltsam«, sagte ich und nahm es ihr ab. Ihre Kinnlade fiel herunter, als es mit einem leisen Knall verschwand und durch eine kleine Schriftrolle ersetzt wurde. Erleichterung und Aufregung durchzuckten mich. Zwei Aufgaben hatte ich erledigt. Blieben noch zwei. »Danke für deine Hilfe«, grinste ich die Nymphe an.

»Gern geschehen, meine Dame«, sagte sie nervös. Ich drehte mich um und kehrte zurück durch die Schattenwand, durch die ich eingetreten war. Im Gehen entrollte ich die Schriftrolle und las:

· · ·

Die begehrteste Sache dieser Woche,
     es gibt keine andere Möglichkeit, zum Ball zu
gelangen.

Keine andere Möglichkeit, zum Ball zu gelangen? Ich trat durch die Schatten und für eine Moment stand ich wie verzaubert da. Der opulente Ballsaal mit seinem weichen, glitzernden Licht und den atemberaubend gekleideten Gästen, die sich zur Musik wiegten waren ein Fest für die Sinne. Ich zwang meine Aufmerksamkeit wieder zur Schriftrolle zurück. Was war das Begehrteste in dieser Woche? Was würden sich die Menschen in dieser Woche wünschen, um zum Ball zu gelangen? Die Antwort kam mir sofort. *Eine Einladung.* So musste es sein. Ich suchte den Raum nach Hedone ab und mein Herz machte einen Sprung, als ich sie und Morpheus endlich entdeckte. Sie waren in ein Gespräch mit Hekate vertieft. Meine Freundin sah umwerfend aus, in ihrem weißen ledernen Catsuit, das so eng anlag, als wäre sie auf ihre Haut gemalt worden. Neonpinke Strählen durchzogen ihren hohen Pferdeschwanz. Sie sah aus wie aus den achtziger Jahren. Ich eilte auf sie zu.

»Persy!«, rief sie aus, als ich sie erreichte und beugte sich vor, um mir einen Kuss auf die Wange zu drücken. War das erlaubt? Hedone hatte nichts zu Küssen gesagt. Ich warf der erotischen Göttin einen Blick zu und sie schenkte mir ein beruhigendes Lächeln. »Du siehst verdammt sexy aus!«, rief Hekate aus, hielt mich auf Armeslänge von sich entfernt und schaute an mir hinauf und hinunter. Ich strahlte sie an.

»Ich bin so froh, dich zu sehen, Hekate«, sagte ich förmlich. Hekate verdrehte die Augen.

»Oh Götter! Du musst ja ganz förmlich sein. Bin ich froh, dass diese Regel für mich nicht gilt.«

Was ich sagen wollte, war: *ihr habt einen unschuldigen Mann in eine verdammte Sanduhr gesteckt und werdet ihn töten, wenn ich dieses dummes Spiel nicht gewinne, was zum Teufel ist los mit euch Leuten?* Aber stattdessen zuckte ich nur lächelnd mit den Achseln.

»Sie haben mich gewarnt, dass es schwierig werden würde«, sagte ich. Ich musste meine nächste Frage vorsichtig formulieren. Ich wollte nicht gegen die Regel verstoßen, direkte Fragen zu stellen, also hatte ich mir schon einen vorgeschobenen Grund ausgedacht, um nach dem zu fragen, was ich brauchte. »Hedone, ich habe die Einladungen zum Ball nie zu Gesicht bekommen und ich wollte nur noch einmal nachsehen, um wie viel Uhr der erste Gang serviert wird. Sie haben nicht zufällig eine bei sich, oder?«

Hedone schenkte mir ein entschuldigendes Lächeln und schaute an ihrem verführerischen schwarzen Kleid hinunter. Es ließ sie so kurvenreich aussehen wie die verdammte Sanduhr.

»In diesem Kleid lässt sich nirgendwo eine Einladung verstecken«, sagte sie, mit noch heiserer Stimme als sonst. »Entschuldige«, sagte sie.

Gerade als mein Herz zu sinken begann, sprach Morpheus. »Ich habe eine«, sagte er und griff in die Innentasche seines marineblauen Jacketts. Er war einer von einer Handvoll Menschen, die Kleidung aus meiner Welt trugen. Morpheus runzelte die Stirn, als er sie abtaste und ich hielt hoffnungsvoll den Atem an. »Aha!«, sagte er schließlich und reichte mir eine schwarze Karte.

»Ich danke Ihnen!«, sagte ich höflich, auch wenn ich ihm eigentlich um den Hals fallen wollte. Noch bevor ich die goldgeprägten Worte lesen konnte, verschwand die Einladung aus meiner Hand und eine vierte Schriftrolle erschien an ihrer Stelle. Hekate sah mich mit erhobenen Augenbrauen an und ich lächelte sie kurz an.

»Wir sehen uns beim Abendessen!«, sagte ich und entfernte mich von ihnen. Ich rollte das Papier aus und mein Herz begann nun schneller zu schlagen. Ich hatte drei der Anhaltspunkte gemeistert und das letzte Rätsel war der bisher das einfachste gewesen. Kurz sah ich zu dem Mann in der Sanduhr hinüber. Der Sand ging ihm bereits bis über die Hüften und näherte sich schnell seiner Brust. Ich blickte zurück auf die Schriftrolle und ein Adrenalinschub schärfte meine Konzentration.

Heiter und melodisch, hebt es die Stimmung,
ein Geschenk an die Welt, von Apollon und Hermes.

Ein Stöhnen brach aus meinen Lippen hervor. Die letzten drei Hinweise waren ziemlich offensichtlich gewesen, aber dieser hier... Heiter und melodisch deutete auf Musik hin. Ich schaute zum Podium auf. Zu der Harfenspielerin hatten sich eine Vielzahl von anderen Musikern gesellt, und ich konnte nicht einmal die Hälfte der Instrumente nennen, die sie spielten. *Scheiße!* Ich musste mit Apollon oder Hermes sprechen.

~

Ich erinnerte mich daran, dass Hedone erwähnt hatte, dass Apollon genauso mies sein konnte wie Zeus. Und Hermes hatte mich an meinem ersten Tag in der Unterwelt mit aufrichtig freundlichen Worten begrüßt. Es schien deshalb klar, wen ich aufsuchen sollte. Ich sah mich in der Menge um und suchte nach dem rothaarigen Gott. Alle Olympioniken, mit Ausnahme von Hades, stachen aus der Masse des maskierten Volks hervor, da sie leicht glühten. Folglich dauerte es nicht lange, bis ich Hermes entdeckte. Lächelnd und nickend schlängelte ich mich durch die Menge. Ich versuchte mir meinen Ekel nicht anmerken zu lassen, als ich versehentlich gegen ein sehr haariges Wesen mit zehn Armen stieß.

»Persephone! Tolle Party«, strahlte Hermes mich an, als ich endlich vor ihm stand. Sein kurz geschnittenes Haar und sein Bart glitzerten im schwachen Licht und seine aufwendige Maske hatte denselben leuchtenden Rotton wie seine Behaarung und war mit einer gelben Feder geschmückt. Er trug eine traditionelle Toga in Schwarz, die ähnlich wie die von Zeus den größten Teil seiner bloßen Brust zeigte. Ich verbeugte mich tief.

»Es ist mir eine Ehre, Sie meinen Gast nennen zu dürfen«, sagte ich respektvoll. Er sah sich um und blinzelte die Leute an, die sich um uns drängten. Plötzlich verstummte das laute Geschnatter. Es war, als würde ich Ohrstöpsel tragen.

»Wir waren einmal Freunde. Ich weiß, dass du dich nicht daran erinnerst, aber ich werde es nicht vergessen«, sagte Hermes. »Du kannst die Förmlichkeiten sein lassen. Auch hier auf dem Ball.« Seine Stimme klang kristallklar und sein Gesicht war offen und fröhlich. Sobald er zu Ende gesprochen hatte, setzte der Klang des Ballsaals wieder ein und die Streichinstrumente untermalten das laute Geschwätz mit einer sanften, entspannten Melodie. Ich lächelte Hermes an.

»Ich hatte gehofft, dich nach den Dingen zu fragen, denen du als Gott vorstehst«, sagte ich. Ich musste sehr vorsichtig damit sein, wie direkt meine Fragen waren. Lächelnd und nickend schlängelten wir uns durch die Menge. Smalltalk war noch nie meine Stärke gewesen und dieses Gespräch würde meine Fähigkeiten wahrlich auf die Probe stellen. *Verdammte anmaßende Arschlochgötter.*

»Schieß los«, sagte Hermes und nahm einen Schluck aus seinem Glas.

»Nun, ich weiß, dass du der Botengott bist und dass du für Hades arbeitest und manchmal Seelen einsammelst«, sagte ich und rezitierte, woran ich mich aus dem Unterricht erinnerte. »Und ich weiß, dass du für deine Streiche berühmt bist.«

Hermes kicherte. »Das bin ich ganz sicher. Dein kleiner Kobaloi-Freund ist ganz nach meinem Geschmack.«

»Er hat mir noch keine Streiche gespielt, soweit ich weiß«, sagte ich.

»Nein, ich glaube nicht, dass er das darf. Aber er hat eine recht interessante Vorgeschichte«, sagte Hermes. Seine Augen glitzerten schelmisch.

»Also, wovon sonst bist du ein Gott?«, fragte ich unschuldig.

»Der Diebe und des Reichtums«, sagte er, zog spielerisch die Augenbrauen hinauf und zwinkerte mich an. »Dein Hades hat natürlich Zugang zu allen unterirdischen Mineralien und Edelsteinen, er ist also technisch gesehen reicher als ich. Aber wer liebt nicht hin und wieder einen kleinen Raubüberfall?«

Ich zog die Augenbrauen zusammen und versuchte zu ignorieren, dass er »dein Hades« gesagt hatte.

»Du würdest vom König der Unterwelt stehlen?«

Hermes lachte bellend. »Ich stehle von jedem, mein liebes Mädchen! Tatsächlich wurde ich nur deshalb zu einem olympischen Gott gemacht, weil Zeus so beeindruckt war, dass ich Apollon bestohlen habe und damit durchgekommen bin!«

»Apollon?« Ich zwang mein Gesicht dazu, teilnahmslos zu bleiben, obwohl die Aufregung in mir brodelte. Hatte Hermes ihm ein Instrument gestohlen?

»Was hast du gestohlen?«, fragte ich schnell.

»Sein wertvolles Vieh«, seufzte Hermes und starrte wehmütig in die Ferne. Ich fühlte, wie meine Schultern zusammensackten, als die Enttäuschung über mich hereinbrach. »Das waren noch Zeiten.«

»Oh.«

»Er war so wütend. Ich habe ihn nur damit herumgekriegt, indem ich an seine Liebe zur Musik appellierte.«

»Musik?« Meine Aufmerksamkeit richtete sich wieder auf den Gott.

»Ja. Ich erfand die Leier und spielte ihm eine Melodie darauf vor. Sie gefiel ihm so gut, dass er mir im Gegenzug für das Instrument, vergab.«

»Die Leier«, atmete ich. Das muss es sein. Ich wandte mich dem Podium zu und versuchte, eine Leier in den Händen eines der Musiker zu erkennen. Wie sollte ich jedoch einen subtilen Weg finden, auf die Bühne zu gelangen und sie in die Hände zu bekommen? Ich konnte nicht einmal sicher sein, ob jemand da oben eine hatte.

»Ja, ich habe sie aus einem Schildkrötenpanzer und Schafsdarmstücken gefertigt. Ich glaube, keiner von denen da oben wäre allzu beeindruckt davon gewesen«, lachte Hermes und folgte meinem Blick.

Sein Lachen verstummte abrupt und ich sah ihn an. Seine Augen weiteten sich. »Das bringt mich auf eine großartige Idee. Schau«, grinste er. Die Luft über seinen Händen schimmerte und aus dem Nichts tauchte ein großer leerer Schildkrötenpanzer auf, über den eine schleimige rote Schnur gespannt war. Ich verzog mein Gesicht wegen des Geruchs und trat zurück. »Schafsdarmsaiten«, sagte er, seine Augen glänzten glücklich.

»Was machst-«, begann ich ihn zu fragen, aber mit einem weiteren Wink seiner Hand verschwand sie, ersetzt durch eine wunderschöne aus Holz geschnitzte Leier. Ein Schrei und ein Poltern zogen meine Aufmerksamkeit auf die Bühne. Eine Frau, die zwischen den Musikern stand, hielt die Schildkröten-Leier in den Armen und starrte angewidert und verwirrt auf den roten Schleim an ihren Fingerspitzen.

»Du- du hast sie ausgetauscht!« Hermes begann zu lachen. Es war ein ansteckendes Kichern, dem ich mich nicht entziehen konnte. »Das ist so ekelhaft! Und völlig unfair!«, stotterte ich.

»Das ist es ganz sicher«, antwortete Hermes und nahm den letzten Schluck seines Drinks. »Aber ich finde es auch sehr amüsant. Ich brauche mehr davon«, sagte er und hob sein leeres Glas in die Höhe. »Kann ich dich jetzt allein lassen, um das zu klären? Es gehört zu den Pflichten einer guten Gastgeberin, den Unfug, den die anderer Götter anstellen wieder gerade zu biegen.« Mit einem Augenzwinkern hielt er mir die Leier hin.

»J-ja!«, sagte ich. Ich tat mein Bestes, sie ihm nicht zu entreißen. Sobald ich sie berührte, verschwand sie und eine kleine Metallkugel erschien an ihrer Stelle.

»Aha!«, bellte Hermes. »Ich bin so froh, dass ich dir helfen konnte! Es war kurzes Vergnügen, aber dennoch ein Vergnügen, Persephone«, strahlte er und ging dann an mir vorbei in die Menge.

ZWEIUNDZWANZIG

Ich drehte die kleine Metallkugel in meiner Hand und Hoffnung und Erwartung erfüllten mich. Ehrlich gesagt, wenn da nicht ein Bewusstloser im Sand zu ertrinken drohte, wäre die Prüfung eigentlich ganz unterhaltsam gewesen. Die Kugel hatte drei einfache Ringe, die um sie eingeschnitzt waren, aber sonst gab es keine weiteren Anhaltspunkte. Was sollte ich damit machen?

Die Hinweise werden zu einem Schlüssel führen, mit dem die Sanduhr aufgeschlossen werden kann, hatte der Kommentator gesagt. Ich schaute auf die Sanduhr. Der Sand fiel bereits über die Schultern des Mannes. Die Kugel sah nicht wie ein Schlüssel aus, doch das bedeutete nichts. An diesem Ort war alles möglich.

Ich ging schnell auf die Sanduhr zu und entschuldigte mich bei den Leuten, die auf mich zukamen, um mit mir zu sprechen.

»Entschuldigen Sie mich bitte einen Moment«, sagte ich höflich, immer und immer wieder, wodurch die Zeit, die ich brauchte, um den Saal zu durchqueren, sich verdoppelte. Dummes, verdammtes höfliches

Benehmen. Irgendwann erreichte ich die Sanduhr. Ein Schweigen legte sich über den Raum, und meine Nervosität ging fast mit mir durch, als ich über meine Schulter blickte. Alle Augenpaare waren auf mich gerichtet, da sie jetzt begriffen hatten, wohin ich ging. Sie wussten, dass ich alle Rätsel gelöst und den Schlüssel erhalten hatte. Es gab keine Möglichkeit, dass ich diesen Teil auf natürliche Weise erledigen konnte, aber das würde mich doch sicherlich nicht disqualifizieren?

Der Kommentator hatte gesagt, ich müsse die Sanduhr aufschließen. Ich hielt inne, hielt den Atem an und wartete darauf, dass seine dröhnende Stimme mich zurechtweisen würde, aber nur die Klänge der Harfe tönten durch den Ballsaal. Ich ging in die Hocke, doch meine Erleichterung war nur von kurzer Dauer. Der Rahmen der Sanduhr sah aus als bestände er aus Messing, einschließlich des dicken Sockels, in dessen Mitte eine breite Plakette angebracht war. Auf der Tafel befanden sich zwei runde Löcher und darunter jeweils eine kurze Inschrift.

Unschuldig und *schuldig*.

Ich runzelte die Stirn. Was hatte das zu bedeuten? Bezogen diese Worte sich auf den Mann im Inneren? Ich stand auf und blickte durch das Glas auf das schlafende Gesicht des Mannes. Er hatte tiefe Falten um seine Augen, aber er war zu jung, als dass sie von seinem Alter her stammen konnten. Er hatte sandfarbenes Haar, das ordentlich und kurzgeschnitten war. Woher sollte ich wissen, ob er schuldig oder unschuldig war? Und mit was sollte er sich schuldig gemacht haben? Ich ließ ein verärgertes Zischen heraus und holte tief Luft. Irgendwo muss es doch einen Anhaltspunkt geben. Selbst diese schwachsinnigen Götter würden ein Rätsel nicht unlösbar machen.

Ich legte meine Hände auf das Glas und sah noch einmal hinein. Ich bemerkte, dass er etwas um seinen Hals trug. Es hing an einem Lederband und es war klein und aus Metall, wie eine Art Talisman. Es sah aus wie... eine Feder? Ich blinzelte und versuchte, Details durch das leicht verzerrte Glas zu erkennen, als der Sand begann, den Hals des Mannes - und die Halskette - zu bedecken. Schließlich wurde mir klar, dass es ein *Dolch* war. Warum sollte er ein Dolch-Amulett um seinen Hals tragen? Bedeutete das im Olymp etwas? Ich spannte meine Kiefermuskeln an. Als Außenstehender war ich wieder einmal im Nachteil. *Denk nach, Persephone.* Dolche werden im Allgemeinen nicht mit Unschuld in Verbindung gebracht. Könnte die Antwort so eindeutig sein?

Es fühlte sich unbehaglich an, einen Menschen, den ich nicht kannte, für schuldig zu erklären. Außer diese olympischen Arschlöchern, die mich zwangen, ihre dummen Spielchen zu spielen. Ich holte tief Luft. Die ganze Zeit hatte ich den Kerl in der Sanduhr als unschuldigen Zuschauer betrachtet, der das Opfer der Unterhaltungssucht der Götter geworden war. Aber was wäre, wenn die Götter nicht so grausam wären? Was wäre, wenn sie tatsächlich jemanden ausgewählt hatten, der es verdient hätte? Nicht dass ich davon überzeugt war, dass irgendjemand es verdient hätte, im Sand ertränkt zu werden.

Mit einer schnellen Bewegung und bevor ich es mir ausreden konnte, ließ ich die kleine Kugel in den Schlitz über der Aufschrift »schuldig« fallen. Es ertönte ein metallisches Rollgeräusch und dann ein Klicken. Ich trat zurück, mein Herz hämmerte und ich konnte meine Augen nicht von der Sanduhr losreißen. Zuerst langsam, dann immer schneller, begann sich der Sand in die andere Richtung zu bewegen und schoss durch die kleine Lücke, durch die er gefallen war. Der Sand stieg schneller auf, als es möglich sein sollte.

»Herzlichen Glückwunsch, Persephone!« Die Stimme des Kommentators ließ mich aufschrecken. »Sie haben gerade das Leben eines verurteilten Mörders gerettet!«

»Was?« Ich drehte mich um und schaute den blonden Mann an, der nur drei Meter hinter mir stand.

»Dieser Mann ist Mitglied der Titanen-Bruderschaft und hat mehr als fünfzig Leute getötet. Er ist von dem großartigen Theseus vor Gericht gestellt worden«, strahlte er und gestikulierte zu dem gutaussehenden Mann mit Dreadlocks, den ich am Anfang des Abends kennengelernt hatte. Applaus brach im Raum aus. Theseus nickte, lächelte und hob sein Glas an.

»Wir machen eine kurze Pause für das Festessen und dann beginnt Ihre zweite Prüfung. Guten Appetit!«

Hekate schlenderte mit erhobenem Glas zu mir herüber. Die Gäste drehten sich wieder zu ihren Partnern um und begannen aufgeregt durcheinander zu redeten.

»Gut gemacht, Persy«, sagte sie, als sie mich erreichte.

»Er ist ein verurteilter Mörder?« Ich gaffte sie an.

»Ja.« Sie zuckte mit den Achseln. »Wo liegt das Problem?«

Ich öffnete und schloss meinen Mund ein paar Mal. Ich wusste nicht genau, was ich sagen wollte, nur, dass das alles irgendwie falsch war. »So gehen wir in meiner Welt nicht mit Kriminellen um«, sagte ich schließlich.

»Wenn das nicht dein Ding ist, dann solltest du besser einige der dunkleren Gegenden der Unterwelt nicht aufsuchen«, sagte sie und zuckte mit den Schultern. »Die Olympioniken sind bekannt für ihre kreativen Strafen für Beschuldigte.«

Ich stieß einen Atemzug aus und sah mich nach einem Satyr um. Ich brauchte etwas mehr von diesem sprudelnden Wein.

»Meine Dame«, sagte eine kleine Stimme. Ein Kellner mit einem beladenen Tablett war aus dem Nichts aufgetaucht.

»Danke«, sagte ich und schnappte mir ein Glas. »Woher wissen sie, wann wir etwas trinken wollen?«

»Das ist ihr Job und sie sind gut darin. Apropos, du hast den ersten Test schnell absolviert. Die Richter werden beeindruckt sein.«

»Hmm«, sagte ich und nahm einen Schluck Wein. Dank sei den Göttern für Alkohol. Obwohl ich bei der Geschwindigkeit, mit der ich trank, nicht nüchtern genug sein würde, alle drei Tests zu bestehen.

Über Hekates Schulter hinweg sah ich, wie kunstvoll angerichtete runde Tische mit scharlachroten Tischdecken erschienen, die jeweils für acht Gäste gedeckt waren.

Erleichterung darüber, dass ich Festtagsetikette gebüffelt hatte, überkam mich, als ich die Anzahl der Besteckteile sah, die neben den großen schwarzen Tellern und Schalen aufgereiht waren. Ein lauter Gong ertönte und die Leute begannen, sich auf den Weg zu den Tischen zu machen.

»Ehrentisch«, sagte Hekate. Ich sah mich um, um

herauszufinden, woher die Leute wussten, wo sie saßen. »Du sitzt am Ehrentisch da.« Sie zeigte auf einen länglichen Tisch in der Mitte des Raumes.

»Und wo sitzt du?«, fragte ich sie.

»Bei dir«, grinste sie mich an. »Es hat seine Vorteile, die Lieblingsangestellte des Chefs zu sein.«

»Den Göttern sei Dank«, seufzte ich. Ein vertrautes Gesicht in der Nähe zu wissen, würde mein Selbstvertrauen definitiv stärken.

»Gut gemacht, du hast gelernt »Götter« zu sagen!« Hekate stoß mit ihrem Glas gegen das meine. »Wir machen Fortschritte.«

»Apropos Götter... Werden sie mit uns am Ehrentisch sitzen?«

»Nein, sie essen nicht mit dem minderwertigen Volk. Mit den Göttern zu speisen ist die höchste Ehre, die einem Bürger entgegengebracht werden kann.«

»Was ist mit einem Mittagessen mit einem Gott?«, fragte ich schnell und dachte an meine Donuts auf dem Berggipfel mit Zeus. Er würde mir doch auf keinen Fall Respekt entgegen bringen wollen, nicht wahr?

Hekate lachte, vermutlich wegen meines verwirrten Gesichtsausdrucks.

»Keine Sorge, ein Gott, der einen Snack mit dir isst, weil er dich flachlegen will, ist nicht dasselbe. Ich spreche von einem Festmahl, so wie dieses, mit allen Göttern.«

»Und wo essen sie?«, fragte ich sie, als wir zusammen zu unserem Tisch gingen.

»Wer weiß das schon? Und wen interessiert's?« Sie zuckte mit den Schultern und zeigte auf einen Stuhl. Ich entdeckte eine hübsch beschriftete Namenskarte auf dem schwarzen Teller. *Persephone.* Hekate ging um den Tisch herum und setzte sich. Ich blieb jedoch stehen, wie es mir beigebracht worden war. Ich musste all meine Tischgäste begrüßen.

»Persephone, es ist mir ein Vergnügen, Sie kennen zu lernen«, sagte ein Mann und ergriff meine Hand. Meine Lippen teilten sich und ich fühlte, wie mir die Hitze ins Gesicht stieg, als seine Finger die meinen berührten. Er war wunderschön. Und er sah nicht mysteriös gut aus wie Morpheus oder jungenhaft hübsch, wie Zeus. Dafür aber so unglaublich hinreißend, dass mir das Höschen verrutschte, das Wasser im Munde zusammenlief und mir schlagartig schwindelig wurde. Er war gebaut wie ein Fußballspieler, trug ein weißes Hemd, das seine breiten Schultern betonte, und eine tief sitzende Hose, die meine Augen unerbittlich auf seine Hüften zogen. Ich zwang meine Aufmerksamkeit zurück auf sein Gesicht. Sein blondes Haar fiel ihm über die Ohren und seine Augen leuchteten blau.

»H-Hallo«, stotterte ich. »Danke, dass Sie gekommen sind.«

»Ich hätte diesen Abend um nichts in der Welt verpassen wollen«, strahlte er, und ich schwöre, dass mir die Knie zu wackeln begannen. Seine vollen Lippen waren hypnotisierend. Er begann sich auf einen Stuhl zu bewegen, aber ich hielt ihn auf.

»Ich habe Ihren Namen nicht verstanden«, sagte ich schnell.

»Oh, es tut mir leid, den darf ihn Ihnen nicht nennen.« Er schenkte mir ein entschuldigendes Lächeln.

»Warum nicht?«

Er zuckte mit den Achseln.

»Ich habe mir das Spiel nicht ausgedacht, ich halte mich nur an die Regeln«, sagte er mit einem Augenzwinkern. Meine anfängliche Faszination mit ihm verschwand und ich unterdrückte ein Knurren. Was hatten diese Mistkerle nun vor? War das Teil der Prüfung?

Einer nach dem anderen kamen die Gäste auf mich zu, küssten meine Hand oder knicksten höflich, und keiner von ihnen wollte mir den Namen nennen. Die einzige Person von den anderen fünf, die ich erkannte, war die Frau, die die Maske mit der blauen Feder und der weißen Spitze trug. Ich versuchte mich an ihren Namen zu erinnern, aber nach allem, was an diesem Abend geschehen war, konnte ich mich nicht mehr daran erinnern.

Eine Stimme ertönte: »Möge das Fest beginnen.« Plötzlich tauchte auf allen Tellern ein Sortiment an buntem Obst auf. Ich setzte mich auf meinen Stuhl, suchte die richtige Gabel aus und holte Luft. Ich wollte nicht für eine Sekunde annehmen, dass es keinen Anlass zur Wachsamkeit gab - irgendetwas ging hier auf jeden Fall vor sich.

DREIUNDZWANZIG

»A lso«, sagte ich so fröhlich, wie ich nur konnte. »Woher kommen Sie?« Ich wandte mich an die Frau, die zu meiner Rechten saß. Sie war hübsch, wie alle auf dem Ball. Silberne Korkenzieherlocken fielen ihr über die Schultern und ein Schwall Sommersprossen schien von ihren vollen Wangen.

»Dem Reich des Löwen«, lächelte sie mich an. Löwe. Das war Zeus Reich. »Sind Sie eine Göttin?«, fragte ich.

»Jeder hier ist ein Gott oder eine Göttin. Bis auf dich.« Ich schaute zu der Frau hinüber, die gesprochen hatte. Sie saß neben Hekate, die sie anstarrte. Ihre Maske war schwarz und rot, mit dominanten Linien, die die Farben unterteilten. Ich musste automatisch an mexikanische Ringkampfmasken denken. Auf ihrem Kopf türmte sich ein Berg schwarzer Locken und sie trug ein Ballkleid mit engem Korsett, das ihre massiven Brüste betonte. Es war schwierig, sie nicht anzustarren.

»Wovon sind Sie die Göttin?«, fragte ich sie mit einem erzwungenen Lächeln.

»Das kann ich dir nicht sagen.« Sie zuckte mit den

Achseln und stach auf ein Stück Lachs ein. Wir hatten den Obstgang hinter uns gelassen. »Was ist das? Ist das aus deiner beschissenen Welt?«

Ich spürte, wie mein Auge zu zucken begann, doch ich behielt das bemühte Lächeln auf meinem Gesicht.

»Es ist geräucherter Lachs. Und ist ziemlich beliebt in der Welt der Sterblichen.«

»Es schmeckt wie Scheiße«, sagte sie.

Ich atmete langsam durch die Nase ein und drehte mich zu dem einzigen anderen Mann am Tisch, der noch kein Wort gesagt hatte. Von allen Menschen, die ich bisher auf dem Ball gesehen hatte, war er der unauffälligste. Er war normal groß, trug eine Toga im traditionellen Stil, die nicht viel von seiner Brust freilegte und hatte dichtes, kurz geschnittenes, braunes Haar. Seine Maske war einfach und silbern, ohne Federn oder Verzierungen und sein Allerweltsgesicht hatte einen teilnahmslosen Ausdruck.

»Guten Abend. Wo kommen Sie her?«, fragte ich ihn. Er schaute von seinem Essen zu mir auf und in meinem Kopf loderte ein Feuer auf. Schreie drangen in meinen Schädel ein, zuerst von weit entfernt, dann immer lauter. Flammen stiegen hinter meinen Augen auf.

So schnell sie erschienen waren, verflüchtigten sie sich wieder. Das Geschehen ließ mich mit weiß hervortretenden Knöcheln zurück, so fest hatte ich mein Besteck umfasst. Ich hatte kein Wort von dem gehört, was der Mann gerade gesagt hatte.

»Es tut mir leid, könnten Sie das noch einmal wiederholen?«, sagte ich blinzelnd und mit rasendem Puls. War Hades gerade irgendwo auf jemanden wütend geworden? Warum sollte mich das so sehr berühren, wenn er gar nicht da war?

»Ich komme von einem Ort, von dem Sie bisher noch nicht gehört haben«, sagte der Mann. Sein Gesichtsausdruck war immer noch neutral, aber seine braunen Augen brannten mit etwas, das nicht von dieser Welt schien. Etwas Dunklem. Hatte er das gerade in mir verursacht?

»Oh«, sagte ich und wusste nicht, was ich sonst noch sagen sollte.

»Bei den Göttern, musst du immer so dramatisch sein?«, fragte die Dame mit den großen Brüsten und verdrehte die Augen. Der Mann schenkte ihr ein kleines Lächeln und aß seinen Lachs weiter. Sie stieß einen übertriebenen Seufzer aus. »Ich will ehrlich zu dir sein, Persephone, ich bin ein bisschen enttäuscht.«

»Es tut mir leid, das zu hören«, sagte ich und versuchte, nicht mit den Zähnen zu knirschen. »Was kann ich tun, um Ihren Abend zu verbessern?«

»Nun, ich hatte gehofft, Oceanus würde hier sein. Nächste Woche findet eine große Versammlung statt und die Gerüchte besagen, dass er im Mittelpunkt des Geschehens stehen wird. Ich wollte ein paar Insider-Informationen aus ihm herausbekommen.« Ihre Augen leuchteten bernsteinfarben hinter ihrer Maske und je mehr ich sie ansah, desto mehr ärgerte ich mich über sie.

»Ich hätte mir gewünscht, dass Oceanus auch hier wäre, aber ich fürchte, ich kann die Titanen nicht kontrollieren.«

»Nun, du scheinst mit der hier ziemlich befreundet zu sein«, sagte sie und deutete mit dem Daumen auf Hekate.

»Moment, was?« Ich starrte Hekate an, die den Mund voller Essen hatte, das sie mühsam hinunterschluckte. »Du bist Titanin?«

Die Frau mit den großen Brüsten schnaubte. »Sie ist

eines der mächtigsten Wesen in diesem Raum, natürlich ist sie das.«

»Warum weiß ich nichts davon?«, fragte ich sie. Ich war mir nicht sicher, warum es eine Rolle spielte, aber irgendwie tat es das. Ich fühlte mich verraten, obwohl sie keinen Grund gehabt hatte, ihr Erbe zu erwähnen. Aber waren die Titanen nicht alle in einer Foltergrube?

»Ähm, du hast nie danach gefragt. Warum ist das wichtig?«

»Oh Hekate, selbst armselige Sterbliche aus der Welt der Menschen wissen, dass die Titanen Verlierer sind«, sagte die Frau mit dem beeindruckenden Busen. Ich starrte sie an, doch Hekate hustete und warf mir einen Blick zu.

»Ich stamme von den Titanen ab, ja. Hades gibt vielen Titanen Arbeit. Lasst uns zu etwas anderem übergehen, ja? Wie geht es deiner Mutter?« Sie wandte sich dem schönen Mann zu, der den Hot Dog anstrahlte, der gerade auf seinem Teller erschienen war.

»Was ist das?«, fragte er und sah mich an.

»Das ist ein Hot Dog«, sagte ich ihm, mein Gesicht errötete, als ich auf seine Lippen schaute.

»Was ist das gelbe Zeug?«

»Senf.« Er nahm sein Messer in die Hand und ein kleines Lachen entfuhr mir. »Nein, so«, sagte ich und hob meinen eigenen Hot Dog an. Er schmeckte göttlich und ein Anflug von Heimweh durchzuckte mich. *Ich würde schon bald zu Hause sein.* Jeder am Tisch nahm seinen eigenen Hot Dog und begann zu essen. Anerkennendes Gemurmel entrann der Gruppe.

»Mutter geht es gut, danke«, sagte der heiße Typ plötzlich und wandte sich an Hekate. »Sie hat sich auf den heutigen Abend gefreut. Ich glaube, sie hat für später noch etwas geplant.«

»Wer ist Ihre Mutter?«, fragte ich und erinnerte mich daran, dass ich disqualifiziert werden konnte, wenn ich nicht die förmliche Anrede beibehielt.

»Ach, schöne Persephone, es ist so grausam, dass ich keine deiner Fragen beantworten darf«, sagte er, und etwas flatterte hinter meinem Bauchnabel, als er mich ansah. »Es ist wohl nicht verboten, dir zu sagen, dass sie Olympionikin ist«, sagte er und zwinkerte mir erneut zu. *Typen, die zwinkern, sind nicht dein Typ. Typen, die zwinkern, sind nicht dein Typ.* Ich hielt mich an diesem Mantra fest, das ich in meinem Kopf immer wieder wiederholte und nickte ihm dankend zu.

»Sie haben also in New York gelebt?«, fragte die Dame mit der blauen Maske, die ich zuvor kennen gelernt hatte.

»Ja, kennen Sie es?«, fragte ich sie aufgeregt. Es war das erste Mal, dass mir gegenüber jemand von meiner Welt gesprochen hatte.

»Ja, sehr gut sogar. Es ist ein Reich, das nachts lebendig wird.« Mir gefiel der Gedanke, dass New York ein eigenes Reich ist und ich lächelte sie herzlich an.

»Nun, wenn du die Hades Tribunale gewinnst, kannst du dich davon verabschieden, Städte im Mondlicht zu sehen«, sagten die Frau im Korsett. »Dann kannst du dich auch vom Sonnenlicht verabschieden.«

Warum war diese Frau eine solche Nervensäge? Ich wette, sie war eine von denen, vor denen Hedone mich gewarnt hatte und sich später mit einem verheirateten Mann davonschleichen würde, dachte ich. Und ich würde sie ganz bestimmt nicht decken.

Der Gong ertönte plötzlich und riss mich aus meinen

Gedanken. Die Stimme des Kommentators vibrierte durch den Raum. »Guten Abend, Olymp! Ich hoffe, alle Gäste genießen ihre Mahlzeit? Nun, Sie werden auf Ihre Nachspeisen warten müssen, denn wir haben ein kurzes Zwischenspiel... Persephones zweite Prüfung!«

Eine neue Sanduhr erschien schimmernd neben der ersten. Würde sich darin auch ein bewusstloser Mörder befinden? Ich zog die Augen zusammen, um besser sehen zu können und versuchte hineinzuspähen. Die zweite Sanduhr war viel kleiner als die andere und schien leer. Dann tauchte plötzlich eine Frau in der unteren Hälfte auf. Sie war auf Knien, ihr Kopf hing zur Seite und eine Masse an dunklen Haare verdeckte ihre Brust. Mein Magen verengte sich und jede Freude, die mir der Ball bereitet hatte, verlor sich jetzt durch den wiederaufsteigenden Ekel. Es war zu leicht zu vergessen, wie verkorkst diese Leute waren. Für einen Moment hatte ich mich entspannt. Das war ein Fehler gewesen.

»Wie Sie sehen können, ist dies eine kleinere Sanduhr und der Sand wird viel schneller fallen. Sie werden für diese Prüfung also nicht viel Zeit haben, Persephone.« Er strahlte mich an, verschwand dann und tauchte mit einem kleinen Lichtblitz direkt neben mir wieder auf. Ich versuchte alle Gefühlsregungen aus meinem Gesicht zu verbannen. Er reichte mir eine goldene Kugel.

»Um diese Prüfung zu bestehen und das Leben dieser Frau zu retten, müssen Sie diesen Schlüssel auseinandernehmen und jedem Gast an Ihrem Tisch, den richtigen Teil zuordnen.« Er sah aus, als würde er vor Aufregung jeden Moment anfangen auf der Stelle zu hüpfen. »Und Sie dürfen dabei überhaupt keine Fragen stellen. Sind Sie bereit?«

»Ähm-«, sagte ich, doch bevor ich zu Ende sprechen konnte, unterbrach er mich.

»Gut, fangen wir an!«

Ich schaute instinktiv zur Sanduhr, und mir stockte der Atem. Panik stieg in mir auf, als ich sah, wie schnell der Sand fiel. Das Loch in der Mitte war größer als das letzte und der Boden der Sanduhr war bereits vollständig bedeckt. Ich konnte mir nicht vorstellen, dass es mehr als fünf Minuten dauern würde, bis der Sand den Kopf der Frau erreichen würde. Ich drehte mich wieder zum Tisch um und hob die Kugel auf Augenhöhe. Der Raum war völlig still, als ich sie inspizierte. Es war nichts auf ihr zu sehen, keine Markierungen, Inschriften oder Muster. Was sollte ich damit machen? In die letzte Kugel waren drei Ringe eingeschnitzt gewesen. Ich stellte mir die Ringe der letzten Kugel vor und drehte die beiden Seiten in meinen Handflächen gegeneinander. Zu meiner Erleichterung hörte ich ein Klicken und spürte eine Bewegung. Die Kugel war in mehrere Teile zerbrochen. Zwei fielen mit einem Klirren auf meinen Teller vor mir, und mein Gesicht errötete.

Tu so, als sei dir all dies scheißegal, dachte ich. Ich versuchte Hekates reservierte Haltung nachzumachen. Es spielt keine Rolle, ob der Rest des Olymps dich für unge-schickt hält; was zählt, ist, dass du das Leben dieser Frau rettest.

Ich legte alle Teile auf den Tisch, nahm eins nach dem anderen in die Hände und suchte nach Hinweisen. Es erinnerte mich an das Aufbrechen eines Ostereies, das in der Mitte hohl war. Es waren fünf Stücke, was Sinn machte, da ich fünf unbekannte Gäste an meinem Tisch hatte, Hekate nicht mitgerechnet. Ich ging davon aus, dass sie nicht Teil dieses Tests war, da ich bereits wusste, wer sie war.

»Aha«, murmelte ich. Ich hob einen der Splitter an mein Auge und wünschte, es wäre heller im Ballsaal. Auf der Innenseite konnte ich ein kleines gemaltes Bild erkennen. Die Zeichnung war winzig und mit zarten Pinselstrichen gefertigt. Auf diesem Teil konnte ich gerade so eine Mondsichel erkennen. Ich richtete meinen Blick auf meine stummen Tischgäste. Dann hob ich das nächste Stück an. Ich sah genau hin und erkannte ein winziges Herz mit einem Pfeil darin. Ich überprüfte die anderen drei Teile. Ich fand einen winzigen Schädel, eine zerbrochene Schale und etwas, das wie ein Brunnen aussah. *Komm schon Persephone, denk nach.* Fünf Symbole und fünf Gäste. Keiner von ihnen wollte mir seinen Namen sagen oder was für ein Gott er oder sie war. Die Gäste mussten also den Symbolen entsprechen. Ich drehte mich um und sah zur Sanduhr. Der Sand reicht der Frau bereits bis zur Taille. *Konzentrier dich!*

Das Herz mit dem Pfeil galt in meiner Welt als das Symbol für Amor. Ich konnte mich nicht an den griechischen Namen für ihn erinnern, aber ich wusste, dass er der Gott der Lust und Aphrodites Sohn war. Es stand außer Frage, dass er der Prachtkerl sein musste, denn das würde das Gespräch über seine Mutter erklären. Auch erklärte es die Tatsache, dass ich nicht mit ihm reden konnte, ohne an all die schmutzige Dinge zu denken, die ein Mann wie er, mit meinem Körper anstellen konnte. Ich hob das Stück mit dem Herz auf und reichte es ihm über den Tisch hinweg.

Er grinste mich an, als er es annahm und die Stimme des Kommentators ertönte quer durch den Raum, obwohl ich ihn nicht mehr sehen konnte. »Richtig! Eros, Gott der Lust und Sexualität!«

Den Göttern sei Dank dafür, dachte ich, fühlte aber nur wenig Erleichterung. Das war das einzig leicht zu lösende Rätsel gewesen. *Okay, was jetzt?* Der Schädel... Meine Augen richteten sich auf den so alltäglich aussehenden Mann. Der schlichte Typ, dessen Blick mich mit Feuer und Schreien erfüllt hatte. Ohne mir Zeit zu geben, meine Entscheidung zu hinterfragen, streckte ich ihm den Splitter mit dem Schädel darauf entgegen. Seine Lippen bewegten sich kaum, als er es nahm und die Stimme des Kommentators dröhnte erneut. »Richtig! Thanatos, Gott des Todes!«

Ein Schauer lief durch mich hindurch. Ich hatte neben dem verdammten Gott des Todes gegessen und es nicht gewusst? Ich schob diesen wenig hilfreichen Gedanken beiseite und hob ein weiteres Stück der Kugel auf. Den Mond. Ich schaute die drei Frauen an und eine Erinnerung an ein Gespräch am frühen Abend schoss mir durch den Kopf. »Es ist ein Mondstein«, hatte die Dame mit der blauen Maske gesagt, als ich ihren Ring bewundert hatte.

»Selene!«, rief ich laut aus, als ich mich endlich an ihren Namen erinnerte. Sie sagte, sie mochte New York, weil es nachts zum Leben erwachte. Das würde sie doch sicher zur Göttin des Mondes oder der Nacht machen? Mit einem tiefen Atemzug reichte ich ihr das Stück der Kugel mit dem Mond darauf. Sie schenkte mir ein breites Lächeln und diesmal ließ ich ein wenig Erleichterung durch mich hindurchströmen.

Der Kommentator sprach erneut. »Richtig! Selene, Mondgöttin!«

Ich schaute zur Sanduhr hinüber. Der Sand begann

gerade den Brustkorb der Frau zu bedecken. Ich hatte nur noch wenige Minuten Zeit, da war ich mir sicher. Meine Handflächen begannen zu schwitzen und das Adrenalin ließ mein Inneres vibrieren. Ich hob die letzten beiden Stücke an.

Eine zerbrochene Schale und ein Brunnen. Ich schaute zwischen der hübschen jungen Frau aus dem Reich des Löwen und der nervigen Frau mit dem großen Busen und den unattraktiven Haaren hin und her. Ich biss mir auf die Lippe. Ich wusste nicht, was die beiden Symbole bedeuten. Die Schüssel war zerbrochen... Gab es eine Göttin der zerbrochenen Dinge? Und der Brunnen... Es konnte nicht die Göttin des Meeres oder des Wassers sein, denn das war Poseidon. Ich versuchte, an berühmte Brunnen zu denken, doch mir kam nichts in den Sinn. Was könnte die zerbrochene Schale bedeuten? Konnte sie ein Bild für etwas sein, das durcheinander gebracht wurde? In diesem Fall, handelte es sich vielleicht um die elende Unruhestifterin? *Wenn du das falsch interpretierst, stirbt eine Frau.* Ich schloss meine Augen. Jetzt schwitzte ich noch stärker. Ich wusste nicht, was die richtige Antwort war.

VIERUNDZWANZIG

Lass dich von deinem Instinkt leiten, Persephone. Die hübsche junge Frau passte sicherlich nicht zu etwas Zerbrochenem. Aber die unhöfliche, schroffe Frau konnte ich definitiv irgendwie als gebrochen ansehen. Ich atmete aus, öffnete die Augen und streckte den Teil mit der zerbrochenen Schüssel zu der Frau mit den großen Brüsten aus. Der finstere Blick in ihrem Gesicht, als sie es entgegennahm, ließ mich vor Erleichterung zusammensacken. Wenn sie so finster dreinblickte, hatte ich es richtig gemacht. Ich drehte mich um und reichte das letzte Stück an die andere Dame und sie grinste.

»Korrekt! Eris, Göttin der Zwietracht und Hebe, Göttin der Jugend!«

Die Götter hielten ihre Scherben in die Höhe. Die Ränder begannen lilafarben zu glühen und schwebten aus den ausgestreckten Händen der Götter zur Mitte des Tisches, wo sich die Kugel wieder zusammenfügte. Ein Lichtblitz zuckte auf und ich streckte die Hand nach der Kugel aus. Drei Ringe waren jetzt in die zuvor glatte Oberfläche eingeritzt. Ich eilte zur Sanduhr. Der Sand hatte die Schultern der Frau bereits erreicht und war nur Zentimeter von ihrem Kinn entfernt. Ich ging schnell in die Hocke und suchte nach dem Loch, in das der Schlüssel passte. Wie beim letzten Mal erwartete ich Inschriften. Aber da waren keine. Ich verzog das Gesicht zusammen und zwang mich dachzudenken, um den Ort zu finden, an dem ich die Kugel einfügen sollte.

»Wo soll der Schlüssel hin?«, fragte ich laut und Panik setzte ein. Ich stand auf und tastete den Rahmen der Sanduhr verzweifelt ab. Da waren keine Löcher, keine Inschriften, nichts.

Schweigen folgte meiner Frage und meine Augen richteten sich auf das Gesicht der Frau. Der Sand bewegte sich an ihrem Kinn vorbei und würde ihren Mund in Sekundenschnelle bedecken.

»Wo soll die Kugel hin?«, rief ich und mein Magen verkrampfte sich so sehr, dass es schmerzte. Ich fuhr mit der Hand über das Metall. Als meine Fingerspitzen über die Spitze der Sanduhr streiften, wurden sie heiß. Ich unterbrach meine hektischen Bewegungen und tastete die Stelle vorsichtig ab. Auf Zehnspitzen stehend konnte ich die Spitze gerade noch erreichen, aber ich konnte nicht sehen, was sich dort oben befand. Ich glaubte einen in den Rand des Metalls gehauenen Kanal erfühlen zu können. Mit einem letzten Blick auf das Gesicht der Frau, deren Unterlippe jetzt mit Sand bedeckt wurde, griff ich nach oben und schob den Schlüssel in die Oberseite der Sanduhr.

Ich hielt den Atem an, als ich das Geräusch von Metall auf Metall hörte, das Geräusch eines rollenden Balles. Dann gab es einen klirrenden Laut und der Sand in der Sanduhr begann auf einmal nach oben zu rasen. Eine Sekunde lang dachte ich, die Frau würde an all dem

Sand ersticken, der sich in die entgegengesetzte Richtung bewegte. Doch noch bevor ich etwas sagen konnte, leerte sich die untere Hälfte der Sanduhr. Mein Herz schlug noch immer wie wild und besorgt sah ich sie an, um zu sehen, ob sie noch atmete. Meine Knie wurden weich als sie sich bewegte. Sie war am Leben.

Etwas Applaus erfüllte den Raum und ich hörte Hekate laut jubeln. Was zum Teufel war mit diesen Leuten los? Ich ballte die Fäuste und versuchte, meine Emotionen zu zügeln. Eine Frau wäre fast gestorben und sie klatschten höflich, als sei das hier Tennis? Selbst Hekate, meine einzige Freundin hier, schien nicht zu begreifen, wie verkorkst das war. *Du bist hier in einer anderen Welt. Mach einfach weiter und bald kannst du nach Hause.*

Ich drehte mich um, weil ich wusste, dass das Lächeln, das ich auf meinem Gesicht hatte, eher wie eine Grimasse aussehen musste, aber ich konnte nichts Besseres herbeizaubern.

»Das ist Blödsinn«, sagte ich durch zusammengebissenen Zähnen. Ich bewegte meine lächelnden Lippen kaum, musste die Worte aber laut aussprechen. Ich fühlte mich ein bisschen besser.

»Ich weiß. Du machst deine Sache aber gut«, sagte eine Stimme in meinem Kopf, und mein Lächeln verblasste.

»Hades?« Ich projizierte den Gedanken auf ihn und benutzte das Bild seiner rauchigen Gestalt, um das Wort zu versenden.

»Ja.«

»Wo bist du?« Die Zuschauer hatten sich über riesige

Schüsseln mit Frozen Yogurt gebeugt und keiner von ihnen schaute mehr zu mir.

»Ich schaue zu.«

»Kommst du zurück?«

»Ja.«

»Du... Du hast mir bei den anderen Tribunalen geholfen.«

»Ja. Iss jetzt deinen Nachtisch.«

Ich ließ einen langen Atemzug aus und ging langsam zu meinem Tisch zurück.

»Gut gemacht, Persephone«, strahlte Eros.

»Danke«, sagte ich abwesend.

»Oh, da sieht aber jemand unglücklich aus«, sagte Eris und ihre Augen blitzten hinter ihrer Maske auf. »Was ist los, perfekte Persephone?«

»Ich meine es ernst, Eris, lass es gut sein«, sagte Hekate und verdrehte die Augen. Sie löffelte sich gierig ihren Joghurt in den Mund. »Persy, dieses Zeug ist fantastisch, ich verstehe, warum du amerikanisches Essen vermisst.«

»Es ist sehr lecker«, sagte die Frau, von der ich jetzt wusste, dass sie Hebe war. Ich drehte mich zu ihr um und ignorierte die Göttin der Zwietracht absichtlich.

»Hebe, können Sie mir sagen, was der Brunnen darstellt?«, fragte ich sie höflich.

»Oh, es ist der Jungbrunnen«, sagte sie fröhlich. »Vielleicht ein wenig obskur, aber ich bin froh, dass Sie es herausgefunden haben.«

»Danke«, sagte ich und tauchte meinen Löffel mechanisch in meinen eigenen Joghurt. Mein Appetit war mir vergangen. »Das habe ich nicht wirklich. Ich wusste nur, dass das kaputte Symbol Sie nicht darstellen konnte.«

Ein kollektiver Atemzug war hörbar und ich schaute

auf, direkt in Eris Augen. Ihr Gesichtsausdruck war dunkel, ihre Lippen hatten sich verzogen und Hass lag in ihrem Blick.

~

Vor einer Woche hätte mich ein solcher Blick zu Tode erschreckt. Vor einer Woche hätte ich mich auf Knien entschuldigt. Zum Teufel, vor einer Woche hätte ich es verdammt noch mal nicht gesagt.

Aber ich war durch.

Ich war wütend, hatte Angst und hatte es satt, als Marionette zur Unterhaltung anderer benutzt zu werden, und die einzige Person, an der ich meine Gefühle auslassen konnte, war die Tyrannin auf der anderen Seite des Tisches. Also wollte ich es tun. Ich hatte genug von den Höflichkeitsfloskeln.

»Du hast Recht, ich bin eine Zerstörerin«, sagte Eris, ihre Stimme klang wie ein Schnurren. »Du hast keine Ahnung, wie recht du hast. Und wie sehr ich es genieße, andere zu zerstören.«

»Ich kann es mir durchausvorstellen«, sagte ich ihr. »Ich kenne viele Leute wie dich. Zum Teufel, ich habe sogar viele wie dich kennengelernt, seit ich hier ange-kommen bin.«

»Oh, naive kleine Persy. Ich fürchte, du irrst dich. Du hast noch niemanden getroffen, der so verkorkst ist wie ich. Mit einer Ausnahme. Und du wetteiferst darum, ihn zu heiraten. Was macht das aus dir?«

Ich fühlte, wie ich eine Abwehrhaltung einnahm. Hades war kein Tyrann. Er mochte furchterregend sein, aber er war nicht wie sie oder Minthe oder Erebus oder Zeus. *Ich wusste*, dass er das nicht war. Ich öffnete den

Mund, um ihr zu antworten, aber mein gesunder Menschenverstand gewann gerade noch rechtzeitig die Oberhand. Ich war die Gastgeberin des Balls. Und Eris war so klug wie grausam. Ich wusste, was sie vorhatte, und ich wollte mich nicht ködern lassen, ihr auf meiner Party eine Szene zu machen. Ich hatte nicht vor, sie gewinnen zu lassen.

»Das macht mich zu einem verdammten Rätsel.« Ich lächelte, stand auf und schob meinen Stuhl zurück. Der ganze Raum drehte sich zu mir um und ich erhob mein Glas, bevor Eris noch ein Wort sagen konnte.

»Der Ball ist eröffnet!«, kündigte ich laut an und erntete richtigen Jubel. Nicht den jämmerlichen, höflichen Applaus, den ich erhalten hatte, nachdem ich zwei Menschenleben gerettet hatte. Ich brauchte Luft, aber an diesem blöden Ort unter der Erde konnte man nirgends hingehen, um tief durchzuatmen. Klaustrophobie drängte sich in mir auf und die Regeln, die zu Beginn des Abends verkündet wurden, hallten in meinem Kopf wider. *Sie dürfen den Ball nicht verlassen.* Ich saß hier fest, mit all diesen Wahnsinnigen. Mein Herz begann in meiner Brust zu rasen, meine Atmung war zu flach. *Bleib ruhig, flipp nicht aus,* wies ich mich an, während mein Blick durch den Raum huschte.

Es musste doch irgendwo eine ruhige Ecke geben, in der ich mich verstecken konnte. Ich ging auf die andere Wand gegenüber der Sanduhr zu und lächelte jeden an, an dem ich vorbeiging. Der Schweiß begann mir den Rücken hinunter zu tröpfeln und meine Angst wurde immer größer. Ich blieb erst stehen, als ich einen Bereich fand, in dem die Säulen näher beieinander zu liegen schienen und für einen glorreichen Moment konnte ich niemanden sehen. Ich lehnte mich dankbar an den kühlen Marmor und atmete langsam tief durch. Wahrscheinlich hatte ich nur ein paar Minuten Zeit, bevor jemand auftauchte, aber ich würde nehmen, was ich kriegen konnte. Ich brauchte nur ein paar Momente allein, um mich unter Kontrolle zu kriegen, das war alles. Wenn ich nicht allzu viel darüber nachdachte, dass ich mit einer Ladung gut gekleideter Mörder unter der Erde gefangen war, dann war auch gleich wieder alles in Ordnung. Doch als das Wissen, dass ich nicht weggehen konnte, sich in den Vordergrund stellte, obwohl ich mich so sehr um positive Gedanken bemühte, schien sich der Raum um mich herum wieder zu schließen. Wenn ich zu Hause wäre und meine Umgebung sich überwältigend anfühlte, würde ich das tun, was jeder tun würde. Ich würde nach draußen an die frische Luft gehen, Luft schnappen. Luft. Nur ein paar Atemzüge kalter Luft, um den Kopf frei zu bekommen. Aber selbst so etwas Simples war hier unerreichbar.

»Blöder, blöder Ort«, zischte ich laut. »Warum zum Teufel gibt es nirgendwo ein Draußen?«

»Ich habe dir doch schon gesagt, dass es ein Draußen gibt. Du bist selbst dort gewesen.«

Hades Stimme ließ mich zusammenzucken. Für den Bruchteil einer Sekunde dachte ich, ich hätte sie in meinem Kopf gehört, aber dann kräuselte sich dunkler Rauch vor mir.

»Ja, auf einer verdammten unsichtbaren Brücke! Was für ein Arschloch erfindet so etwas? Und es ist schrecklich da draußen, da wächst nichts. Es gibt nicht einmal eine Brise!« Ich graulte die Worte, bevor er sich vollständig materialisieren konnte, und fühlte mich mutiger, weil ich ihn nicht richtig sehen konnte.

»Wir brauchen keine Brise«, antwortete Hades schließlich, ein wenig defensiv. Der Rauch verfestigte sich und seine humanoide Rauchgestalt vervollständigte sich. Seine Stimme zischte nicht mehr.

»Ich schon«, murmelte ich, senkte meinen Blick und starrte wütend auf den Boden. Ein pulsierender Rhythmus war erklungen und das melodische Orchester war durch Musik ersetzt worden, die viel mehr an die in meiner Heimatwelt erinnerte.

»Bist du verärgert?«, fragte mich Hades schließlich.

»Ja. Ja, ich bin verärgert.«

»Warum? Du schlägst dich doch gut.«

Ich sah auf und suchte den Rauch nach seinen Augen ab. Heiße Tränen brannten hinter meinen Lidern. Meine Frustration hatte sie verursacht und ich verfluchte meinen Körper. Tränen würden mir nicht helfen, sondern mich nur noch schwächer aussehen lassen.

»Wer ist sie?«, fragte ich, meine Stimme kaum mehr als ein Flüstern.

»Wer?«, fragte er.

Ich gaffte ihn an. »Wer?«, fragte ich. »Was glaubst du wohl, wer? Die Frau, natürlich, die ihr zu eurer Unterhaltung fast umgebracht hättet!«

Er drehte sich um und sah zum Stundenglas. »Ich weiß es nicht«, sagte er schließlich.

Meine Kinnlade fiel hinunter. »Du weißt es nicht«, sagte ich. »Hätte es dich interessiert, wenn sie gestorben wäre?«

»Nein. Ich kenne sie nicht.«

Ich schüttelte den Kopf, das letzte Bisschen Toleranz, das ich für diesen Ort noch hatte, verflüchtigte sich.

»Was stimmt mit euch Leuten nicht? Wie könnt ihr so selbstgefällig, so gefühllos, so mörderisch sein?«

Der Rauch flackerte und ich sah einen silbernen Blitz. Als er sprach, war die Eiseskälte zurückgekehrt. Bilder von Schlangen strömten durch meinen Kopf und ich wollte aus meiner Haut fahren. »Du sprichst mit dem König der Unterwelt, dem Herr der Toten. Uralt und allmächtig und Zeuge von Taten, die du dir nicht einmal vorstellen kannst.« Ich schreckte unwillkürlich gegen die Säule zurück, als die rauchige Gestalt in Größe zunahm. »Wenn du erlebt hättest, was ich erlebt habe, wenn du gesehen hättest, was meine Mitgötter einander und den Menschen um sie herum angetan haben, würdest du eine andere Meinung vertreten.«

Ich starrte ihn an. Gab er den anderen Göttern die Schuld? »Du bist also nicht so barbarisch wie sie?«, flüsterte ich ihm zu.

»Oh doch, Persephone. Doch, das bin ich. Ich bin sogar schlimmer als die anderen Götter, jedenfalls als die meisten von ihnen.«

Eris Worte schossen mir in den Kopf. *Du hast noch niemanden getroffen, der so verkorkst ist wie ich. Mit einer Ausnahme. Und du wetteiferst darum, ihn zu heiraten.*

»Warum? Genießt du ... den Tod?« Ich bekam die Worte kaum heraus. Ich wusste, dass ich die Antwort nicht hören wollte. Das Licht blitzte jetzt so schnell auf, dass mein Gehirn es kaum noch wahrnahm.

»Ich habe nicht um diese Rolle gebeten. Aber sie ist die meine. Und ich werde sie erfüllen.«

Was bedeutete das? »Das ist keine Antwort.« Eine lange Pause entstand zwischen uns und ich hätte schwören können, dass er mein klopfendes Herz über der Musik hörte.

»Nein«, sagte er schließlich, seine Stimme wurde leiser und die Wut ließ nach. »Ich genieße den Tod nicht. Aber es ist meine Welt. Sie musste es werden. Wenn ich ihr gegenüber so empfindlich wäre wie ihr Menschen, wäre ich ein sehr schlechter König.«

Ich runzelte die Stirn und immer noch gegen die Säule lehnend, drückte ich den Rücken durch. »Ihr Menschen...«, wiederholte ich. »Aber ich war früher kein Mensch.« Die Klaustrophobie drängte sich mir wieder auf. Es fühlte sich an, wie von einem Teil meiner Selbst getrennt zu sein. »Ich kann dem Tod nicht so gleichgültig gegenübergestanden haben wie du. Ich kann einfach nicht so gleichgültig gewesen sein.« Ich konnte den flehenden Ton meiner Stimme hören und in diesem Augenblick wurde mir klar, wovor ich mich so sehr fürchtete, was ich noch mehr fürchtete als ihn und diese Welt. *Was wäre, wenn ich einmal wie diese Leute gewesen wäre?* Dies ist, wo ich herkomme. Dieser Mann war einmal mein Ehemann. Habe ich das Leiden von Menschen damals als Unterhaltung empfunden? Mir wurde übel, als ich in Hades Gesicht sah. Eine heiße Träne schlüpfte aus meinem Augenwinkel und glitt mir über die Wange.

Im nächsten Moment breitete der Rauch sich aus und mit dem nächsten Wimpernschlag befand ich mich in einer schwarzen, dunstigen Blase. Ich schaute mich um. Mir wurde bewusst, dass ich weder die Musik noch irgendetwas anderes hören oder über die dicke Rauchwand, hinaussehen konnte.

»Was-«, begann ich, aber ich brach ab, als ich Hades erblickte. *Er war es.* Der echte Hades unter all dem Rauch. Mir stockte der Atem, und Verzweiflung erfüllte mich. Ich sah ihn an und ließ mich in seine silbernen

Augen fallen. *Ich war zu Hause. Er war mein zu Hause. Er gehörte mir.*

Ich schüttelte den Kopf und versuchte, die Worte zu vertreiben, die sich in meinem Kopf überschlugen.

»Du warst nie grausam, Persephone. Du warst fair und gütig und ich...« Eine hoffnungslose Traurigkeit strömte von seinem schönen Gesicht. Ich trat auf ihn zu, noch bevor der rationale Teil meines Gehirns mich aufhalten konnte. Er legte seine Hand an meine Wange. Ganz langsam strich er mit seinem Daumen über meine Haut und wischte die Träne weg. Bei seiner Berührung schoss Elektrizität durch meinen Körper. Seine Berührung war warm. Ich hatte erwartet, dass er sich kalt anfühlen würde. Frustration durchströmte mich wieder.

»Ich hasse diesen Ort«, flüsterte ich. Er zuckte zusammen. »Bitte, bitte hilf mir zu verstehen, wie dies einst mein Zuhause war. Denn ich weiß, dass es das war. Ich weiß, dass du es warst.«

»Es sah hier nicht immer so aus wie jetzt. Es war so wie es war, bevor du herkamst, und jetzt ist es wieder so, seit du gegangen bist. Aber als du hier warst...« Seine Augen bohrten sich in meinen. »Du hast Licht und Leben an einen Ort gebracht, von dem ich dachte, dass sie hier nicht existieren könnten.« Er sprach mit heiserer Stimme.

Seine Worte durchdrangen all die mentale Rüstung, die ich seit meiner Ankunft im Olymp aufgebaut hatte. *Er liebte mich.* Ich konnte es in seinem Gesicht sehen, es in seiner gebrochenen Stimme hören, es in seiner elektrisierenden Berührung spüren. Die ganze Zeit, all die Jahre war ich allein in New York gewesen und irgendwo liebte mich jemand so sehr. Und ich habe es nicht gewusst.

FÜNFUNDZWANZIG

Ich starrte Hades an, mein Verstand überschlug sich. Er war ein Gott. König der Unterwelt, Herr der Toten, und er hatte mir gerade eine Träne von der Wange gewischt.

»Licht und Leben«, wiederholte ich mit Schmetterlingen im Bauch. »Sind das die Dinge, die du dir hier, an diesem Ort, gewünscht hast?«

»Zuerst nicht. Ich wollte nur dich.« Die Sehnsucht schoss mir bei seinen Worten durch den Körper und in seinen Augen sah ich etwas Neues aufblitzen. »Verdammte Aphrodite«, murmelte er.

Ich hob meine Augenbrauen an und er seufzte. »Ihre Musik, ihre Kraft. Sie zieht dieses Ding auf Bällen immer durch und der Rauch kann nur einen Teil davon fernhalten. Sie ist mächtig.«

»Liebe ist mächtig«, murmelte ich. Eine Seite seines Mundes krümmte sich nach oben.

»Siehst du? Das ist ihre Macht. Sie macht uns beide... weich.«

»Weich?« Das ist das letzte Wort, das ich benutzt

hätte, um ihn zu beschreiben. Er trug die gleiche Kleidung wie zuvor, Jeans und ein schwarzes Hemd, mit ein paar offenen Knöpfen am Kragen. Seine Haut leuchtete und mehr als alles andere in der Welt wollte ich sie berühren.

»Ja. Weich und... leidenschaftlich. Das ist ihre Kraft.« Ich neigte meinen Kopf und versuchte das Bild, wie er sich sein Hemd über seine Brust straffte, aus meinem Kopf zu verbannen.

»Und was tust du?«, fragte ich.

»Das ist eine große Frage.«

»Dabei beantwortest du keine meiner Fragen.«

»Das ist nicht fair. Ich habe dir jetzt schon viele Antworten gegeben.« Er roch nach Feuer und Holzrauch.

»Du riechst nach einem Lagerfeuer«, sagte ich ihm.

»Magst du es?«

»Ja.« Ich trat näher an ihn heran, der Takt der Musik drang nun zu mir durch, meine Hüften begannen sich wie von selbst zu bewegen. »Was ich nicht mag, ist, dass ich meinen Körper nicht unter Kontrolle habe.«

»Die Kraft von Aphrodite wird dich nicht dazu bringen, etwas zu tun, was du nicht schon längst selbst tun wolltest«, sagte er leise. Ich schaute in sein Gesicht. Seine Augen waren jetzt voller Hunger. Sein Blick war tief, glänzend und atemberaubend. Langsam hob ich die Arme und berührte sein Gesicht. Ich umschloss seinen Kiefer mit meinen Händen. Nervenkitzel pulsierte durch meinen ganzen Körper und all meine Muskeln verkrampften sich. Wärme staute sich köstlich in meinem Inneren auf. Ich sehnte mich so sehr nach ihm. Mehr als alles, was ich je in meinem Leben gewollt hatte.

Er atmete hörbar ein, dann legte er seine Hand an meinem Gesicht und hob es an das seine. Unsere Lippen berührten sich und ein Feuerwerk explodierte in mir. Tiefste Lust durchzog mich, als er seine Zunge zwischen meine Lippen schob und das Verlangen war so stark, dass es körperlich wehtat.

Ich fuhr ihm mit meinen Fingerspitzen über den Hinterkopf und zog ihn an den Haaren dichter an mich, in mich hinein, verzweifelt ihn zu spüren. Ich stand auf den Zehenspitzen, um ihm so nahe wie möglich zu sein und drückte meinen Körper fest gegen seinen. Sein Arm schlang sich um meinen Rücken und er hob mich hoch. Seine Lippen bewegten sich von meinen und küssten hungrig meinen Kiefer entlang und meinen Nacken hinunter. Ich ließ den Kopf zurück fallen und schlang meine Beine eng um ihn. Der Genuss seiner Berührung ließ mich erzittern. Wellen der Lust schlugen zwischen meinen Schenkeln und ich konnte nicht mehr klar denken. Durch sein Hemd kratze ich ihm den Rücken, um ihn enger an mich zu ziehen. Er küsste wieder an meinem Nacken hinauf.

»Ich habe dich vermisst«, murmelte er in meine Haut.

»Bei den Göttern, ich habe dich vermisst.« Ein kleines Stöhnen entkam meinen Lippen. Ein Teil von mir wehrte sich gegen den Gedanken, dass er mich nicht zum ersten Mal küsste, ich mich aber nicht daran erinnern konnte.

»Ich brauche dich«, keuchte ich. Und es stimmte. In diesem Moment hätte ich alles in der Welt getan, um ihn in mir zu spüren, um seinen Körper mit meinem zu verschmelzen, um Erlösung für dieses heftige Verlangen zu finden.

Plötzlich zog er sich zurück. Seine Augen wild, als sie auf meine trafen. »Aber du liebst mich nicht.«

Ich starrte in sein Gesicht. Das Verlangen, das ich für ihn empfand, ging tiefer als jedes andere Gefühl, das ich je erlebt hatte. Aber Liebe? Nein. Ich liebte ihn nicht. Ich kannte ihn kaum. Und was ich wusste, war widersprüchlich und verwirrend. Ich hatte eindeutig zu lange innegehalten. Sein Gesichtsausdruck verhärtete und er setzte mich wieder auf dem Boden ab. Ich versuchte sicheren Grund in meinen Sandalen zu finden. Verwirrung rollte durch mich hindurch.

»Natürlich tust du es nicht. Du bist nicht die Frau, die ich geheiratet habe. Du bist jemand Neues.«

Ich blinzelte, meine körperliche Reaktion machte es mir unmöglich, seine Worte in diesem Moment richtig zu deuten.

»Ich bin Persephone«, sagte ich stumpf.

»Wir dürfen uns das nicht antun. Du kannst nicht hier bleiben. Und das hier wäre töricht.«

»Was?« Seine Worte fühlten sich wie ein Schlag ins Gesicht an. Ein hohles Gefühl des Verlusts und der Ablehnung durchdrang mich. Wut, angefacht durch die Leidenschaft, die meinen Puls immer noch rasen ließ, machte sich jetzt präsent. »Du bist wütend auf mich, weil ich dich nicht liebe? Einen Mann, den ich gerade erst kennen gelernt habe? Einen Mann, der vom Tod umgeben ist?«

Seine Lippen teilten sich und etwas tiefschwarzes blitzte in seinen silbernen Augen auf. Ich machte einen Schritt zurück. Gänsehaut breitete sich auf meinen Armen aus und die Temperatur sank. *Es wird kalt, wenn ich dich absichtlich ängstigen will*, hatte er mir gesagt.

»Und das, liebe Sterbliche, ist der Grund, warum du nicht bleiben kannst«, zischte er. Und dieses Mal klang sein Hissen, wie das eines echten Reptils. Der dunkle Rauch um uns herum wühlte plötzlich auf und zog sich zu seinem Körper zurück.

Die Musik und die Geräusche der Party stürzten sich auf mich.

»Hades!«, rief ich, aber es war zu spät. Er war verschwunden. Unverbrauchtes Verlangen und Spannung durchzuckten mich und ich konnte den Schrei kaum zurückhalten, der mir in der Kehle steckte, als ich Hekate entdeckte, die auf mich zuschritt. »Ich kenne diese Rauchblase«, lallte sie. »Du und Hades habt es miteinander getrieben.« Sie wackelte mit den Augenbrauen, ein dummes Grinsen auf dem Gesicht.

»Bist du betrunken?«

»Ja.«

Ich rieb mir die Hände über das Gesicht und versuchte die verbleibenden Gefühle zu zerstreuen. Seinen Geschmack auf meiner Zunge. Die kleinen Pulse der Lust, die noch immer in mir zuckten. Die Wogen der Wut und der Angst, die ihnen gefolgt waren.

»Hekate, erzähl mir, was passiert ist. Warum bin ich gegangen? Warum haben mir die Götter all meine Erinnerungen genommen?«

»Persy, bitte-«, begann sie, aber ich schrie sie an.

»Hekate, ich meine es verdammt ernst, mir reicht's!«

Sie runzelte die Stirn und stütze eine Hand auf ihre Hüfte. »Es lief wohl nicht so gut mit dem Liebhaber«, sagte sie schließlich.

Ich knirschte mit den Zähnen. Ich hatte das verzweifelte Gefühl, dass mein Körper nicht groß genug für all meine Gefühle war. Ich würde gleich explodieren.

»Erzähl mir, was passiert ist. Sag es mir.« Ich spuckte die Worte aus, eines nach dem anderen, und Hekates Gesicht verzog sich zu einer Grimasse.

»In Ordnung. Aber wenn Hades-« Ihre Worte wurden vom Klang des Gongs abrupt abgeschnitten.

»Nein! Nein, nein, nein, nein!«

Aber die Stimme des Kommentators tönte über meine Wut hinweg. »Sind Sie alle bereit für den dritten und letzten Test? Das wird besonders gut, das verspreche ich Ihnen! Das Beste kommt zum Schluss. Wo ist die reizende Dame? Kommen Sie herüber, Persephone!«

Ich schloss meine Augen und versuchte verzweifelt, meinen Puls unter Kontrolle zu kriegen und mich zu beruhigen. Ein weiterer Test. Nur noch ein weiterer Test. Ich musste mich zusammennehmen, sonst würde irgendein armer Bastard im Sand ertrinken. Aber danach würde ich nicht aufgeben, bis mir jemand sagte, was ich wissen musste.

Ich ging langsam und betont gelassen in die Mitte des Raumes und versuchte, das genaue Gegenteil von dem zu verkörpern, was ich empfand. Eine neue Sanduhr war neben den ersten beiden erschienen. Sie war genauso groß wie die erste und derzeit leer. Ich starrte sie an. *Und das ist der Grund, warum du ihn nicht lieben kannst,* erinnerte ich mich. Ihm ist es scheißegal, ob Menschen sterben. *Du willst ihn aber immer noch ficken,* mischte sich der andere Teil meines Gehirns ein. Diese verdammten Bad Boys und ihre Anziehungskraft. Aber ich spürte tief in mir, dass es so viel mehr als das war. Ich hatte noch nie zuvor in meinem Leben etwas so intensiv empfunden.

»Sind Sie dann bereit?«, fragte der Kommentator mich. Er stand neben der Sanduhr und sah mich erwartungsvoll an. Ich nickte. Es spielte keine Rolle, ob ich bereit war oder nicht.

»Für Ihre dritte Prüfung-«, begann er, doch ein schallendes Krachen übertönte ihn. Alle Anwesenden richteten ihre Aufmerksamkeit auf die Quelle des Lärms. Aus der Dunkelheit, die Erebus zuvor bewacht hatte, drang orangefarbener Feuerschein und ein entfernter Schrei.

Ein Feuer in der Küche, war mein erster Gedanke, aber dann erinnerte ich mich, dass wir uns in einer Welt der Götter und der Magie befanden. Küchenbrände würden doch nicht eine solche Störung verursachen, oder doch? Eine Stichflamme löste sich und dann brach ein Vogel aus dem Schatten hervor. Ich war nicht die Einzige, die laut nach Luft schnappte.

Seine Flügelspannweite war unheimlich. Locker dreimal so groß wie ich, aber das war nicht das, was die meiste Aufmerksamkeit erregte. Die gesamte Kreatur stand in Flammen. Es war überhaupt kein Vogel, es war ein Phönix, wurde mir klar. Mit einem mächtigen Flügelschlag gingen die Tischdecken, die ihm am nächsten lagen, in Flammen auf und die Menschen in seiner Nähe liefen davon.

Ein weißer Blitz zuckte an der Decke und in der Mitte des Raumes erschien plötzlich Hades in seiner Rauchform. Er hielt einen Arm hoch in die Luft. Der Phönix erstarrte und mein Herz sprang mir in die Kehle.

»Was hat das zu bedeuten? Dies ist nicht das Tribunal, auf das wir uns geeinigt haben!«, brüllte Hades in seiner kalten, zischenden Stimme. Da war ein weiterer weißer Blitz, und Zeus erschien neben ihm. In seinen Augen knisterten lilafarbene Blitze.

»Oh, aber das hier ist viel, viel besser! Es scheint, als hätten wir einen Eindringling, großer Bruder. Ich verbiete dir, dich einzumischen«, höhnte er.

Die Temperatur senkte sich schlagartig. »Du verbie-

test mir, mich in meinem eigenen Reich um Eindring-
linge zu kümmern? Was glaubst du, wer du bist?«, zischte
Hades.

»Ich bin dein König«, antwortete Zeus. Seine Gestalt
schwoll an, so dass er Hades um Längen überragte. »Füllt
die Sanduhr! Persephones neue Prüfung besteht darin,
ihre Gäste vor dieser Plage zu retten!«

»Was?!«, rief ich aus, drehte mich auf dem Absatz um
und sah eine winzige Gestalt in der Sanduhr. Mein Herz
hörte für eine Sekunde auf zu schlagen, als ich sie
erkannte.

Es war Skop.

SECHSUNDZWANZIG

»Warte, ihr könnt nicht erwarten, dass ich dagegen ankämpfe, ich bin ein Mensch!«, schrie ich, sah die beiden Götter an und den Phönix, der immer noch bewegungslos in der Luft hinter ihnen erstarrt war.

»Du bist ein Mensch, der darum kämpft, eine unsterbliche Königin zu werden. Du wirst tun, was dir befohlen wird«, sagte Zeus mit zusammengekniffenen Augen und einem spöttischen Grinsen auf seinen schönen Lippen.

»Bruder, das geht zu weit!« Ein Hauch von Verzweiflung klang in Hades Worte mit und Zeus Lächeln erlosch für einen Moment.

»Du bist derjenige, der zu weit gegangen ist, Hades«, sagte er leise und die Angst packte mich. Die Spannung zwischen den beiden Göttern wuchs und Hass lag in ihren Blicken. Zeus wollte nicht nachgeben. Ich würde einen Phönix töten müssen, bevor Skop im Sand ertrank. Meine Kehle verschloss sich bei dem Gedanken, dass der Kobaloi sterben könnte. Heiße Tränen brannten hinter meinen Augenlidern. Er würde meinetwegen sterben, weil ich seine Feder ausgesucht hatte. Er hatte es nicht verdient. Seine Aufgabe war es, Leute zum Lachen zu bringen, verdammt noch mal, warum sollte er dafür bestraft werden, dass er mein Freund ist?

»Es tut mir leid«, dachte ich verzweifelt, weil ich wusste, dass er mich nicht hören konnte, aber ich musste es ihm sagen. »Es tut mir so leid, Skop.«

»*Entschuldigen Sie sich nicht, Fräulein. Holen Sie mich verdammt nochmal hier raus!*«, antwortete seine verzweifelte Stimme.

»Skop! Du bist nicht bewusstlos?« Ich wirbelte herum und sah die Sanduhr an, in der es für die ganze Welt so aussah, als ob er in seiner nackten Zwerggestalt fest schlafen würde.

»*Es ist verdammt schwierig, einen Kobold komplett außer Gefecht zu setzen. Mein Körper mag nutzlos sein, aber einen Geist, wie meinen kann man nicht lange unterdrücken.*«

Mein Herz schwoll an, als ich seine trotzigen Worte hörte und meine Entschlossenheit begann mit meiner Angst zu konkurrieren. Ein heller Blitz ließ mich wieder herumfahren und Hera war zwischen Hades und Zeus getreten. Sie sah königlich und überwältigend gut aus mit ihrer Pfauenfeder.

»Genug«, sagte sie, ihre Stimme melodisch und beruhigend. »Der Olymp schaut zu und wir haben ihnen Unterhaltung versprochen. Viel Glück, Persephone«, sagte sie, und dann verschwanden die drei.

Ich blinzelte im hellen Licht, dann überflutete mich eine Hitzewelle. Der Phönix war nun aus Hades Bann befreit wurde und seine riesigen Flügel schlugen in meine Richtung.

»*Bewegung, Bewegung, Bewegung!*« Skops Stimme

spornte mich zum Handeln an. Adrenalin schoss durch meinen Körper. Es gab meinen Beinen eine Geschwindigkeit, von der ich nicht gewusst hatte, dass ich sie hatte. Die gesamte aufgestaute Spannung aus meinen Minuten mit Hades schien sich in einem Schlag in meinen Muskeln freizusetzen. Ich fühlte mich stark, als ich auf den Bühnenbereich zuraste und stehts so weit weg vom Vogel blieb, wie ich nur konnte. Er gab ein Kreischen von sich, schlug dann noch heftiger mit den Flügeln und erhob sich in die Höhlendecke des Raumes. Was tat er da? Ich nutze die wenigen Sekunden, um ihn mir genauer anzusehen und nach Anzeichen von Schwäche zu suchen. Es sah grimmig aus, mit seinem leuchtend gelben Hakenschnabel und gleichfarbigen Augen. Der Großteil seines Körpers war scharlachrot und die Flammen, die sich von seinen gefiederten Flügeln ausbreiteten, brannten in einem orangefarbenen Schimmer zu einer fast weißen Spitze. Der Vogel wandte sich mir zu. Seine massiven Schwanzfedern zeigten nach unten und die Flammen tanzten zu Boden. Die Gäste verteilten sich im Ballsaal, viele in leuchtenden verschiedenen Farben, und ich nahm an, sie riefen ihre eigenen Kräfte herbei, bereit, sich zu verteidigen, wenn es nötig wurde. Niemand würde mir jedoch helfen können. Und ich hatte keine Kräfte.

Langsam schob ich meinen Rock zur Seite und zog *Faesforos* aus seiner Scheide an meinem Oberschenkel. Er fühlte sich gut an in meiner Hand, aber als ich ihn in Richtung des riesigen flammenden Vogels hielt, sank meine Zuversicht. Wie zum Teufel sollte ich eine solche Waffe gegen ein Flugobjekt verwenden? Ein winziger Teil meines Gehirns meldete sich zu Wort, um etwas zu sagen, dass ich bis dahin verzweifelt versucht hatte zu ignorieren. *Der Phönix war zu schön, um ihn zu töten.* Ein hirnloses Skelett war eine Sache, aber dieses Lebewesen? Es war verdammt schön. Und in diesem Moment schwebte es einfach nur in der Luft, starrte mich an und schadete mir überhaupt nicht. Warum sollte ich es töten?

»Hallo«, rief ich ihm zu und versuchte, mich nicht dumm zu fühlen. Irgendwo im Raum hörte ich ein Lachen. Höchstwahrscheinlich diese großbusige Hexe Eris. Der Phönix pulsierte mit den Flügeln. »Könnten Sie bitte gehen?«, fragte ich so höflich, wie ich konnte. Diesmal hörte ich ein lauteres Lachen und es war eine Männerstimme. Plötzlich färbten sich die Augen des Phönix tintenschwarz, und eine Stimme dröhnte durch den Raum.

»Glaubst du, dass du nach all diesen Jahren hierher zurückkehren könntest und es in Ordnung wäre? Dass man dir einfach vergeben würde?«

Meine Haut fühlte sich an, als würde sie sich um mich herum zusammenziehen und eiskaltes Grauen sickerte durch mein Inneres. Diese Person war wegen mir hier. Und sie wusste etwas, das ich nicht wusste.

»Ich weiß nicht, wovon du sprichst«, rief ich zurück. »Das ist mein erstes Mal hier im Olymp.«

»Lügnerin! Du verdienst es im Tartarus zu verrotten für das, was du getan hast!«

»Ich weiß wirklich nicht, wovon du sprichst!« Ich konnte die Angst nicht aus meiner Stimme verbannen. Meine Angst galt nicht dem Tier vor mir oder dem Besitzer der Stimme, sondern den Worten selbst. Was hatte ich getan?

Da war ein wütendes Graulen und als die Stimme ein weiteres Mal ertönte, war sie ein heiseres Zischen. »Wenn was du sagst, wahr ist, dann haben die Götter dich aus dem Fluss Lethe trinken lassen, damit du deine Vergangenheit vergisst, anstatt dich für deine Verbrechen zu bestrafen. Es ist eine unvergleichliche Ungerechtigkeit!« Der letzte Satz schallte so laut, dass ich mir instinktiv die Hände über die Ohren klatschte. Der Phönix ließ ein weiteres durchdringendes Kreischen aus, dann kam er direkt auf mich zu.

»Du musst denjenigen finden, der den Phönix kontrolliert und ihn töten. Den Vogel selbst kannst du nicht aufhalten!« Skops Stimme erklang in meinem Kopf und ich begann zu rennen.

»Du kannst nicht mit mir reden, sie werden mich disqualifizieren und dich töten!«, sagte ich ihm verzweifelt. Es kam keine Antwort und für einen schrecklichen Moment fragte ich mich, ob sie genau das bereits getan hatten. Ich kam ins Rutschen, mit dem Phönix auf meinen Fersen. Ich spürte eine sengende Hitze auf meinem Rücken, als ich mich auf die Sanduhr stürzte und meine schlimmsten Befürchtungen sich bestätigten. Der Sand fiel so schnell, dass Skop tot sein würde, bevor ich ihn erreichte. Mit einem Schrei zog ich den Arm zurück, in dem ich den *Faesforos* hielt und warf den Dolch in die dünne Glasmitte der Sanduhr, den Punkt, an dem sich die beiden Hälften trafen. Auf das Geräusch von Metall auf Glas folgte ein splitternder Aufprall, und Erleichterung strömte durch mich. Wie erhofft hatte ich die schwächste Stelle der Struktur getroffen und der Sand strömte nun aus der zerbrochenen Sanduhr auf den Boden. Skop blieb zusammengesackt im Inneren, aber sein Kopf war frei von Sand. Er konnte atmen. Ich duckte mich, als ich ihn erreichte, und verweilte nur für einen Moment neben ihm, um den Dolch zwischen den Glasscherben hervorzuholen, dann wich ich nach rechts aus.

Ich konnte mir keine Sorgen machen, wie die Götter damit umgehen würden, dass ich die Sanduhr zerbrochen hatte. Dem würde ich mich später stellen müssen.

Ein weiterer Hitzeschlag sagte mir, dass der Vogel direkt hinter mir war und ich sah mich verzweifelt im Raum um, während ich rannte. Skop hatte gesagt, jemand kontrolliere den Vogel, aber wer? Es waren etwa achtzig Leute hier. Könnte es Eris sein, oder Minthe, oder Erebus? Sie alle hatten deutlich gemacht, dass sie mich nicht mochten. Aber diese Stimme... So voller ununterdrücktem Hass und Wut. Keiner von ihnen würde so explodieren.

Mein Blick wurde von den Menschen im Raum angezogen, die ein schwaches Licht ausstrahlten. Da waren einige. Alle sprangen hastig aus meinem Weg, als ich durch den Raum stürmte. Mein Rock und der Phönix flogen hinter mir her. Ich rannte an Eris vorbei, die strahlte. Eine tiefrote Energie knisterte um sie herum und auch wenn dies nicht ihr Werk war, so genoss sie es doch. Ich lief an Hekate vorbei, die immer noch im hinteren Teil des Raumes stand, wo ich sie verlassen hatte. Von ihr ging ein violetter Schimmer aus, ihre Augen waren milchig weiß. Was tat sie da?

»*Die Schatten. Er ist in dem Schatten.*« Die Stimme war schwach, aber es war die von Skop.

»Woher weißt du das?«, fragte ich und änderte meinen Kurs. Ich rannte auf die Küche zu, die ich zuvor besucht hatte. Es kam keine Antwort. Als ich näher kam, konnte ich in der Dunkelheit gelbe Funken sehen. Ich hob meinen Dolcharm an. Aber ich war zu langsam. Schmerz durchbohrte mein Handgelenk und ich ließ *Faesforos* fast fallen. Der Phönix hatte seine scharfen Krallen um meinen Arm gewickelt, und der Atem verließ meine Lungen, als ich von den Füßen gerissen wurde. Ich versuchte, meinen anderen Arm zu benutzen, um die Krallen zu lösen, aber der Vogel drehte sich zur Seite und ich wurde in die andere Richtung geschleudert. Wir bewegten uns höher und ich schaute auf die Schatten hinunter. Die gelben Funken wurden immer heller und ich sah, wie eine Gestalt auftauchte. Es war ein Mann, der völlig normal aussah, abgesehen von dem mörderischen Ausdruck in seinen Augen. Die Kraft um ihn herum konnte Feuer, Energie oder Elektrizität sein, ich war mir nicht sicher, aber sie knisterte hell auf seiner Haut. Die Funkten sprangen und tanzten um ihn herum wie die Flammen auf dem Phönix.

»Zeit zu sterben, Persephone.«

Ich schwang meinen freien Arm nach oben, reichte den Dolch von meiner unbeweglichen Hand in die andere und rammte ihn so fest ich konnte in die massive Kralle des Vogels. Er reagierte nicht. Ich steckte die Beine durch und gab mir so fest ich nur konnte einen Ruck. Es funktionierte und ich gewann an Höhe. So konnte ich das feurige Bein oberhalb der schwarzen Kralle aufschlitzen. Mit einem Schrei löste sich das Ding von meinen Arm.

Scheiße, war alles, was mir durch den Kopf ging, als ich zu fallen begann. Immer und immer wieder, bis ich gegen einen Tisch krachte. Das Holz zersplitterte und klappte unter meinem Gewicht zusammen. Für eine Sekunde, in der mein Herz stehen blieb, verhedderte ich mich in der Tischdecke, und ich konnte nichts sehen. Ich rollte mich zusammen, schnappte verzweifelt nach Luft, weil mir der Atem aus der Lunge geschlagen worden war. Ich dankte im Stillen dafür, dass der Vogel mich nicht höher als fünf Meter vom Boden gehoben hatte. Hitze schoss um mich herum, als ich mich aufrichtete. Panik schoss durch meinen Körper, als ich sah, dass die Tischdecke, in der meine Beine noch immer verfangen waren, brannte. Ich stieß *Faesforos* in das Material und riss es schnell auseinander, stolperte weg und versuchte, meine Orientierung zurückzugewinnen. Da war er. Der Mann mit der gelben Magie kam langsam auf mich zu.

»Warum trittst du mir nicht von Angesicht zu Angesicht gegenüber?«, rief ich. Ich war noch immer außer Atem.

»Willst du mir sagen, dass ich der Feigling bin? Du, die vor den Konsequenzen ihrer Gräueltaten davongelaufen ist?« Zorn rollte von seinen Worten mit und die gelbe Energie um ihn herum tanzte weiter. Doch der Vogel blieb, wo er war.

»Ich kann nicht für etwas bezahlen, von dem ich nicht weiß, dass ich es getan habe«, sagte ich, verlagerte mein Gewicht und griff nach meinem Dolch. Meine Angst, zu hören, was ich getan hatte, konkurrierte mit meinem Bedürfnis, ihn am Reden und den Phönix in Schach zu halten.

»Du bist eine Mörderin«, zischte er. Seine Worte trafen mich wie ein Hammer. Nein, auf keinen Fall war das wahr. Wie kann das sein? Ich könnte weder einem Insekt noch einer Pflanze Schaden zufügen, geschweige denn einen Menschen töten. *Du bist nicht die Frau, die ich geheiratet habe. Du bist jemand Neues.* Hades Worte stiegen in meiner Erinnerung auf und ich schmeckte Galle. Bitte, bitte, bitte nicht. Das kann nicht wahr sein.

»Ich glaube dir nicht«, würgte ich hervor und der Mann fletschte die Zähne.

»Du hast sie mir weggenommen. Du hast mir alles genommen, was ich geliebt habe.« Schmerz und Trauer füllten seine wahnsinnigen Augen, und ich hatte keinen

Zweifel daran, dass er die Anschuldigung glaubte, ob sie wahr war oder nicht.

»Es tut mir leid«, sagte ich, als er mich erreichte. »Wenn es wahr ist, dann tut es mir leid.«

»Es ist zu spät, sich zu entschuldigen! Wenn du sie nicht zurückbringen kannst, musst du sterben!« Mehr gelbe Energie brach aus ihm hervor und schlagartig war ich von Qualen verzehrt. Es war wie ein nicht enden wollender Elektroschock, der meine Muskeln zerriss und so heftige Krämpfe verursachte, dass ich nicht auf meinen Füßen halten konnte. Doch bevor ich zu Boden fiel, packte er mich am Hals und hielt mich fest, während ich zuckte und schrie.

»Du verdienst Schlimmeres als das hier.« Er sog Luft durch die Zähne ein und mich näher an sich heran. Dann spuckte er mir ins Gesicht und sein Speichel rann mir über die Wange.

Durch den Schmerz hinweg konnte ich nur einen einzigen Gedanken verarbeiten. *Das muss aufhören.* Alles andere in mir schaltete sich ab, aber mein Überlebensinstinkt weigerte sich aufzugeben. Ich hob meinen Arm Stück für Stück. Die Augen des Mannes glühten vor Vergeltung und der Schmerz wurde so intensiv, dass ich fast blind wurde. Mit einer schnellen, verzweifelten Bewegung vergrub ich *Faesforos* in seinen Rippen.

SIEBENUNDZWANZIG

Mit einem erstickten Schrei fielen wir beide zu Boden und ich kam mit einem harten Knall auf den Knien auf, aber ich registriere es kaum. Mein Magen drehte sich um und ich begann zu würgen. Ich fiel nach vorn und stütze mich auf meine Hände. Ich wusste nicht, ob ich von den Schmerzen krank war oder von der Tatsache, dass ich gerade einen Mann erstochen hatte. Mein Kopf drehte sich. Zwischen den Schüben versuchte ich zu atmen. Der Schmerz hatte nachgelassen, aber meine Sicht war immer noch verschwommen. *Mörderin.* Er hatte mich eine Mörderin genannt. Ich konnte es nicht sein und doch... Ich hatte gerade versucht, ihn zu töten. *Er wollte dich umbringen!* Die rationale Stimme in meinem Kopf versuchte, die Schuld und die Angst zu übertönen, aber es gelang ihr nicht. Ich konnte nicht mit mir leben, ich konnte nicht jeden Tag Luft holen, wenn ich wusste, dass ich der Grund war, dass jemand anders es nicht mehr konnte. *Bitte, bitte lass ihn nicht tot sein,* betete ich und drehte meinen Kopf langsam zu ihm. Er lag auf dem

Rücken, dunkelrotes Blut hatte sich an seiner Seite angesammelt. Ich kroch auf ihn zu, Tränen erfüllten meine Augen.

»Es tut mir leid, es tut mir leid, es tut mir leid.« Die Worte purzelten aus meinem Mund. Ich schmeckte Säure. Er stöhnte und ich hielt inne. Dann bewegte er sich und rollte sich auf seine unverletzte Seite. *Er war am Leben.* Den Göttern sei Dank, er war am Leben. Ich verlagerte mein Gewicht auf meine Fersen und ließ die Tränen fließen.

»Was habe ich getan?«, krächzte ich. »Sag mir, wen habe ich dir genommen?«

»Meine Frau«, sagte er, seine Stimme heiser. »Du hast meine Frau getötet.«

Ein Licht blitzte so hell auf, dass sich Schmerz in meinen Kopf brannte, und für einen Moment war ich mir sicher, ich würde ohnmächtig werden. Ich hatte meine Grenze erreicht.

»Nein!«, schrie eine Frauenstimme und ich blinzelte schnell, um die Tränen aus meinen Augen zu vertreiben. Langsam wurde der Raum vor meinen Augen wieder scharf.

Athene stand vor uns, neben ihr Hades in seinem Rauch und Hekate. Lilafarbene Energie ging immer noch von Hekate ab, Hades war dreimal so groß wie sonst und sein Rauch schien zu vibrieren.

»Du musst gerichtet werden, Persephone. Das Tribunal ist zu Ende«, sagte Athene. Ihre Stimme war wie Balsam für meine Schmerzen und beruhigte meinen Geist. Die drei Richter erschienen sanft schimmernd vor mir.

»Aber was ist mit ihm? Ihr müsst ihm helfen!« Ich zeigte verzweifelt auf den Mann, der auf dem Marmor blutete. Hades Rauch flackerte und Athene lächelte und winkte ab.

»Sein Urteil wird auch kommen, aber im Moment ist er in Sicherheit.«

»Was bedeutet das?«, fragte ich sie, aber in der Sekunde dröhnte die Stimme des Kommentators durch den Raum.

»Das war ein ganz besonderer Genuss heute Abend. Wer hätte das gedacht?« Als Antwort darauf schlug der Phönix mit den Flügeln und stieg höher. Genuss? Mein Kampf um Leben und Tod war ein Genuss für sie? »Mal sehen, was die Richter von Persephones kontroversen Aktionen heute Abend halten. Radamanthus?«

»Zwei Punkte«, lächelte mich der pummelige Richter an.

»Aeacus?«

»Null Punkte«, sagte Aeacus, dessen blaue Haut den weichen Fackelschein im Raum reflektierte.

»Minos?« Ich konnte den durchdringenden Blick, den der weise Mann mir zuwarf, ganz und gar nicht zuordnen. Ich sah ihn an und tat mein Bestes, um die aufgewühlten Emotionen, die mich zerrissen, einzudämmen.

»Du hast die Regeln gebrochen, Persephone. Du hast deinen Freund gerettet.«

»Es ist nicht seine Schuld. Bitte bestrafen Sie ihn nicht«, flüsterte ich.

»Das werden wir nicht. Du hast Loyalität gezeigt. Und die wird höher geschätzt als Gastfreundschaft.« Er sah mich eine Sekunde länger an und sagte dann: »Zwei Punkte.«

Eine Schachtel erschien vor mir, der Deckel geöffnet. Es war die Samenkiste und darin befanden sich zwei weitere Granatapfelkerne. Ich starrte auf sie hinunter, dann wieder hinauf zu den Richtern. Wie konnten sie nicht sehen, dass all das keine Rolle spielte? Ich hatte gerade einen Mann erstochen, der mich des Mordes an seiner Frau beschuldigt hatte und diese Wahnsinnigen verteilten verdammte Granatapfelkerne?

»Geben Sie mir meine Erinnerungen zurück«, flehte ich. Meine Stimme klang lauter und klarer als ich es erwartet hatte. Minos schenkte mir ein kleines Lächeln und die drei Richter verschwanden.

»Da haben Sie es, liebe Zuschauer! Es ist das Ende der ersten Runde der Hades Tribunale, und Persephone ist nicht nur noch am Leben, sondern sie hat auch noch mehr Punkte als die derzeitige Titelverteidigerin am Ende ihrer ersten Runde hatte. Wer hätte das gedacht! Wir werden für Runde zwei ein neues Reich besuchen und ich weiß, dass es Ihnen gefallen wird!« Der Kommentator löste sich in Luft auf und Athene trat nach vorn.

»Hades, du kannst dich jetzt um deinen Eindringling kümmern.«

»Warte-«, begann ich zu sagen, doch plötzlich fiel die Temperatur und ich wurde auf meinen Knien durch den Raum geschoben, zusammen mit allem anderen, das Hades im Weg stand.

Reiner Schrecken packte mich, als sich der wirbelnde Rauch auf den Verletzten zubewegte. In meinem Hinterkopf begannen die Schreie und der nun vertraute Geruch von Blut erfüllte meine Nasenlöcher und rüttelte meinen bereits leeren Magen auf.

»Halt!« Ich versuchte zu rufen, doch kein Laut trat

hervor. Ich wurde an die Wand des Ballsaals gedrückt und mir liefen Tränen übers Gesicht.

Hades erreichte den blutenden Mann und mit einem Zischen warf er die rauchigen Arme in die Luft. Der Mann flog in die Höhe, Blut spritzte aus seiner Wunde. Meine Haut war so kalt, dass ich kaum etwas fühlen konnte. Mir war vage bewusst, dass alle anderen im Raum zusammengeschrumpft und mit den Wänden verschmolzen waren, so gut sie konnten. Alle außer Hekate.

»Hades-«, rief sie, aber der König der Unterwelt brüllte und der Verletzte schrie.

In seine Stimme lag so viel Kraft, so viel Schrecken, so viel Gefahr, dass meine Knie nachgaben.

»Du wagst es zu versuchen, sie mir wegzunehmen?« Der Mann wimmerte, in der Luft schwebend, und schwarze Flecken tanzten in meinem Sichtfeld. Die Schreie in meinem Kopf wurden lauter und die Flammen begannen meine Sicht zu verdunkeln.

»Bitte«, sagte ich, aber noch immer drang keinen Laut von meinen Lippen. Ich nahm ein Krachen wahr. Die Welt verschwamm vor meinen Augen, als der Mann vor Schmerz schrie.

Seine Arme und Beine spannten sich und wurden von einer unsichtbaren Kraft von seinem Oberkörper weggezogen. Übelkeit überkam mich, gefolgt von Schwindelgefühl, das so intensiv war, dass mein Kopf zur Seite rollte.

»Hades, hör auf!« Es war die Stimme von Hekate, aber ich konnte sie nicht mehr sehen. Ich konnte nur noch den Mann sehen, den ich fast getötet hätte und das Feuer.

»Sie hat den Tod verdient«, krächzte die heisere

Stimme des Mannes. Ein markerschütternder Schrei erfüllte den Raum. In Zeitlupe sah ich, wie der Körper des Mannes explodierte. Sein Kopf und seine Gliedmaßen flogen durch die Luft und bespritzten Hades mit Blut. Aber es war nicht der Hades, den ich an diesem Abend auf meiner Haut gespürt hatte. Dies... dies war etwas, das mich für den Rest meines Lebend in meine Albträume verfolgen würde. Massiv und riesig stand das Onyx schwarze Monster mit seelenlosen Augen da. Blaue Lichtwellen rollten von seinem enormen, mit einer Rüstung bedeckten Körper und verwandelten sich auf dem Boden zu Leichen. In Flammen stehende Leichen. Schreiende Leichen.

Ich konnte nicht atmen. *Ich hatte es nicht verdient, zu atmen.* Eine Angst, wie ich sie nie gekannt hatte, erdrückte mich, tötete mich, und ich hatte es verdient. Ich musste sterben.

»Ich hatte gehofft, dich hier anzutreffen.«

Ich blinzelte und sah mich in dem Garten um. Der Atlasbrunnen plätscherte angenehm und Vogelgezwitscher wärmte die Kälte in mir.

»Ich dachte, ich könnte nur im Schlaf hierherkommen?«, fragte ich leise. Es war unmöglich, nicht leise zu sein, an diesem Ort.

»Bewusstlosigkeit zählt auch, meine Liebe.« Ich neigte den Kopf und ging in die Hocke. Ich fuhr mit den Fingern um einen aufkeimenden jungen Krokus herum.

»Du hast nicht mehr viel Zeit, bis Hades Wut dich tötet, Persephone. Es gibt nur einen Weg zu überleben.«

»Habe ich die Frau dieses Mannes getötet?«, fragte ich die Stimme.

»Iss die Samen, Persephone.«

Ein Ruck durchschoss meinen Körper und ich öffnete meine Augen.

Ich war wieder im Ballsaal, umgeben von Blut, Feuer und Leichen. Ich schrie so laut, dass meine eigenen Gedanken übertönt wurden und alles, was ich durch meine stechenden Augen sehen konnte, war der Tod.

»Persephone!«, rief eine Stimme. »Hades, du wirst sie umbringen!«

Ich zwang mich, meine Augen zu schließen, damit ich die Leichen um mich herum nicht sehen musste. War ich eine Mörderin? Ich konnte keinen Sinn in meine Gedanken bringen. Da war nichts als Angst in mir.

Iss die Samen.

Würde es aufhören, wenn ich die Samen aß? Ich öffnete meine tränenüberströmten Augen einen Spalt weit und tastete den Boden ab. Ich schreckte zurück als meine Bewegung die kleine Holzkiste über das Blut rutschen ließ.

Iss die Samen.

Ich schnappte nach der Schachtel. Meine Finger waren taub und zitterten und das Geschrei wurde so laut, dass ich dachte, mein Kopf würde explodieren. Ich öffnete den Deckel, schöpfte einen Granatapfelkern heraus und zwang meine Hand zu meinen Lippen.

Iss die Samen.

Brechreiz überkam mich, aber ich schloss die Augen und atmete durch die Nase ein. Mein Inneres zog sich durch den metallischen Geruch des Blutes zusammen. Mit Anstrengung schluckte ich den kleinen Samenkern hinunter.

· · ·

Die Angst ging sofort zurück. Mein Körper wurde schlaff und ich brach auf dem kalten Boden zusammen. Die Schreie verstummten, ersetzt durch Hekates laute, schrille Stimme.

»Hades, du hast sie verdammt noch mal getötet, hör auf! Du musst aufhören.«

Ruhe breitete sich in mir aus und ich fühlte, wie sich all meine erschöpften Muskeln entspannten. Das war's. Das war das Ende. Und es war angenehmer, als ich es mir vorgestellt hatte.

Etwas flatterte in meinem Magen. Dann flatterte es in meiner Brust. Ich fühlte, wie mein Körper zusammenzuckte, als mein Herz darauf reagierte. Einmal. Zweimal. Ein drittes Mal. Dann breitete sich etwas Helles, Grünes und Vibrierendes vor meinen Augen aus. Etwas Unglaubliches strömte mir durch meine Adern und sandte pulsierende Energie zu jeden Teil meines versagenden Körpers. Etwas Reiches, Starkes und Wildes. Etwas, das sich gleichzeitig fremd und vertraut anfühlte.

Es war Kraft. Ich hatte meine Kraft zurück.

DANKE FÜRS LESEN!

Danke, dass du »Die Macht des Hades« gelesen hast. Ich hoffe, es hat dir gefallen! Wenn es das getan hat, wäre ich für eine Rezension sehr dankbar! Damit kannst du mir sehr helfen. Klick hier und hinterlasse mir ein paar Worte, um meinen Tag zu versüßen :)

Du kannst das nächste Buch, »Das Herz des Hades«, hier bestellen.

Für exklusive erste Einblicke in Titelbilder und neue Ideen, sowie kostenlose Kurzgeschichten und Hörbücher kannst du meinen Newsletter auf elizaraine.com abonnieren.